文学に見る痘瘡

川村純一 著

思文閣出版

まえがき

それぞれの時代には、当然ながらその時代を象徴する文学が存在する。

周知の通り、平安時代中期になると奈良時代以降隆昌を極めた漢文字が漸次衰退し、それに代って仮名文が文学の中心を占めた。

その結果、物語・日記・紀行あるいは歴史学と卓越した多くの作品が生れ、国文学は空前の発達をきたしたのである。

このことに関して服部敏良は、『平安時代医学の研究』の自著の中で、

このような、すぐれた文学作品のなかには、著者自らが経験し、或いは見聞した医学に関する記事も少からず記述されており、われわれは、これを通じて当代の疾病の概略、或いは当代人の疾病観を知ることができるのであって、平安時代文学はまた、われわれにとっても重要な史料と言わなければならない。

と記している。

また氏は同じく『鎌倉時代医学史の研究』においても、

鎌倉時代の日記・随筆等には著者の経験した政治・社会の状況がありのままに記入されているとともに、著者が自ら罹った病気についても、症状・療法などがかなり詳しく記述されている。こうした記録に基づいて筆者の病歴を詳細に検討し、当時の病況・治療の方法等を知り、病気の本質を追及することが出来る。このことは医学史的にも、また、文化史の面からもきわめて重要なことである。

と述べている。

その後、戦乱の打ち続いた室町時代より安土・桃山時代にかけては、ようやく近世医学へ発展せんとする機運を醸成《じょうせい》しつつあった時代とされるが、幸いにも多くの公家や僧侶等によって記された多数の日記・随筆がある。

すなわち、その中には当時の民間療法を一々書き記した医史学的にもきわめて興味深い記事や、著者自身が実際に体験した医療の内容が記述されており、これによりわれわれは当時の医療の実体を知ることができるのである。このことは公卿や僧侶が医学に深い関心をもち、自ら医術を会得した者が少なくなかったためだが、前出の服部敏良によれば、彼らがこのように医術を修得し、あるいは医学を修めた所以は一つには彼らの教養を高めるためであり、また一面には自らの健康保全のためであったから、したがって習得した医術を他の病人に施し医療行為を行うようなことはなかったという。いずれにせよこの時代、一般庶民の手になる日記文学作品は見当らないが、次の江戸時代になると漸く庶民が文字を覚え、読書の能力を備えるようになったから、当時の医療情況は恰好の材料として取り上げられた。

しかも、庶民の間に信奉された俗信や民間療法、あるいは、一般庶民の医学思想等が好んで記述されたが、とくに痘瘡は当時、「お役」つまり一種の通過儀礼として受け入れられたから、むしろ痘瘡と馴《な》れ親しむ風潮さえ生じた。その結果、文学作品にもしばしば登場することとなった。このため『愛の種痘医』の著者浦上五六は、「江戸文学を読むには、痘瘡の知識がいる」と記し、「もし、それについての知識がないと文章が理解出来ない」とさえ述べている。

ところで江戸時代しばしば文芸作品に痘瘡が登場したということは、それだけ発生が多かったということにもなるわけで、事実、奈良時代以降二〇年ないし三〇年間隔で流行していた痘瘡が、江戸時代になるとほとんど連年いずれかの地で発生していたという。

また江戸時代中期には、痘瘡を掌るとされた特定の疱瘡神なるものが民衆によって創造され各地に祀られたから、痘神にまつわるさまざまな信仰・迷信・土俗が誕生した。

その上、痘瘡を「お役」としてとらえた民衆の医療思想はその厄払いとして多くの民俗行事を発展させた。

以上のような理由から、当然のことながら、痘瘡に関連する作品が数多く出現したものと思われる。そしてこのような傾向は、牛痘種痘が広く一般に普及する明治中期以降まで続いたのである。

したがって、本書の資料とした文献は必然的に江戸期のものが多数を占めることとなったが、これはむしろ当然なことと思われる。

前書が長くなったが、要するに本書は過去の文学作品を通じて、当時の民衆の痘瘡に対する疾病概念および医療の情況を把握し、且これに対して近代医学的考察を加えたものである。

最後に小著を世に出すにあたり、多くの医療史・医学史・病気史等を参考・引用させて頂いたが、とくに富士川游・山崎佐・服部敏良の著書はいずれも本書の底本ともいうべきもので、あらためて感謝申し上げる次第である。

筆　者

目次

文学に見る痘瘡

I　痘瘡とは

痘瘡（疱瘡・天然痘）とは、主として気道感染（空気伝染）あるいは経口感染・結膜感染、時に皮膚の損傷部が侵入門戸となることが、実験的に証明されている痘瘡ウイルス（人痘ウイルス）に起因する急性伝染病である。しかし、痘瘡の実態が解明され、またイギリスの外科医エドワード・ジェンナー（Edward Jenner）によって牛痘種痘法が発見されるまでの間、この病いのために、人類が失った犠牲者の数は恐らく想像を絶するほどのものであったに違いないと思われる。

ことほどさようにこの痘瘡ウイルスの感染力は極めて強大なものがあり、一説によれば大昔は人類の過半数が本病に侵され、またある時代では、人類の全死亡者の六〇％強は痘瘡によるものであるとさえいわれている。したがって人類の歴史は痘瘡との戦いでもあったわけで、一度発生すると大量の死者を出し、西欧ではあの恐るべきペストの死者を上廻るほどであった。

このことはわが国においても同様で、史籍上最初の流行とされる天平七年（七三五）以来の史実をみても大小の流行を繰り返してはそのつど夥しい死者を出している。

しかし、幸いなことに今や人類はこれらの惨劇を完全に征服し、痘瘡ウイルスを自然界から抹殺することに成功した。それは基本的には牛痘種痘法の発明と患者の徹底した隔離によるものだが、その最大の原因は一九五八年からWHO（World Health Organization：世界保健機関）が中心となり痘瘡根絶計画を世界的規模で強力に推進したためである。

この結果、遂に一九七七年、ソマリアの一例を最後に地球上から痘瘡患者を駆逐する偉業をなしとげた。よってWHOは一九八〇年五月八日「世界痘瘡根絶」を宣言し、ここに人類と痘瘡の数千年にわたる悲惨な戦いは終結したのである。

一方わが国ではこれより少々早く、すなわち昭和三〇年（一九五五）の一例を最後に国内の患者発生は見ていない（但し、昭和四八年・四九年に各一例、バングラデシュおよびインドからの帰国者の感染輸入例あり）。

かくして一七九六年ジェンナーが痘瘡ウイルスによる予防接種方法を発表した際、この方法で痘瘡は世界から絶滅できると予言したが、その予言はまさに、一八〇年後に実現したことになる。

次に「痘瘡の称呼」について述べておきたい。痘瘡はその長い歴史の経過においてさまざまな呼び名が使われてきたが、その「病名の変遷」については、本文『野乃舎随筆』の項を参照して頂きたい（一六一～九頁）。

ところで現在一般によく使われている病名としては天然痘があり、また疱瘡なる呼び名も長い間親しまれてきた。この疱瘡なる呼称は、宋の医書の影響によるものとされ、すでに平安・鎌倉時代から医師用語のほか、「ハウソウ」なる俗称としても一般に使用されてきた。ただし今次大戦後は、しばらくは「植え疱瘡」（種痘のこと）として残ったが、やがて種痘が廃止されるや、当然のことながら疱瘡の呼び名も漸次姿を消してきている。

これに対して「天然痘」という病名の出現は比較的あたらしく、確言はできないが、嘉永二年（一八四九）の『牛痘小考』、嘉永六年（一八五三）の『補憾録』の頃からと思われる。その後、明治七・八年（一八七四・七五）

頃の「痘瘡関係法令」以来、公式用語としてしばしば使用されたが、なぜか公式文書における文言としては、明治一八年（一八八五）太政官布告の「痘瘡規則」あたりを最後に姿を消して使用されていない。

しかし、「天然痘」なる呼び名は、現在でもマスコミを含め一般に最も通じやすい病名として使用されていることはご存知の通りである。

なお、第二次大戦後、当時の厚生省は従来用いられてきた「疱瘡」「天然痘」その他の呼び名をこれまた古くから使用されてきた「痘瘡」なる公式用語に統一し、その上瘡を平仮名に置き換えて「痘そう」とすることとした。したがってこれに倣って以後、医学用語も同じく「痘そう」なる文字が使用されることが多い。

ところで、『日本痘苗史序説』の著者である北里研究所の名誉部長添川正夫は、

　痘を漢字で瘡を平仮名で書くのは筆者の好みに合わないので、古くから用いられている痘瘡とした。

と述べているが、筆者も全く同感なので文献・資料等に使用されている呼び名は厳密にそのままとし、その他については痘瘡なる用語を使用している。

Ⅱ　疱瘡の起源

史籍上わが国最初の疱瘡流行とされるのは、聖武天皇の天平七年（七三五）とされるが、『続日本紀』によれば次の記載を見る。

〔疱瘡第一次流行〕

八月乙未、詔曰、如聞、此日太宰府疫死者多、思下欲救二療疫気一以済中民命上、是以、奉二幣彼部神祇一、為レ民禱祈焉、又府大寺及別国諸寺、読二金剛般若経一、仍遣下使賑二給疫民一、竝加中湯薬上、又其長門以還、諸国守若介、専斎、或道饗祭祀。

丙午、太宰府言、管内諸国疫瘡大発、百姓悉臥、今年之間、欲レ停二調貢一、許レ之。

閏十一月戊戌、詔以二災変数見、疫癘不レ已、大二赦天下一、云云。

十二月壬寅、是歳年頗不レ稔、自レ夏至レ冬、天下患二豌豆瘡一（俗曰二裳瘡《もかさ》一）夭死者多

この年の疫瘡すなわち疱瘡は、始め筑紫に発生し、漸次東方に蔓延して遂に全国に伝播した。『大同類聚方』に、

一児患レ之、則一村流行也、猶二裳之曳レ地也、故名焉、

とあるように、一児が罹れば全村にまたたく間に拡がる疱瘡伝播の有様が、まるで裳《もすそ》の地を曳く如くであったことから、裳瘡《もがさ》と名付けられて恐れられた。なおこの年の疱瘡流行は、わが国史籍上初めての記録、すなわち、国

内における痘瘡の第一次流行とされるものである。しかし、この時の流行よりも大量の死者を出したのは、翌々年すなわち天平九年（七三七）の大流行で、その状況は『続日本紀』によれば次の如くである。

〔痘瘡第二次流行〕

四月癸亥、太宰府管内諸国、疫瘡時行、百姓多死、詔賑二恤貧疫之家一、並給二湯薬一療レ之。五月壬辰、詔曰、四月以来、疫旱並行、田苗焦萎、由レ是祈二禱山川一、奠二祭神祇一、未レ得二効験一、六月甲辰朔日、廃朝、以二百官官人患レ疫也。

七月丁丑、賑二給大倭、伊豆、若狭、三国飢疫百姓一、同壬午、賑二給伊賀、駿河二国疫飢之民一。

八月、甲寅、詔曰、自レ春已来、災気遽発、天下百姓、死亡実多、百官人等、闕卒不レ少、云云。

十二月、是歳春、疫瘡大発、初自二筑紫一来、経レ夏渉レ秋、公卿以下、天下百姓、相継疫死、不レ可二勝計一、近代以来、未二之有一也。

富士川游によれば、「天平九年の疫瘡をば麻疹なりとする説あり。しかれどもこの疫瘡は痘瘡と見るを正しとすべく、その中に麻疹を混在せしことは、これを否認すべからざることを先に論ぜしところなり」と記している(1)。

また、この年の六月二六日の条には、朝廷は典薬寮の勘申に基づいて作成した太政官符（痘瘡治方管符）を全国に布達している。この官符に「泄痢不復救」「泄痢難治」または「若成赤白痢者糯粉和八九沸令前温飲再三云云」（『類聚符宣抄』）とあることから、明らかに当時一種の疫疾として識別された下痢があり、それはとくに赤痢を指称したものではないが、しかしその中に赤痢をも包含していたことは疑いないところと考えられる。

この年の疫瘡は、史籍上天平七年に次ぐ痘瘡第二次流行とされるものだが、その被害は第一次流行のそれを大きく上廻り、時の権力者たちも相次いで斃れるという悲惨なものであった。

まさに当時、疫病は「貴より賤に及ぶ」ものと考えられていた通りの流行でもあったのである。事実、この年には、奈良時代の朝臣である藤原不比等の長子・藤原武智麻呂、二子・藤原房前、三子・藤原宇合、四子の藤原麻呂および橘諸兄の弟佐為王らが相次いでこの疫病で病死している。

〔痘瘡第三次流行〕

『日本書紀』天平宝字七年（七六三）の条に次のようにある。

四月癸未、壱岐島疫。

五月癸丑、伊賀国疫、賑二給之一。

六月戊戌、摂津・山背二国疫。並賑二給之一

八月辛未朔、勅曰、如聞、去歳霖雨、今年亢旱、五穀不レ熟、米価踊貴、由レ是百姓稍苦二飢饉一、加之疾疫、死亡数多、朕毎念レ茲、情深傷惻、宜レ免二左右京、五畿内、七道諸国今年田租一。

九月庚子朔、勅曰、疫死多レ数、水旱不レ時、神火屢至、徒損二官物一、此者、国郡司等、不レ恭二於国神一之咎也、

云云、

この年の疫病は、『続日本紀』には、単に疫と記されているのみだが、橋本伯寿の『断毒論』によれば痘瘡であったとしている。とすると、天平九年に続くわが国における第三次の痘瘡流行である。

以上、『続日本紀』に記述されているわが国痘瘡の第一次・第二次・第三次流行について述べたが、[2]これらはいずれも奈良時代（和銅三年＝七一〇～延暦三年＝七八四）に起っており、第四次流行（延暦九年＝七九〇）以後は平安時代（延暦三年＝七八四～文治元年＝一一八五）になってからであり、以来しばしば流行を繰り返した。

その理由として平安時代となるや、大陸との交通が漸く頻繁となり、その往来が盛んになるとともに、疱瘡を含む悪疫もまた輸入され、国内に流行しては多くの死者を出したことによる。たとえばこれについて服部敏良は、自著『平安時代医学の研究』で次のように述べている(3)。

平安時代、病名の明らかな流行病のみでも八種、二十数回に及んでいるが、この他、病気が判然とせず、ただ悪疫の流行とされているものが六十数回に及んでいるのであって、当時、如何に流行性疾患が猖獗を極めたかを知り得るであろう。

なお、病名不明の流行の場合、悪疫・飢疫のほか、疫・疫病・疫気・疫癘・疾疫などの文字が使用されているが、この中には当然疱瘡も含まれているはずである。

いずれにせよ、平安時代大陸から筑紫に上陸した疱瘡は京畿地方を中心に流行し全国に伝播したが、その後、鎌倉・室町時代と次第にその間隔を縮め、ついに江戸時代に至るや連年いずれかの地で疱瘡が流行することになったのである。

〔参考文献・注〕

(1) 富士川游『日本疾病史』(東洋文庫133、平凡社、一九九四年)一〇三頁。
(2) 同右、一五～一七頁。
(3) 服部敏良『平安時代医学の研究』(科学書院、一九八四年)二〇七～二一一頁。

Ⅲ　文学作品

本書の史料とした文学作品は計四六種で、その時代別数は、左記の通りである。

平安時代〜二　　鎌倉時代〜二　　室町時代〜一　　江戸時代〜三五

明治時代〜三　　大正時代〜一　　昭和時代〜二

平安時代

1　栄花物語

『栄花(華)物語』[1]が書かれた平安時代には、痘瘡は「疱瘡」「皰瘡」と記され、一般には〝もがさ〟と呼ばれて恐れられた。事実、平安時代約四〇〇年の間に約二〇回の流行を見たのだから、実に二〇年に一度の割で惨禍を繰り返したことになる[2]。

ところで、『栄花物語』における疾病記事には風の病、飲水病、腹ふくるる病、寸白《すばく》、眼病、もののけ等があり、かなり特色のある記述がなされている。また流行病《はやりやまい》については巻三〇までに六回記載があるが、大半は疱瘡と麻疹のことで占められており、その疾病記事は慌ただしい時代背景のもとに記されていることが多い。以下、痘瘡に関する記載の三か所を抜粋し考察して見ることにする。

○「花山天皇の出家」（巻第二）花山たづねる中納言(3)

今年は世の中にもがさといふもの出《い》で来て、よもやまの人、上下《かみしも》病みののしるに、公私《おおやけわたくし》いといみじきことと思へり。やむごとなき男女《おとこおんな》うせたまふたぐひ多かりと聞ゆる中にも、前摂政殿の前少将後少将、同じ日うちつづきうせたまひて、母北の方あはれにいみじう思し嘆くことを、世の中のあはれなることの例《ためし》には言ひののしりたり。まねびつくすべくもあらず。

文中のもがさ（疱瘡）とは天延二年（九七四）の流行のことで、『日本紀略』に、

八月二十八日癸卯於二紫宸前庭、建礼門、朱雀門一大祓、依二天暦元年八月十五日例一行レ之、是為レ除二皰瘡一也

とあり、天暦元年（九四七）の疱瘡流行についても、同じく『日本紀略』に、

今六月以後、皰瘡多発、人庶多傷。有二童謡言一

と記されているように、それは烈しいものであった。

ところで当時、流行病は外国より襲来し、「貴より賤に及ぶ」とされたが、事実、天暦元年の流行には、村上天皇および朱雀上皇が倒れ、天延二年の時は『栄花物語』の文に見る如く、一条摂政藤原伊尹《これただ》の長男左近少将挙《ちか》賢《たか》、次男の右近少将義孝の兄弟が同じ日の朝と夕に死亡するなどの惨事も招いた。したがって、世人は疱瘡を恐れることはもちろんのこと、当時ようやく盛んとなった仏教思想の影響もあって、しみじみとこの世のはかなさを感じざるを得なかった。

ところで前述の如く、当時、疫病は外国より襲来し、「貴より賤に及ぶ」とされたから、貴族はもちろんのこと、時の最高権力者であった天皇でさえ例外ではなかった。では実際に、事実は一体どうであったのだろうか。そこ

で平安時代の約四〇〇年間に即位した三二名の天皇の痘瘡罹患の有無について調べてみると、実に表1に示す如く、三二名中一三名（四〇・六％）の天皇が痘瘡に罹っていることがわかる。

なお大石千引著の『野乃舎随筆』（文政三年＝一八二〇刊）によれば、『日本紀略』に「後一条院寛仁四年甲午、今日主上令レ悩疱瘡給と有、是より先代の御門、御疱瘡あそばされしもあるべけれど、記録などに詳かならず」とある。つまり、先代の御門三条天皇（九七六～一〇一七）が痘瘡に罹患しているのではないかとの記述があるが、はっきりした文献が見当たらないため表1には記載していない。

表1　痘瘡に罹患した天皇（平安時代）

歴代	天皇	事項
60	醍醐天皇	延喜一五年（九一五）三一歳の時、痘瘡に罹患するも治癒
61	朱雀天皇	天暦元年（九四七）二五歳の時、痘瘡に罹患するも治癒
62	村上天皇	天暦元年（九四七）二二歳の時、痘瘡に罹患するも治癒
65	花山天皇	寛弘五年（一〇〇八）四一歳の時、痘瘡に罹患し崩御
66	一条天皇	正暦四年（九九三）一四歳の時、痘瘡に罹患するも治癒
68	後一条天皇	寛仁四年（一〇二〇）一五歳の時、痘瘡に罹患するも治癒
73	堀河天皇	寛治八年（一〇九四）一六歳の時、痘瘡に罹患するも治癒
74	鳥羽天皇	大治元年（一一二六）二四歳の時、痘瘡に罹患するも治癒
75	崇徳天皇	康治二年（一一四三）二五歳の時、痘瘡に罹患するも治癒
76	近衛天皇	康治二年（一一四三）五歳の時、痘瘡に罹患するも治癒
77	後白河天皇	安元二年（一一七六）五〇歳の時、痘瘡に罹患するも治癒
78	二条天皇	永暦元年（一一六〇）一八歳の時、痘瘡に罹患するも治癒
80	高倉天皇	安元三年（一一七七）一七歳の時、痘瘡に罹患するも治癒

○「定子皇后の葬送」（巻第七）とりべ野④

弾正宮うちはへ御夜歩《よあり》きの恐ろしさを、世の人やすからず、あいなきことなりと、さかしらに聞えさせつる。今年はおほかたいと騒がしう、いつぞやの心地して、道大路《みちおほぢ》のいみじきに、ものどもを見過ぐしつつあさましかりつる御夜歩きのしるしにや、いみじうわづらはせたまひて、うせたまひぬ。

文意は弾正宮《だんじやうのみや》（為尊親王）は、ずっと引き続いて御夜歩きをなさる恐ろしさを、世間では穏やかならず、不都合なことと、差しでがましくお噂申していたが、今年はおよそ世の中が騒然としており、いつぞやと同じように、道ばたや大路が惨憺たる有様であるが、そうしたあれこれのものには目もくれずに情けない御夜歩きをなさったせいだろうか、ひどくお患いになって、お亡くなりになったというもので、二五歳のお年であったという。

なお、文中「今年はおほかたいと騒がしう、いつぞやの心地して、道大路のいみじきに云云」とあるのは、一条天皇の長保三年（一〇〇一）の痘瘡流行のことで、『日本紀略』によれば、

始レ自二去冬一、至二于今年七月一、天下疫死大盛、道路死骸不レ知二其数一、況於二斂葬之輩一、不レ知二幾万人一

とのことである。また「いつぞやの心地」というのは、長徳元年（九九五）の痘瘡流行を指しており、そのときの状況については、同じく『日本紀略』によれば次のように記されている。

今年四五月、疫癘殊盛　中納言已上薨者八人、至二于七月一、頗散、但下人不レ死（七月の条下に曰く、納言已上薨者八人、四位七人、五位五十四人、六位以下、僧侶等、不レ可二勝計一、但不レ及二下人一）

なお、この時の流行は正暦四年（九九三）から続くもので、翌年の正暦五年の流行については『百錬抄』に次の記載を見る。

自二正月一、至二十二月一、天下疫死者尤盛、起レ自二鎮西一、及二京師一、四五六七月之間、殊盛、死者過レ半、五位已

上六十余人也、道路置二死骸一

いずれにせよ、藤原氏極盛時代の背景にはすさまじいまでの疱瘡による惨劇が繰り返され、栄華を誇った貴族・高官でさえ疫に斃れるといった、まことに由々しき時代であったのである。

たとえば、正暦五年（九九四）の疱瘡の流行により、納言以上では、摂政関白の藤原道隆をはじめ、藤原清光・藤原済時・源重信・藤原道兼・源保光・源伊陟・藤原道頼等が罹患・病没した。この結果、政界上層部に重大な混乱が生じ、結局、権勢をわが子伊周《これちか》に譲ろうと図っていた道隆の野望は潰《つい》え、執政の座は弟の道兼を経て、疱瘡の難を逃れた道長に移ることになった（道兼は関白となるも在任わずか七日で死去。道隆は兼家の長男、道兼は兼家の四男、道長は同じく兼家の五男である）。

かくして道長が政権を握るや、平安期に入ってにわかに権力を増してきた房前の北家は、最盛の時代を迎えることとなった（他の武智麻呂の南家、宇合の式家、麻呂の京家は一時的に栄えたが、政治に関与して衰えた）。その結果、摂政・関白・太政大臣以下重要な官位はすべて一族で独占し、その権勢は衰えることなく鎌倉時代まで続いたのである。

まさに、疱瘡の流行が一国の政治を大きく変えた事例だが、もちろん、歴史にもしもということはあり得ないが、もし仮に道長も疱瘡の犠牲者であったなら、日本の歴史もまた大きく変っていたに違いないと思われる。

○「堀河女御の死と左大臣顕光」（巻第十六）もとのしづく⑸

はかなく年もかへりぬ。世の中も今めかしきに、今年は裳瘡《もがさ》といふもの起るべしとて、筑紫の方《かた》よりは、旧《ふる》年《とし》よりみな病《や》みけりなど聞ゆれば、はじめ病みけるより後《のち》、この二十余年になりにければ、はじめ病まぬ人のみ多かりける世なりければ、公私《おおやけわたくし》いとわりなく恐ろしきことに思ひ騒ぎたり。云云かくてこの裳瘡京に来ぬれば、いみじう病む人々多かり。前《さき》の大弐《だいに》も、同じくは、この御堂の供養の先にと思しいそぎければ、このごろ上《のぼ》りたまひて、いみじき唐《から》の綾錦を多く入道殿に奉りたまひて、御堂《みどう》の飾りにせさせたまふ。めでたき御堂の会《ゑ》とののしれども、世の人ただ今は、この裳瘡に何ごともおぼえぬさまなり。この裳瘡は、大弐の御《ご》供に筑紫より来るとこそいふめれ。あさましうさまざまにいみじうわづらひてやがてなくなるむぐひも多かり。いみじうあはれなること多かり。

以上は寛仁四年（一〇二〇）の疱瘡流行に関する記述だが、この年の流行について『日本紀略』によれば、

此春、人民患二疱瘡一。四月十三日主上令レ悩二疱瘡一、常赦所不免者レ不レ赦、又免二調庸徭役一、依二皰瘡疾疫事一也

今年自レ春患二疱瘡一四月殊甚

とあり、また『左経記』にも「四月、後一条天皇御疱瘡重きに依り、四月二十二日大赦をなす」とある。ところで、「もとのしづくの巻」には興味ある次の二つの事実が書かれている。

そのひとつは、筑紫（筑前・筑後）では去年から疱瘡が流行っているから、今年は京で流行るだろうと人々が恐れていること。そしていよいよ京へ疱瘡が来たが、これは大弐（藤原隆家）の供の者が病毒の仲介者になったとされていること。つまり、疱瘡の伝播経路は、当時海外交通の要衝であった筑紫を根拠地として京に上った筑紫→京師ルートであったと記されていることである。

いまひとつは、疱瘡が猖獗を極めた年からすでに二〇数年にもなるので、すでに疱瘡に罹患している者の少ないことも、病毒の侵入の恐れられる原因であった、との記述である。つまり、一度疱瘡に罹ったものは、二度と罹らないという疱瘡の免疫性について、理由は不明としても、当時の人々が度重なる襲来から、すでに体験上知っていたということである。

なお、猖獗を極めたという二〇数年前の痘瘡について『栄花物語』の解釈で最も高い評価を得ている与謝野晶子[6]によれば、それは多分二三年前の長徳四年（九九八）に流行した赤斑瘡《あかもかさ》ではなかったとしている。しかし、この年の疫病の惨事は、すでにわが国における麻疹の第一次の流行として、「最も確実にして誤りなし」[7]とされており、またそれを裏付ける多くの文献[8]もある。したがって痘瘡との免疫に関連して長徳四年の流行を挙げるのは、誤りであると思われる。

〔参考文献・注〕

（1）歴史物語、全四〇巻。藤原道長の栄華を主としているところから栄華物語と呼ばれる。宇多天皇の代に筆を起し、道長の死の翌年（長元元年＝一〇二八）に至り、続編は堀河天皇の代、寛治六年（一〇九二）二月に至る前後一五代二〇〇年間の宮廷貴族の歴史を仮名文を用いて編年体に記したもの。巻々に物語らしく題名が付けられており、また世代継承の物語でもあるから「世継物語」ともいわれる。なお正編三〇巻は赤染門編とする説が有力。

（2）服部敏良によれば、平安時代における痘瘡の流行は、約二〇回に及ぶという。その間隔の短いものは三～八年、長きものは三六年に及んでいるが、実際にはさらに多かったのではないかと考えられる（『平安時代医学の研究』、桑名文星堂、一九五五年）一九九～二〇一頁。

（3）山中裕他『新編日本古典文学全集31・栄花物語①』（小学館、一九九五年）九一～九二頁。

（4）同右、三五六～三五七頁。

（5）山中裕他『新編日本古典文学全集32・栄花物語②』（小学館、一九九七年）二一三～二一四頁。

（6）与謝野晶子訳『栄花物語』（古典日本文学全集9、筑摩書房、一九六二年）一九九～二〇〇頁。

（7）山崎佐『日本疫史及防疫史』（克誠堂書店、一九三一年）三八三頁。

（8）『百練抄』に「長徳四年、自夏至冬斑瘡流流行、死亡者多、古老未見如今年春」とあり、同様の記述が『日本紀略』『扶桑略』にもある。

2　中右記

堀河天皇の応徳四年（一〇八七）から崇徳天皇の保延四年（一一三八）までの五〇余年間にわたる院政期の朝廷の典礼・儀礼・儀式・政治・社会各種の事情を記した『中右記』(1)に、寛治七年・八年の痘瘡流行に関する次のような記述がある。

○堀河天皇　寛治七年（一〇九三）

十二月十二日、今日臨時廿二社奉幣也、当日早旦被奏日時勘文、又奏宣命草、上卿中宮大夫、有卿中宮大夫、有御出南殿、有御拝、近日世間疱瘡、為消彼難有此奉幣也、其由則作載宣命文(2)

○堀河天皇　寛治八年（一〇九四）

正月二十日、従去十一月十二月、及此正月、世間有疱瘡聞。就中近日多夭命者云云、十七歳以下小児、一人不残歟、雖老者免先度者、復遇此病云云(3)

正月二十五日、従今日於祇園宝前、有公家御祈仁王講、僧三口　大般若御読経、六口　是疱瘡御祈也、云云(4)、

九月二十三日、於祇園宝前被始孔雀教、大般若御読経、近日天下有疱瘡之聞故也、云云(5)、

なお、この他、痘瘡以外の疾病流行については次のような記載がある。

○堀河天皇　寛治四年（一〇九〇）

九月二十五日、有非常赦、是依主上御厄年竝今年近日疾疫発聞也

○堀河天皇　寛治七年（一〇九三）

十二月四日、近日、世間、赤疱瘡聞

○堀河天皇　嘉保元年（一〇九四）
今年秋冬、赤疱瘡、云云
○堀河天皇　嘉承二年（一一〇七）
三月、春間、頗有疾疫聞
○鳥羽天皇　元永二年（一一一九）
五月十四日、使千僧読経延暦寺、穰疾疫
○崇徳天皇　大治二年（一一二七）
夏、赤斑瘡流行、十月十二日云云、天下病患之所致歟、云云
○崇徳天皇　長承元年（一一三二）
閏四月十六日、軟、頃者疾疫蔓延、華夷不静、云云
五月九日、以災異疾疫奉幣二十二社、
○崇徳天皇　長承三年（一一三四）
十月廿五日、被行千僧御読経、是公家御祈、竝天下咳病祈、云云、近日天下萬人咳病、或有夭亡輩　云云
○崇徳天皇　保延元年（一一三五）
五月五日、近日天下疾疫、飢餓者、充満道路、

以上のように『中右記』に見る痘瘡の記事[6]は僅かに寛治七年・八年の流行のみだが、実は、このほかにも、たとえば『永昌記』[7]によれば、崇徳天皇の大治元年（一一二六）には、痘瘡が流行したという左記のような記述がある。

新院御疱事

正月十五日、辛巳、参新院、有御疱瘡気云云、(8)

依疱瘡被行大赦事

正月十七日、癸未、今日依疱瘡被行大赦、宗光草之、大赦日政始先例可尋之、(9)

古来わが国は祖先神への尊崇を中心とした固有の神道の国であったから、疫疾の流行は神罰・神祟によると考えられていた。したがって疫病流行のあるたびに神の怒りを鎮めるため天皇自ら斎戒沐浴して八百万《やおよろず》の神を祀り、神祇に奉幣する等、わが国古来の制度によってさまざまな行事が行われた。大祓や道饗祭《みちあえのまつり》の類がそれである。

一方、仏教伝来するや中国思想の影響により疾病は疫鬼・魑魅の所業によると考えられたから、法力によりこれを防遏せんがために大般若経の読経をはじめ写経・造仏・加持・祈禱など多くの宗教的方法が行われた。たとえば、わが国痘瘡の第一次流行とされる天平七年(七三五)の五月には、疫災を除去するため、宮中および大安寺・薬師寺・元興寺において大般若経が転読されている。

続いて二年後の天平九年八月の第二次流行の時には、四畿内および七道諸国の僧尼をして大般若経並に最勝王経を転読せしめているのはその典型的例である。

当時一般に読誦《どくしょう》された経典には、金光明最勝王経・維摩経・仁王般若経・法華経・梵網経などがあるが、朝廷においては無論のこと、とくに一般民衆の間では維摩経が弘く読まれた。これは当時この経典を読めば、疾病が癒るものと信じられていたから、深遠な教典としてよりも、一種の祈禱の意味をもって読まれたようである。

また、聞き馴れない孔雀教とは孔雀明王の神呪を説いた経典のことで、物の本によれば主に不空訳の仏母大孔雀明王経をいうとある。なお、孔雀明王(梵語:Mahāmāyūrī)とは毒蛇を食う孔雀を神格した明王で、一切諸毒を除く功徳があるとされている。

このように多くの経典の読経・転読のほか、鬼魅・疫神の侵入を塞ぎ止めるため、朝廷は鎮花祭《はなしずめのまつり》・道饗祭《みちあえのまつり》・鎮魂祭《たましずめのまつり》・疫神祭・鬼気祭などを行い、また大赦・免税・大祓・改元などさまざまな諸制を設けて施行している。

ここで『永昌記』(7)に記述された天治三年(大治元年＝一一二六)の疱瘡流行について少し詳しく述べてみることにする。それによると、大治元年の前年、天治二年十二月の条に、

疱瘡流行す、十七日鬼気祭を内裏諸門に伴ふ。ただし疱瘡盛行。年を越して止まず。

とあり、また翌年の天治三年(一一二六)正月十五日の条には、

鳥羽上皇疱瘡を患させ給ふ。正月十七日上皇の疱瘡に依りて非常赦を行ふ。正月二十二日疱瘡に依り天治三年を大治と改元す。二月一日大般若経を三条殿に供養転読して上皇の御疾を祈禳せしむ。(8)

と記されている。

そもそも、平安時代は旱魃や水害等の天候異変が多く、したがって飢饉の起らぬ年はきわめて少なかったという。しかもその上、飢饉と疫病は絶えず連動して民衆を襲ったから、各地で大量の犠牲者が発生した。たとえば、富士川游によれば、疱瘡の主なる流行は、平安期の延暦より養和に至るおよそ四〇〇年間に二〇回、麻疹の大流行は八回を数え、このほか、咳疫(流行性感冒)一一回、赤痢八回、福来病(流行性耳下腺炎)の流行のほか、現在の何病に当るかは不明の、羊病・銭病・虚子病などと称する疫病も流行したという。なお、そのほか、病名の記載がなく単に疫疾・疾癘・疾疫・飢疫、あるいは大疫とのみ記載された流行年も実に三二回を数えるとあるから、このため、各地に夥しい死者を出す惨事が繰り返された。(9)

そこでここでは、疫病が流行すると、とくに平安時代にしばしば行なわれたとされる大赦(10)と改元について考察

して見ることとする。

ではまず、この時代、一体、大赦・非常赦は何回何度行われたであろうか。史料によれば、次の如くである。

〔平安時代に行われた大赦・非常赦〕
○醍醐天皇　延喜一五年（一九一五）
十月二十六日、疱瘡の厄あるに依りて、大赦を行ひ、未進の調庸並に今年の半徭を免ず。
○醍醐天皇　延長八年（九三〇）
二月二十四日、詔して天下に大赦す、去年の風水之災、今春の疫癘の患に依る。
○村上天皇　天暦元年（九四七）
九月五日、疱瘡に依りて、大赦を行ふ。
○一条天皇　正暦四年（九九三）
八月二十一日、疱瘡の為めに大赦を行ふ。
○一条天皇　長徳四年（九九八）
七月二十日、御疱瘡に依りて大赦を行ふ。
○一条天皇　長保三年（一〇〇一）
四月十二日、疾病に依りて、大赦を行ふ。
○一条天皇　寛弘八年（一〇一一）
五月二十八日、御悩に依り大赦を行ふ。
○三条天皇　長和四年（一〇一五）

五月二十六日、疾疫に依りて大赦を行ふ。

○後一条天皇　寛仁四年（一〇二〇）

四月二十二日、御疱瘡重きに依り大般若不断御読経を行ひ、大赦をなす。

○後一条天皇　萬寿四年（一〇二七）

十一月十三日、道長の病に依り非常赦を行ひ、度者千人を賜ふ。

○後一条天皇　萬寿五年（一〇二八）

七月二十五日、疫癘災旱に依り、天下に大赦す。

○後三条天皇　治暦四年（一〇六八）

三月二十八日、御平癒御祈の為に諸仏の画像を法成寺に供養し又大赦を行ふ。

○白河天皇　承保四年（一〇七七）

八月十六日、御不予及疱瘡流行に依りて非常赦を行ふ。

○堀河天皇　寛治四年（一〇九〇）

九月二十五日、御厄年竝に近年疾疫発するに依り非常赦を行ふ。

○堀河天皇　嘉保二年（一〇九五）

九月二十一日、御不予に依りて、九月二十一日天台座仁覚を朝餉間に召し御平癒を祈らしめ非常赦を行ひ調庸の未進を免す。

○堀河天皇　承徳三年（一〇九九）

六月二十五日、天変地震及び疾疫に依りて非常赦を行ふ。

○堀河天皇　長治二年（一一〇五）
三月十七日、御不予に依りて軽囚五十人を免す。三月二十四日、大極殿に読経し又明道供を修し、非常赦を行ふ。

○堀河天皇　嘉承二年（一一〇七）
七月六日、御不予に依りて非常赦を行ひ、囚徒六十人を免し軒廊御卜を行ふ。

○鳥羽天皇　天永元年（一一一一）
八月十七日、摂政忠実の病に依りて非常赦を行ふ。

○崇徳天皇　天治三年（一一二六）
正月十七日、上皇の疱瘡に依りて非常赦を行ふ。

○崇徳天皇　永治元年（一一四一）
七月二十五日、法皇の御病に依り非常赦を行ふ。

○近衛天皇　康治二年（一一四三）
五月十四日、上皇疱瘡を患ひ給ふに依り、非常赦を行ふ。

○近衛天皇　天養元年（一一四四）
八月十八日、近衛天皇御不予に依り非常赦を行ふ。

○近衛天皇　久安元年（一一四五）
十二月七日、法皇の御悩に依り非常赦を行ふ。

○近衛天皇　仁平三年（一一五三）

九月二十三日、法皇の御不予に依り非常赦を行ふ。
○二条天皇　永万元年（一一六五）
四月二十三日、御不予に依りて大赦を行ふ。
○六条天皇　仁安三年（一一六八）
二月十六日、前太政大臣清盛の疾に依りて非常赦を行ひ調庸を免ず。

なお、前記の大赦・非常赦のほか、軽犯の獄囚の放免も四回ほど行われている。
○後一条天皇　寛仁四年（一〇二〇）
十二月八日、疾疫に依りて臨時仁王会を行ひ御読経僧の闕請を補し、殺生禁止の官符を諸国に下し、軽犯者を免す。
○堀河天皇　承徳三年（康和元年＝一〇九九、八月二八日康和と改元）
三月二十七日、疾疫旱災に依り軽囚九十人を免ず。
○堀河天皇　康和元年（一〇九九）
十月二十四日、中宮御不予に依りて、獄囚四十余人を放免す。
○堀河天皇　長治二年（一一〇五）
三月十一日、御不予、三月十七日、御不豫に依りて軽囚五十人を免ず。

以上、平安時代、疫病の蔓延防遏に関して行われた大赦・非常赦および軽囚の放免について述べたが、以下それらに関して少し検討してみることにする。

ところで先にも触れた如く、大赦は疫災を防避する方法として古代においてはしばしば行われた。『至要抄』

によれば「赦令、世大事殊御祈之時被行云云」とあり、天下に重大なことが起こった時これを行うものであると説いている。したがって疫災を防避せんがための祓禳《ふつじょう》は、すなわち世の大事に対する御祈の儀として行われたものである。

では一体、疫病蔓延防遏のため初めて大赦が行われたのはいつ頃のことだったのだろうか。史書によれば、聖武天皇の天平七年（七三五）の時とされるが、『続日本紀』によれば、

十二月、是歳、年頗不レ稔、自レ夏至レ冬、天下患二豌豆瘡一（俗曰裳瘡）夭死者多

とある。実はこの年の疫病こそ史籍上、わが国最初の疱瘡の流行とされるもので、当時免疫のなかった日本国内をまたたく間に席捲し、各地に夥しい死者を出した特記すべき年なのである（疱瘡第一次流行）。

この天平七年の大赦を嚆矢として、古代・中世には表2に見る如くしばしば行われたが、近世に至っては見られなくなった。

次に同じく疾病防遏諸制度の一つとして行われた改元についても少し触れてみたい。

表 2

時代	大赦	非常赦
奈良時代	2	0
平安時代	12	15
鎌倉時代	3	1
南北朝時代	1	0
室町時代	0	0

注：非常赦が初めて行われた年は万寿4年(1027)11月13日である。

そもそも年をつける称号すなわち年号（元号）は、中国において皇帝は時をも支配するという思想から、漢の武帝の時（前一四〇年）に「建元」と号したのに始まるとされる。それ以前は年号はなく、天子・諸侯の即位の翌年を元年とし、それから二年・三年と数えた。

日本では古く朝鮮から教えられた年を数えるのに干支《えと》を用いたが、孝徳天皇の六四五年に中国にならって「大化」と号したのが最初の年号である。この年号の制定権は天皇がもち、引き続いて今日に至っているが、即位に

よる改元（代始改元）の他、いろいろな理由によってしばしば改元されることがあったから、一代の在位期間に数回改元の行われることもあった。しかし明治以降は一世一元となり昭和五四年（一九七九）公布の元号法も、皇位の継承があった場合に限り改めると規定されている（代始改元）。

しかし明治以前には、次に示すような特殊な事情に基づいて改元が行われている。

①代始改元（既述）

②祥瑞《しょうずい》改元（天皇の治世を祝福するような自然現象が発現した際に行われる。たとえば、白亀・白雉・白鹿・黄金などが献上された瑞祥、あるいは楼上に慶雲を見た瑞祥など）

③災異改元（祥瑞改元の反対で、天変・怪異・兵革・飢饉・疾疫などの不詳な現象生起に基づいて改元が行われる場合）

④辛酉《しんゆ》革命（辛酉の年には万物の主宰者である天の指命によって君主または政府がかわるべきだという思想にもとづいて改元が行われる場合）

⑤甲子《かつし》革命（甲子の年には、君子の行う政治の内容がかわるべきだという思想に基づいて改元が行われる場合）[11]

わが国における改元は、最初の年号の「大化」より現在の平成に至るまで実に二四七回を数えるが、その内訳は表3に示す如く災異改元が最も多く、全体のほぼ半数（四七・八％）を占めており、続いて代始改元（二九・一％）・祥瑞改元（六・九％）・甲子革命（六・五％）・不明（三・二％）の順となっている。[12]

なお災異改元の行われた事情としては、文字通り天災地異、つまり地震・暴風・落雷・洪水・噴火・山崩・津波・旱魃をはじめ飢饉・炎災・兵乱・世間不穏・疫病蔓延など多くのものが挙げられる。

ところで疱瘡の二〇回・麻疹の七回の流行をはじめたびたび疫病の発生を繰り返した平安時代にはそのためし

表3　改元内訳

改元／時代	祥瑞改元	代始改元	辛酉改元	甲子改元	災異改元	不明	計
飛鳥	2					1	3
奈良	11	2					13
平安	4	32	5	4	44		89
鎌倉		14	3	3	28		48
南北朝		7 (6)	2 (1)	2 (1)	14 (9)	3	28
室町		3	2	2	16	1	24
安土・桃山		1			2		3
江戸		9	4	5	14	3	35
明治		1					1
大正		1					1
昭和		1					1
平成		1					1
計	17	72	16	16	118	8	247

注：(　)は北朝
出典：『日本年号一覧』(注12)より作表

ばしば災異改元が行われた。以下は痘瘡によって改元した流行年の記録である。

○白河天皇　承保四年（一〇七七）

七月、疱瘡流行。

八月十六日、御不予及疱瘡流行に依りて非常赦を行ひ、同十九日二十二社に奉幣す。

十一月十七日、疱瘡流行に依り承暦と改元す。

○堀河天皇　寛治八年（一〇九四）

正月二十五日、疱瘡の流行に依り、祇園社に於て仁王講を修し大般若経を転読せしむ。

九月二十三日、痘瘡流行に依り祇園社をして孔雀大般若御読経を行はしむ。

十二月十五日、疱瘡に依り嘉保と改元。

○崇徳天皇　天治三年（一一二六）

正月十五日、上皇疱瘡を患させ給ふ。

正月二十二日、疱瘡に依り大治と改元す。

○二条天皇　永暦二年（一一六一）
九月四日、皰瘡に依り応保と改元。
九月九日、天皇皰瘡を病み給ふ。
○高倉天皇　承安五年（一一七五）
三月五日、御不予及疱瘡流行に依りて御祈を行はる。
七月二十八日、疱瘡竝に世上閑ならざるに依りて安元と改元す。
なお、痘瘡以外の疾疫による改元は次の通りである。
○一条天皇　長徳五年（九九九）
正月十三日、去年赤斑瘡のために長保と改元す。
○後一条天皇　万寿五年（一〇二八）
七月二十五日、疫癘災旱に依り長元と改元す。
○後朱雀天皇　長久五年（一〇四四）
十一月二十四日、疾疫災旱に依り寛徳と改元す。
○鳥羽天皇　天永四年（一一一三）
七月十三日、兵革疾疫に依り永久と改元し天下に赦す。
○二条天皇　応保三年（一一六三）
三月二十九日、赤疱瘡に依り長寛と改元す。

〔参考文献・注〕

（1）中御門右大臣藤原宗忠の日記。家名・官名から一字ずつとって名づけた。堀河天皇から崇徳天皇まで五〇余年間（一〇八七〜一一三八）にわたる院政期の朝廷の典礼・儀式、政治・社会各種の事情を記す。『宗忠公記』『中右抄』『愚林』ともいう。

（2）『増補史料大成　第九巻・中右記二』（臨川書店、一九八二年）一〇二頁。

（3）同右、一一八〜一一九頁。

（4）同右、一一九頁。

（5）同右、一八四頁。

（6）『増補史料大成　中右記一〜七』。

（7）神事その他に関する書物二巻。伊勢内宮の禰宜《ねぎ》・荒木田守晨が、代々伝えてきた書物中より抜粋して作ったもので、永正十年（一五一三）に完成した。『群書類従』雑部に収められている。

（8）『増補史料大成　第八巻・水左記・永昌記』（臨川書店、一九八二年）一八九頁。

（9）富士川游『日本疾病史』（東洋文庫133、平凡社、一九九四年）。

（10）大赦とは恩赦の一種。恩赦とは行政権によって犯罪者に対して刑罰権の全部または一部を消滅させる処分だが、斎川真『日本法の歴史』（成文堂、一九九八年、一一四頁）の解説によれば次の如くである。

恩赦権は天皇に属していた。常赦・大赦・非常赦に分けられるが、ちがいはゆるされる犯罪の範囲による。どの範囲までを含めるのかは、赦令（詔書によって発令される）によって明らかにされた。赦は国家・皇室に慶弔あるいは天変地異や災害があった時に出されたが、のちになると仏教思想や怨霊思想の影響によって濫発されるようになった。

ところで、現在では多くは国家的慶事の際に行われる。因みに現行法では大赦・特赦・減刑・刑の執行免除・復権の五種に別けられている。

（11）岡田芳朗『改元』（日本大百科全書・第四巻、小学館、一九八五年）五八五頁。

(12) 岡田芳朗『日本年号一覧』（同右・第一八巻）三〇〇～三一〇頁。

鎌倉時代

3　明月記

鎌倉時代の史料として貴重な藤原定家の日記『明月記』[1]の正治二年（一二〇〇）三月二一日の条に次のような記述がある。

三月廿一日、天晴、八条院御影供不能参之由、以使申女房、後聞、参入雅隆卿、雅行、成家朝臣、知長、隆範、隆兼云々、奉行源少納言頼房所示送也、三名日来無為、仍夜前令小浴之處、今朝身聊治、未時許小瘡多出、疑へ奈も歟、近日世間小児等有此事云々、今日上皇春日御幸云々、還御廣瀬御所云々、[2]

文中に小児の小瘡なる語が出てくるが、これについて『玉葉』（九条兼実、長寛二年＝一一六四～正治二年＝一二〇〇）では、疱瘡のごときものであると次のように記している。

〇高倉天皇　治承四年（一一八〇）

八月廿日、自二今旦一大将病悩、及二巳刻一疱瘡出遍レ身云云仍召二主税頭定長及医博士経基等一令レ見レ之共申二疱瘡之由一云云俗云へなも、

小瘡あるいは疱瘡のごときものは俗にへなもというとあるが、これについて、富士川游は『日本疾病史』[3]に、

へナモ又はへナイモとは辺ノイモの義にして痘《いも》に近き意なり。按ずるに水痘なり。

と記している。このことからわが国においては、すでに鎌倉時代の初めには水痘《すいとう》が認識されて、真痘（正痘）と

区別されていたものと思われる。江戸時代には一般に水痘の称呼が用いられたが、このほか当時の病名として「水疱」「ヤブイモ」「ミズイモ」が使用され、また、風痘・石痘等の別称も用いられた。

すなわち、水痘は、痘瘡の軽症なるもの、殊に現在においてはすでに種痘を経過したものが罹かった痘瘡すなわち仮痘（Variolois）と鑑別するところの伝染病である。

以上記したように、水痘と痘瘡は確然と区別されるべき独立疾患であり、時には相当精密な鑑別を必要とするとされている。

このことに関して、西洋では一七六七年（明和四）英国のヒバーヅン（William Heberden）が水痘を痘瘡と明らかに区別し、一七七二年（安永元）には、ドイツのフォーゲル（J. Vogel）がvaricella（英）・wasserpocken（独）の命名を初めて行った。

これに対して中国では、すでに宋の時代に刊行された陳文中の『小児痘疹方論』に、

有㆓小児水痘㆒證、与㆓正痘㆒不㆑同、易㆑出、易㆑靨、不㆑宜㆓澡温㆒

とあり、明らかに水痘が認識されて、真痘（正痘）と区別されている。

ところで、わが国においては先に述べた如く、すでに鎌倉時代の初めには水痘を痘瘡より区別していたものと考えられ、実に西洋に先んずること六〇〇年も前のことである。むろん元の医学の影響があってのことだろうが、それにしても素晴らしいことである。

いずれにせよ水痘は痘瘡とは類似するが、確然と区別さるべき独立疾患なのである。

以下、水痘の本態・症状について簡単に明記すると次の如くである。

現在俗に水疱瘡ともいわれる水痘の原因は帯状疱疹と恐らく同じウイルスによると考えられる急性発疹性伝染

病で、主として一〇歳以下の小児が侵される。飛沫あるいは接触によって感染し、潜伏期は二～三週間で、症状は中等度の発熱と共に全身に散在性の赤い円形の発疹を生じ、間もなく丘疹となり、水疱となる。やがて水疱は破れ、黒褐色の痂皮を形成する。発疹は一度に出揃わないので、バラ疹様の小紅斑から丘疹・水疱と種々の段階の疹が混在するのが痘瘡と異なる。なお、痂皮が落ちたあとには白い跡が残る。痘瘡と異なり、一般状態はあまり侵されなく、慨して予後は良好であるが、しかし一度罹患すれば終生免疫となるのは、痘瘡の場合と同じである。

『明月記』の四条天皇の嘉禎元年（一二三五）一〇月二十五日の条に次のような記述がある。

十月廿五日、甲寅、朝雨猶降、清天間見、天顔難頗晴、雨脚遂不止、金吾書札、昨日終日候内裏、明日依疱瘡廿二社奉幣、賀茂使中領状了、為攘疱瘡也(4)

『明月記』によればこの年の「十月京都疱瘡流行す」とあり、また十月二十六日に二十二社に奉幣して疱瘡を祈禳した翌二十七日「四条天皇疱瘡を患へさせ給ふ」ともある。なお、『吾妻鏡』の十二月十八日の条には、「頼経疱瘡を患ふ、幕府、修法を行ひ、仏像を作り、使を諸社に遣して、之を祈禳す」とあるところを見ると、たいへんな年であったことが推測される。

ところで、古来よりわが国には、疫疾は神罰・神祟に起因するとの思想があったから、疫病が流行するや大祓《おおはらえ》や諸社に奉幣が行われた。

大祓は本来『延喜式』に定められたものであって、六月と一二月の晦日《つごもり》に、親王以下在京の百官を朱雀殿前の広場に集め、万人の罪や穢《けがれ》を祓った神事であり、この行事は現在も宮中を始め全国各神社で行われている。ただ昔は疫病が流行するやこれを防避せんがためにしばしば行われた。これは疫病の生ずるのは、罪穢が深くて神意に叛《そむ》く為と考えられていたために、これを祓って病災を免れようとしたのである。

また、この『明月記』の書かれた鎌倉時代には大祓は三度行われているが、いずれも痘瘡を祈禳するために行われたものである。

○後鳥羽天皇　文治四年（一一八八）

五月十五日、三所に大祓して疱瘡を祈禳す。

○後鳥羽天皇　建久三年（一一九二）

十二月十六日、三所に大祓して疱瘡を禳ふ。

○土御門天皇　建永二年（一二〇七）

六月、疱瘡流行す。八月二十四日、疱瘡を患い給ふ。次で御祈及び三所の大祓を行ひ二十二社に奉幣して祈禳す。

以上のように大祓によって病災を免れようとしたが、同様な理由で神に幣帛をたてまつり、祈禱を捧げて疫災を放避せんとすることも行われた。

このほか、中国思想の伝来により、疫病は疫鬼魅癘の所業と考えられたから、これを祈禳せんがために御読経が行われた。

なお、本文中「依疱瘡廿二社奉幣」とある二十二社とは、大小神社の首班に列し、国家の重大事や天変地異の際に奉幣使を立てた神社で、長暦三年（一〇三九）、後朱雀天皇の制定したもの。

すなわち、伊勢・石清水・賀茂・松尾・平野・稲荷・春日・大原野・大神《おおかみ》・石上《いそのかみ》・大和《おおやまと》・廣瀬・竜田・住吉・日吉《ひえ》・梅宮・吉田・廣田・祇園・北野・丹生・貴船の各社のことである。

以下は鎌倉時代において疫疾を禳《はら》うため奉幣が行われた年を挙げたものである。

○後鳥羽天皇　文治四年（一一八八）

五月十五日、疱瘡流行す。尋で伊勢以下十二社に奉幣し又三所に大祓を行ひて之を禳ふ。

○土御門天皇　正治二年（一二〇〇）

五月十日、二十二社に奉幣して疾疫を祈禳す。

○土御門天皇　元久三年（一二〇六）

正月二十二日、十二社に奉幣して疱瘡流行を祈禳し赦を行ふ。

○土御門天皇　建永二年（一二〇七）

八月二十四日、疱瘡を患い給ふ。次で二十二社に奉幣して祈禳す。

○後堀河天皇　嘉禄三年（一二二七）

十一月十八日、頼経、赤斑瘡を病むに依りて、諸社に奉幣して之を祈禳せしむ。

○四条天皇　嘉禎元年（一二三五）

十月二十六日、二十二社に奉幣して疱瘡を祈禳す。

○後嵯峨天皇　寛元二年（一二四四）

五月十二日、二十二社に奉幣し、又修法を行ひ疫疾を禳ふ。

○後深草天皇　正嘉三年（一二五九）

四月二十七日、二十二社に奉幣して七箇日仁王経を諸社に読みて飢疫を禳はしむ。

○後宇多天皇　弘安六年（一二八三）

六月二十日、悪疫流行によりて五社に奉幣す。
○伏見天皇　正応二年（一二八九）
六月九日、疫病流行に依り二十二社に奉幣使を発遣せらる。
○後伏見天皇　正安二年（一三〇〇）
六月二十二日、伊勢・八幡・賀茂・平野・春日の五社に奉幣して流行病を祈禳せしむ。
○花園天皇　延慶四年（一三一一）
四月二十五日、疾疫流行に依りて九社に奉幣使を発遣せらる。

最後に著者の定家について述べておきたい。『明月記』によれば、定家は病弱で持病に悩まされ、常に病床に呻吟していたとある。

定家の病歴については、服部敏良の『鎌倉時代医学の研究』に詳しく記されているので、ぜひ参考にして頂きたい。[5]

ところで、一説によれば、彼の持病は結核性気管支炎であろうと推測されているが、服部は定家の病弱の原因は、安元元年（一一七五）、一四歳の折に罹った赤麻瘡《あかもがさ》（麻疹）および治承元年（一一七七）、一六歳の折の痘瘡に由来していると記している。[6]

〔参考文献・注〕

（1）　藤原定家の日記。巻数不詳、漢文体。治承四年（一一八〇）～嘉禎元年（一二三五）の公武間の関係、故実・和歌などの見聞を記したもので、鎌倉時代の史料として貴重。京都冷泉家の時雨亭文庫などに大量の自筆本が現存している。なお、藤原定家は鎌倉前期の歌人・京極中納言などと呼ばれた（応保二年＝一一六二～嘉禎元年＝一二四二）。

（2）難波常雄他校訂『明月記』第一（図書刊行会、一九六九年）一五四頁。
（3）富士川游『日本疾病史』（東洋文庫133、平凡社、一九九四年）一六七〜一六八頁。
（4）前掲注（2）、四八二頁。
（5）服部敏良『鎌倉時代医学史の研究』（吉川弘文館、一九六四年）二四八〜二七八頁。
（6）同右、二七九頁。

4　花園院宸記

鎌倉時代後期の重要資料である日記『花園院宸記』(1)には痘瘡に関する次のような記述がある。(2)

正和三年　二月大丁卯

一日。乙卯、天晴、近日疱瘡流布。此間毎人病之。仍為朕祈禱。今日有鬼気祭。是依先例也。又今夜有四角鬼気祭事。今日大原野祭矣。上卿権大納言冬氏卿。掌侍藤名子参向。依二疱瘡流行一被レ行二四角四堺鬼気祭一。

古代における疫災防避の手段として、医薬を給与し、調貢を免除し、あるいは賑恤・大赦等の施行、神祇に奉幣する等、わが国古来の制度に則って執り行われた。

その一方、仏教が渡来して国内に普及するや、疫病は疫鬼・鬼神の仕業によるとする中国の思想に基づき、疫病を避けるべく疫神を祀る行事がさかんに行われた。

ところで、本居宣長の『玉勝間』に、次のような文章がある。(3)

鬼神の来り犯すを却けて、以て疫病を避くる事を期するの方法として、朝廷に専ぱら行なわれたるものに、鎮花祭《はなしずめのまつり》、道饗祭《みちあへのまつり》・四角四界祭・追儺《ついな》等あり、鎮花祭は季春に行わるるものにて、春花飛散の時に、疫神の分散して厲を行うことを鎮遏《ちんあつ》せんがためなり、道饗祭は季夏季冬に行わるるものにして、鬼魅の京城に入り来るを遏《とど》むるがために、京城四隅の道の上に、予め迎えて饗するの主旨なり。四角四界祭は、鬼魅を駆逐するものにして、四角祭とは、京都の四隅にて祭るを云い、四角祭とは国の四境にて祭るを云う。天下疫あるときに行われたるものなり。

すなわち四角鬼気祭とは、疫鬼がまさに京を襲わんとする時、これを道に迎えて食事をそなえ、接待して侵入を防ごうとする祭、つまり朝廷で行った道饗祭《みちあへのまつり》と深く係《かか》わるものとされている。道饗祭とは、大宝令の神祇令に規定され、六月・一二月の両度、京都の四隅の道上で八衢比古《やちまたひこ》・八衢比売《ひめ》・久那斗《くなと》の三神を祀る祭事で、疫神・疫鬼に食物を供えて京都に入るのを防いだ。これを京の入口の四隅で行うのを後に四角四堺の祭と呼び、鎌倉・室町時代にも行われ、疫病が流行《はや》ると臨時に祀ることもあった。

これは今日の疫神送り・虫送りの民俗行事にもつながるものである。

以上、一言でいうと四角四堺鬼気祭とは、朝廷で行った道饗祭の転化したもので、陰陽道《おんみょうどう》で疫神を祓うため、家の四隅と国の四境とで行った祭祀である。

文献によれば、初めて京都四隅畿内十界に疫神を祀ったのは宝亀元年（七七〇）で「六月甲寅、祭㆓疫神於京師四隅、畿内十界㆒」とある。[4] 爾来、疫神を祀るのが公けの定めとなったのは、先にも述べた如く仏法および中国伝来の思想の浸潤による結果である。次に記したものは四角四堺鬼気祭の行われた主な疫病流行年である。

○後一条天皇　長元三年（一〇三〇）

六月七日、疾病流行に依りて鬼気祭を京極の五箇所に行ふ。

○堀河天皇　嘉承元年（一一〇六）

四月十二日、四角四堺祭を修して疾疫を祈る。
○崇徳天皇　天治二年（一一二五）
十二月、疱瘡流行す。十七日、鬼気祭を内裏諸門に伴ふ。
○高倉天皇　承安元年（一一七一）
十月九日、御不予に依りて安倍泰親に鬼気祭を房覚法印に千手法を修せしむ。
○後鳥羽天皇　文治三年（一一八八）
五月二十九日、四角四堺祭を行ひて病魔を禳ふ。
○後堀河天皇　元仁元年（一二二四）
十二月二十六日、幕府疫癘流布するに依り四角四堺鬼気祭を修して之を祈禳せしむ。
○後堀河天皇　寛喜三年（一二三一）
五月四日、祇園の示現と称し夢記を注して疾疫餓死駆除のことを京都に流布するものあり、道家之を頼経に遣る、仍りて幕府、此日、四角四堺、鬼気祭等を行ふ。
○後嵯峨天皇　寛元二年（一二四四）
四月十六日、咳病流行す。俗に三日病と称す。幕府、四角四堺鬼気祭を修して之を祈禳す。
○後伏見天皇　正安二年（一三〇〇）
六月十日、四角四堺祭を行ふて流行病を祈禳す。
○花園天皇　延慶三年（一三一〇）
五月二十七日、疾疫流行するに依り四角四堺祭を行ふ。

○花園天皇　正和三年（一三一四）

二月一日、疱瘡流行に依りて四角鬼気祭を行はしめらる。

○後醍醐天皇　嘉暦元年（一三二六）

六月二十六日、天変、地震、疾疫に依り嘉暦と改元し、四角四堺祭を修して疫疾を祈る。

○後村上天皇　正平十五年（北朝、後光厳天皇、延文五年＝一三六〇）

閏四月二十四日、後光厳天皇、疾病流行に依りて近衛道嗣に諮らせ給ひ四角四堺鬼気祭を行ひ疾病を祈禳せしむ。

以上、文献に見る四角四堺鬼気祭の行われた年を列記したが、これによると奈良時代初期から平安・鎌倉期にかけては十数回行われたこれらの祭祀が、南北朝時代では僅か一回、次の室町時代になってからは、一度も記録されていないことが分る。

〔参考文献・注〕

（1）全四七巻。延慶三年（一三一〇）一〇月から元弘二年（一三三二）一一月に至る二四年間の記録。学芸に関する記事が多く、経学はもとより、仏教にも精通しその学識の該博さが知られる。この時代の重要史料である。

（2）『宸記集』下巻・花園院宸記（本居清造校訂、芸林舎、一九七四年）一〇七頁。

（3）本居宣長の随筆集、全一五巻、寛政五年（一七九三）から没年までの間に成る。寛政七年（一七九五）～文化五年（一八一二）刊。考証・見聞・談話・抄記書留・見解など所収項目一〇〇一項目を記載。

（4）山崎佐『日本疫史及防疫史』（克誠堂書店、一九三一）一九頁。

5　多聞院日記

室町時代から安土・桃山時代にかけて、公家・僧侶による日記が多く上梓されたが、その中には当代の疾病・医療の状況について書かれた興味ある記載が少なくない。このうち本書では、当時民間に行われていた療法を克明に記した『多聞院日記』(1)をとりあげて考察してみた。

なお、『多聞院日記』とは、奈良興福寺学侶で多聞院主の英俊ほかの日記で、室町後期〜安土・桃山時代の重要な史料というべきものである。

弘治二年（一五五六）正月一三日の条に次のような興味ある記述がある。

長深房モカサ未ウマス、咲止也、目ニホウツキノシル水ニテウメテ入テ最上、幷アリアリノミノシル入ル、ハ常ニ云習ス事也、出様ノ色赤ハ吉、紫黒之ハ大事〻〻、上ヘタカキハ吉、ヲシヒシキタルハ大凶、痢ノケツスルハ不苦、一段ト結ルハ凶、ユルヤカニ下ハ吉、大下ハ不吉、食事モナキ者也、栗・サクロ大毒也、蜜柑、クシカキハ不苦、餅気・油気大ニ忌、コフ、クロメ、マメノ類凶、六帖ハ不苦、アツキカユ、ウルシ子ノタンコ食テ吉、珍敷凶、目赤ハイカニモフサキテ養生スヘシ、人ニウツル物也、アヤカルモノ也、四目ヲ引、本尊ヲカケ祈念専一、紫色ノキモノキテソハヘヨルヘカラス、汁タルトモノコウヘカラス、出ルトテコシ腹ヨノツ子キタシ、熱気事〻敷サシテ子キルトテヒクリトヲトロク、此等ニテモカサト可知也云〻、長公ノハ色アカシ、少ツ、高ナル間不可苦云〻先以安堵也、(2)

つまり要約すると次のようになる。痘瘡の瘡の色の赤いのは吉だが、紫黒色は大事に及ぶことがある。また、瘡が上に高くなっているのは吉、つぶされているのは大凶の印《しるし》、大便の秘結するは、さほど苦にしなくともよい。なお緩やかに下るは吉。下痢のはげしいのは不吉の印である。また、食物として栗・ざくろをとるのは大毒、蜜柑・串柿は可、餅類・油気類は避けること。昆布・豆類は凶、小豆粥・団子はよろしい。総じて珍しいものは食べないことである。

疱瘡は伝染する病気であるから、御本尊を床の間にかけ祈願を第一にもっぱらそれに打ちこめ。ただし紫色の衣を着て近寄ってはならない。

また、たとえ汁でも痘瘡の病人から貰ってはならない。

以上、英俊が聞き知った痘瘡の色彩、形状によって吉凶を判断する法、食事とくに禁忌食、あるいは疱瘡は伝染する病気である等について細々《こま》と書き記したものだが、内容はほぼ当時の医説にそったものである。

ただ、紫の衣を着て御本尊に近寄るなの注意書については、意味不明である。

そこでここでは、痘瘡に関する当時の医説を二、三紹介することにする。

医療の未発達な昔といえど、痘瘡の診断は、症状が進行すれば、各痘期にしたがって特有の所見が出現したから見誤ることはなかったが、予後の判断は、痘の色・形によって行われた。たとえば、痘瘡の形色により、順・逆・陰の三種類に分けて、予後・生命の吉凶を定め、あるいは痘瘡の出痘の部位によって、吉凶を論ずることが多かった。

すなわち、池田錦橋の『痘科弁要』（文政四年＝一八二一）によれば、

痘瘡は陽毒にして、諸陽は皆面に聚まるが故に、痘瘡の吉凶善悪は顔面にありて最も見易し。

とある。また、原南陽は、『医事小言』（文化一二年＝一八一五）に、吉凶を区別する方法として、

膿化の如何を見るにあり。すなわち、膿化するものを吉とし、膿化せざるものを凶とし予めこれを卜知して、痘瘡の凶・険・悪を別かつなり。

と述べている。

痘科の大家香月牛山は、『小児必用養育草』（元禄一六年＝一七〇三）に、

痘瘡の形色四時にしたがって、善悪をあらはすといへども、概これをいへば、四時にかゝはらず、痘の色紅にして黄なる色を面部にあらはす者は吉也。云々

と記しており、

痘の色赤きときは、其の予後可良なるが故に、赤色調度を用ひ、痘の性を利用して、之を紅活ならしめんが為である。

と説いている。

また一般的にいえば、発疹が全身に多数発生して融合した時は重症であり、特に出血性のものは予後甚だ不良であるとされた。

ところで、『多聞院日記』の文中「疱瘡の瘡の赤いのは吉、紫黒色は大事に及ぶことがある」と先に記したが、この紫黒色の瘡は、現在では黒痘と呼ばれる最も重い病型の出血性痘瘡で原因はアレルギー（過敏反応）のためとされている。潜伏期はやや短く六～八日で、病初の症状が激しく前駆疹はほとんど全身性に現れ、出血は単に痘疹のみに限らず全身の皮膚に出現して紫斑病様となり、早晩死亡する予後極めて不良な病型である。

となるとさきほど、紫の衣を着て御本尊に近寄るなとの注意書の意味は不明と記したが、あるいは、紫色の衣

は予後極めて不良な紫黒色の発疹（黒痘）を連想させることになるからだろうか。

以上の如く英俊の記述は当時の医説をはずれることはなかった。このことは一般に室町時代より安土・桃山時代にかけては、多くの公家および僧侶が医学に深い関心をもち、自ら医術を会得した者が多かったといわれており、英俊もそのうちの一人であったからだろう。

ただ、服部敏良が述べる如く、彼らがこのように医術を修めた所以は、一つには彼らの教養を高めるためであり、また一面には自らの健康保全のためでもあったためで、したがって習得した医術を他の病人に施し、医療を行うごときことはなかったという。(3)

またこの時代多くの日記が書かれているが、痘瘡に関しては『多聞院日記』の記述より興味にある記載は見ない。このことは、服部がこの時代、

伝染病としては疱瘡・赤痢・麻疹等が認められるが、これらの記載は比較的少ない、これは散発的流行のため当時の日記には記述されることが少なかったのであろう。

と述べていることと無関係ではないと考えられる。(4)

〔参考文献・注〕

（1） 奈良興福寺学侶で多聞院主の英俊ほかの日記。全四六冊。文明一〇年（一四七八）～元和四年（一六一八）に至る（但し途中中断または欠落した部分あり）。室町後期～安土・桃山・江戸初期の重要資料。原本散逸。天文八年（一五三九）以降の部に重要な医学記事が多く、中でも当時民間に行われていた療法を克明に記している。

（2） 竹内理三編『増補続史料大成・多聞院日記一』（臨川書店、一九七八年）四一九～四二〇頁。

（3） 服部敏良『室町安土桃山時代医学史の研究』（吉川弘文館、一九七一年）一〇四～一〇五頁。

（4） 同右、二六五頁。

6　草盧漫筆

随筆『草盧漫筆』[1・2]巻三の痘瘡の章に次のような記述がある。

痘瘡

痘《いも》は和漢とも、上古にはなかりしといふ。中華にては、後漢の光武帝建武年中、南虜より伝へて中国に渡りしと、痘瘡心印に出たり。時珍が説には、唐の高祖の時、西域より渡れりといふ。我朝にては、聖武天皇の天平年中に、新羅より伝へしと古事談に見へたり。此説いづれも信用しがたし。惣て古来は、和漢とも後代の如く種々の病名有事なし。周礼に癘疾、傷寒論に傷寒、中風などの外、他の病名をいふ事なし。日本にても古来は、只風とばかり云しにや。源頼光瘧病の事、前太平記に見へ、平清盛入道火の病の事、平家物語に見ゆ。其外四百四種の病名有事を不レ聞、痘もむかしより有しならんが、痘といふ名のいまだなかりしなるべし。

以下、痘瘡の起源と伝播経路について少しく考察して見ることにする。

そもそも痘瘡は古代からその存在が知られており、人間の病気として定着したのは、いまからおよそ一万年前のことと推定されている。痘瘡のもっとも古い証拠としては、紀元前一一五七年、熱病で死亡したとされているエジプトのラムセス五世のほか三体のミイラの顔などに、痘瘡と推定される痕跡のあることがあげられる。

文献的には、それより以前のインドの経文に痘瘡と推定される病気の記述があり、痘瘡はインドから、おそらく仏教が各地に伝播していった経路とほぼおなじ道、つまりシルクロードをたどって世界中へ広がっていったものと考えられている。

また中国へは、インドから西域の天山北路を経て、紀元前二世紀末、または遅くとも四世紀初め頃には中国の西北地方に侵入したといわれており、それが朝鮮半島経由で六～七世紀にかけて日本にも伝わったと推定されている。

ところで、中国に痘瘡の出現した時期については諸説混淆として確定した学説はない。すなわち、前漢（前二〇六～後八）の時、武帝の建元（前一三〇年代）中に張騫というものが、西域月支国に使者に行ったおり、この痘瘡を持ち帰ったとする説、後漢（二五～二二〇）の代、光武帝の頃、馬伏波が南陽を征伐した時（四二年）兵卒にはじめて痘瘡をわずらう者があったので、これを「虜瘡《りょそう》」と名づけたことにはじまるという説。また、東晋の元帝の建武（三一〇年代）中に西北より起こり、「虜瘡」と称したとの説。そのほか痘瘡は魏朝（二二〇～二六五）にはじまったといい、周末秦初（前二二〇年代）に起こったとする説などがある。(3)

以上、諸説はあるが、いずれにせよ中国への侵入は、天山南北路による西域との交通が頻繁になってからのことである。

ではわが国にはどのような経路で伝来したのだろうか。上記のようにインドを原産地とする痘瘡は、紀元前二世紀末または遅くとも四世紀初め頃には、西域の天山南路を経て中国の西北地方に侵入してさらに西から東へと移動し、中国内部では北から南へと侵襲し、やがて中国全土にひろがった。(4)こうして中国に伝播した痘瘡は、新羅に仏教が伝来した六世紀中頃には朝鮮に伝わり、やがて南朝鮮から壱岐・対馬を経て八世紀に日本の筑紫に侵入したと考えられる。

とすれば一体わが国における痘瘡の最初の流行はいつ頃になるのだろうか。史籍によれば疫病の最初の記録は崇神天皇（前九三）(5)とし、痘瘡の最初の流行は欽明天皇（五五二）(6)、および敏達天皇一四年（五八五）(7)をもって嚆矢とするとの説があるが、一方この流行は、「疱瘡にあらずして麻疹なるべし」との説も古くからあり、痘瘡と決めるには、なお疑義が残るところでもある。

ところでわが国における痘瘡流行の、初めての明確なる記録は『続日本紀』の聖武天皇の条にある。

天平七年八月丙午、太宰府言、管内諸国、疫瘡大発、百姓悉臥、（中略）十二月壬寅、是歳年頗不レ稔、自レ夏至レ冬、天下患豌二豆瘡一俗曰二裳瘡《もかさ》一夭死者多(8)

および、

天平九年、夏四月癸亥、太宰府管内諸国、疫瘡時行、百姓多死（中略）、十二月是歳春、疫瘡大発、初自二筑紫一来、経レ夏渉レ秋、公卿以下、天下百姓、相継疫死、不レ可二勝計一、近代以来、未二之有一也

とある。このことから、現在の大方の説としては、天平七年（七三五）および天平九年（七三七）をもってわが国における痘瘡の第一次・第二次流行とするに異議なしとされている。しかしこれはあくまで史籍に記載された事実に拠るもので、当然のことながらこれ以前にも痘瘡の流行があったであろうことは、十分に推測されるところである。

ところで、この天平七年・同九年の流行はともに筑紫の太宰府管内諸国に起り、天下に蔓延したとあるが、どこからどのような経路で伝来したかについては必ずしも明白ではない(9)。しかし、『大同類聚方』によれば、

痘瘡初発、起レ自二聖武天皇御宇一、釣者二遇蕃人一、継二此病一、称裳瘡、一児患レ之、則一村流行也、猶二裳之曳レ地也、故名焉

とあり、また『本朝世紀』には、

従二蕃船一、疱瘡到二天下一、自レ是患二其難一者多

とあるところから、痘瘡は釣人や船乗りなどによって、おそらく大陸や半島から、九州筑紫方面に伝えられ、そこから諸国に伝播したものであろうと考えられる。

また『続古事談』には、

モガサト云病ハ、新羅国ヨリ起リタリ、筑紫ノ人、魚《ウオ》カヒケル船ハナレテ彼国ニツキテ、某《ソノ》人ウツリヤミテ来レリケルトゾ

とあり、それが新羅から伝わったことを記述している。

この天平七年と九年の痘瘡の伝来について新村拓は、天平七年の年には新羅使の入京や入唐留学生等の帰朝があり、外国人との接触が太宰府および京において行われており、彼らを通じて痘瘡が入ってきたと考えられるとし、また同九年の疫病については、遣新羅使の帰朝にともなうものであったと述べている。(10) 事実、天平八年春、阿倍継麻呂を大使とする遣新羅使の一行は、その往復の途次痘瘡に罹患し、大使は病死、同勢一〇〇人は四〇人に減ったという。

先に述べたように、痘瘡は中国にはインドから西域を経て紀元前二世紀末、または遅くとも四世紀初め頃には中国の西北地方に侵入したといわれており、それから朝鮮半島を経て日本に伝来したと考えられるが、となると当時、自由に交易や漁業などでこれらの国と往来していた九州地方に痘瘡が上陸するまでには、さほどの時間がかからなかったのではないかと推測される。

ところが、仮りに中国に遅くとも四世紀初め頃に痘瘡が侵入したとしても、天平七年(七三五)の流行までは

四〇〇年あり、また欽明天皇一三年（五五二）の疫病を仮りに痘瘡だとしても、二〇〇年以上の年月がある。これではいかにも時間がかかり過ぎることにはならないか。このことが、天平七年以前はもちろん、欽明天皇一三年以前にも、史籍に記載されない痘瘡の流行があったのではないと推測させる理由なのである。

〔参考文献・注〕

（1）『草廬漫筆』は、仁徳天皇高台の御詠より鯨鯢《げいげい》に至るまで、およそ一八〇項にわたる尚古的考説。その内容の種類も、歌話・史談・有識故実・地理・本草・食料などにわたり、その広さが認められる。全五巻。著者武田信英については不詳。また発行年についても新井白石や貝原益軒の著述の引用があり、屋代弘賢の意見などが加えられている事によって、大体その時代を推測するのみである（一六〇〇年代後半か）。

（2）『草廬漫筆』（『日本随筆大成』第二期第一巻、吉川弘文館、一九二八年）三九四～三九五頁。

（3）富士川游『日本医学史綱要（2）』（平凡社、一九七四年）一四七頁。

（4）インドより中国に痘瘡の流入したのは前一二〇〇～前一一〇〇年頃とする説もあるが、中国の医書『肘後方《ちゅうこほう》』によると南斉の建武年間（五世紀末）に虜瘡《りょそう》と呼ばれる疫病が流行したとあり、これが痘瘡と特定できる最初の記録と思われる。

（5）わが国における最初の疫病の記録は、崇神天皇の御代（前九三）とされており、『日本書紀』によれば、「五年、国内多二疾疫《えやみ》一、民有二死亡者一且大半矣」とあり、同七年一一月に至りて、「於レ是疫病始息国内漸比謐」とある。また『古事記』には、「此天皇之御代、役病多起、人民死、為レ盡、爾天皇愁歎而、云云」とあり、発生の由来を「神意」にあるとした。このため天皇は祭祀によりて神気を鎮め、流行を治めたから、以後「疫ある毎に神を祭るの例多し」とされた。しかし、当時の疫病が現在の何病にあたるのかは、諸説があってはっきりしない（山崎佐『日本疫史及防疫史』、六四～六五頁、克誠堂書店、一九三一年）。

（6）欽明天皇一三年（五五二）の疫病流行は、『日本紀略』によると、これは仏教伝来の初期のことで蘇我稲目《そがいなめ》が、寺を建てて蕃神を祀り礼拝したから国神が怒ったためだといい、「国行二疫気《えやみ》一、民致二夭残一、久而愈多、不レ能二治療一」とある。

稲目瘡《いなめそう》と呼ばれて恐れられたが、麻疹であったとする説が強い（山崎佐前掲書、六六〜六七頁）。

（7）敏達四年（五八五）の流行は、『日本書紀』によれば、「二月癸レ瘡死者、充二盈於国一、共患レ瘡者言、身如二被レ焼被レ打被レ摧、啼泣而死、老少竊相謂曰、是焼二仏像一之罪矣」とあり、明確ではないが、この瘡とあるのは疱瘡あるいは麻疹と思われる。いずれにしても当時その原因は仏罰によるものと考えられていた（富士川游『日本医学史』、二四頁、形成社、一九七九年）。

（8）天平七年の流行は、はじめ筑紫に発し、東方に蔓延して、ついに日本国中に大流行し、一児が疱瘡に罹れば、一村に流行する有様がちょうど裳（昔、腰から下にまとった衣）が地を曳くようであったので「裳瘡《もかさ》」といわれた。

（9）わが国の疫病伝播の経路は、「筑紫より起こり京師に入る」つまり大宰府を起点とするものと、「敦賀津より京邑に入る」渤海使ルートがあった。また、当時の人々は蕃客がもたらすもの、あるいは異国より帰朝の者が持ち込むものとの認識があった。

（10）新村拓『日本医療社会史の研究』（法政大学出版局、一九八五年）一八〇〜一八一頁。

7　本朝若風俗

井原西鶴の浮世草子『男色大鑑《なんしよくおほかがみ》』(1)巻二の「本朝若風俗」に「雪中《せっちう》の時鳥《ほととぎす》」と題する次のような文がある。(2)

越前の国湯尾峠《ゆのおたうげ》の茶屋の軒端《のきば》に。大きなるしやくしをしるして。孫じやくしとて。疱瘡かろき守札《まもりふだ》を出す。又河内《かはち》の国岸《きし》の堂《たう》といふ。観音《くわんおん》の場にいりまめを埋《うづ》みていのる事あり。げにや人の親のみつちやづらをなげかぬはなし。されども女の子にはありてもさのみ苦しからず。欲《よく》の世の中なれば。それ〲の敷銀《しきかね》にて一人《ひとり》もあまらず。只《たゞ》かなしきは男の子なり。たま〱人間《にんげん》の形《かたち》はかはらす、皃《かほ》ばかりのおもひどにて。一生のうち執心《しうしん》の懸手《かけて》もなく。物参《まいり》の道つれにさへ嫌《きら》はれ。十五にもたらず脇《わき》をふさぎ。世に惜《おし》む人もなく。常《くさ》木《ぎ》の花の散《ちる》かごとし。

江戸時代、痘瘡は連年いずれかの地で流行し、そのつど多くの死者を出した。それは患者が発生すれば八〇%以上の者が罹患し、罹患すれば小児の七五%は死亡するという悲惨なものだった。また幸い死をまぬがれたとしても醜い痘痕《あばた》を残したから、その後の人生に深刻な影響を与えることにもなったのである。

まさに、諺にいう「痘瘡の見目定《みめさだ》め」である。このため疱瘡が軽くすむよう湯尾峠の守札をうけ、あるいは疱瘡の守り神である岸の堂の観音に参って祈願した。とくに子を持つ親はそうであったろう。どんな親だってわが子のあばた面《づら》を嘆かぬ者はいないからである。

とは言っても、女の子の場合はさほど苦ではなかったという。それは欲の世の中であるから、それぞれ持参金をつけてやれば一人残らず輿《こし》入れできたからである。哀れなのは男の場合で、ただ顔ばかりの欠点にて一生のうち誰も深く思いつめてくれる人もなく、寺社参りの道連れにさえ嫌われた。その上、一五歳にもならないのにすでに元服して若衆姿の振袖をぬぎ、詰袖のおとなの姿になっても、これまた誰も惜しむ人もなく目立たない常緑の山の花が散るようなものであるというのだから、情けない話である。

この辺の世情の機微を古川柳が見逃すことはなく、恰好の題材としてものの見事に表現している。そこで、以下、あばたを詠んだ古川柳の秀句について紹介してみることにする。

●いも神にほれられ娘値が下り

つまり痘瘡後、あばたのため娘の値うちが下ったというひどい句。したがって、病いが無事にすんだ場合の親の安堵は、はかり知れないものがあったであろう。

●荷の軽い疱瘡親の肩やすめ

では値うちが下った娘はどうなったのだろうか。

●芋畑を持参で村の菊石嫁《あばた》

●算盤を出してあばたを仲人する

●二百両がいもを買って一生くい

●ほうそうのいっちおもいに聟をとり

●富に当った気でじゃもつ面を持ち

じゃもつ面（じゃみつ面・みっちゃ面）はあばた顔のこと。江戸の庶民の打算的な心が見えて面白い。相当な持参金付きの嫁さんだったのだろう。しかし次ぎのような句もある。

●どらになる初めは女房あばたなり

女房は持参金つきのあばたで嫁に来たが、その金は使ってしまい残るのは女房のあばただけ。それがいやで倅《せがれ》はぐれはじめた。

明治時代に入っても痘瘡をとり上げた川柳は数多く詠まれているが、しかし、この頃にはすでに種痘による予防法が広まっていたので、そのことは当然川柳にも反映された。

そのため「嫁媒人種痘免状出して見せ」のような結婚前の種痘の必要性を詠んだ句が見られるようになった反面、当然ながらあばたの句は姿を消したのである。

以上のように、痘瘡の醜い後遺症ですら、川柳の対象としてしまう当時の庶民のエネルギーには驚かされるばかりだ。おそらく、それは川柳は発句とは違って制約がなく、とくに滑稽機知・風刺・奇警を特色としたから、痘瘡後のあばた面《づら》などはまさに恰好の材料とされたのだろう。

更に、「遊女のあばた」の句には次のようなペーソスに富んだ秀逸なものが多い。
●気の毒でありんすねえとあばた出る
あばたの遊女が自分でも卑下して、「お気の毒ですわね」と座敷へ出てくる。
●間違ひんしたと菊石《あばた》は又坐り
遠目で分からず客に指名されて座敷へ出たらあばたで断られて、しおしおと張見世《はりみせ》へもどってきてすわるという哀れなものもあった。張見世は、遊廓で遊女が店先に居並んで客を待つこと。遊女の句には一抹のペーソスがあり、まさに川柳の独壇場である。
●遣手《やりて》は菊石へおぬいではないそうな
遣手は妓楼で遊女を取り締まる女（遣りて婆）、前句同様客の見立て違い。

衆知の如く古川柳の解釈は大変難しく相当な知識が必要とされる。そこで以下、前述にたびたび出てきた持参金について『柳多留輪講』（初篇）(3)を参考に少しく考察してみることとする。
●持参金疱瘡よけの守りにし（宝十二）
持参金の初出句である。そもそもわが国では近世初頭まで花嫁持参金の習俗はなく、慶長一四年（一六〇九）に来日したスペイン人は、日本に持参金制のないことを讃美している（ドン・ロドリゴ『日本見聞録』）。しかるに元禄に下ると、日本でも持参金制の習わしが起り、醜女《しこめ》持参金の慣行さえ始まった。このことは、当時の雑俳『日和笠』（元禄冠句集）に、
あれを見や銀が足つぐちんばよめ
とあることからでも分かる。

下って太宰春台の『独語』は「むかしは士君子の婚娶《こんしゅう》に財幣を求むる事なかりしに、今は一郡をも領する程の人さへ、財幣を求むる事になりぬれば、下ざまの人はいふにや及ぶ」と述べている。たとえば武家の持参金一〇〇両・支度金二〇〇両（「蜑の焼藻」）の例も見え、文化期の『世事見聞録』では武家縁組に「持参金の事を最初になし人物を其次にするなり」と憤り、元禄・宝永の頃からこのような弊風が起こったと記している。また裕福な民間では、醜女および不具の花嫁にこの風習が一般的となり、その持参金は一〇〇両ないし二〇〇両に及んだという。

ここで冒頭の〝持参金疱瘡よけの守りにし〟に戻るのだが、この句の解釈には次の二通りがある。それはつまり山椒説の「あばた面の花嫁の顔に対する批難を持参金で防ぐといふのであるが、疱瘡よけは無理な言ひ方」と、柳雨説の「疱瘡除はちと無理な叙法の様であるが、意義はあの持参附の大菊石面《あばたづら》を見たら却て疱瘡神の方が逃出して寄り附くまいとの意であろう」との説である。

この二説に対して『柳多留輪講』は、山椒説も面白くはあるが、柳雨説の方が疱瘡神を除《よ》けるという原意に適《かな》っているようである。花嫁がすでに疱瘡の厄を受けているからとて、この家に疱瘡除けが不要になってしまったということにはならない」と解説している。

つまり、持参金は疱瘡除けの御守りで、この御守りの功徳は疱瘡神を寄せつけないことである。江戸時代、化けもののような怖い顔を「ほうそうよけのような顔」といったが、言わずもがなのことだが、持参金付の花嫁の顔は疱瘡神も避けて通るあばた面なのである。

●持参金ゆすをさかさに釣たやう
●花娵《よめ》のほうそうよけハ持参金

以上の句からも分かるように、古川柳はあばた面の悲哀さえ、その題材としているが、ただなぜかその対象はほとんどが女性であり、それも遊女といった弱い立場の女の句に秀逸なものが多い。無論、あばた面に男女の差があったとは思えないし、それに男だって己《いおのれ》の顔だちを気にするのは女性と同じではないか。

たとえば、頼朝の二子、鎌倉幕府第三代の将軍源実朝《さねとも》は承元二年（一二〇八）一六歳の時、痘瘡を病むも治癒した。しかし後遺症として残ったあばたの醜さを恥じて人前に出ることを好まなくなったという。

このことから源家将軍が、三代で断絶した原因の一つに、実朝が痘瘡に罹患して顔面があばたになったためとの説もある。それはともかく、天下の将軍でさえあばたの醜さを恥じて人前に出ることを好まなかったというのである。

また文献(4)によると、明治三年（一八七〇）四歳の時（異説あり）種痘がもとで痘瘡にかかり、鼻の頭と頬っぺたに痘痕が残った夏目漱石は、大人になってからもこれを非常に気にし、鏡に自分の顔を写しては痘痕を眺めていたらしい。このため、鏡に特別の感情を抱くようになり、写真では常に痘痕を修正していたという。後年、イギリスに留学した時もこの痘痕を大変気にしていたというから、明治の文豪夏目漱石もなかなかのスタイリストであったようだ。なお漱石のあばたに対する心理的葛藤については、彼の処女作『吾輩は猫である』に詳しいのでそちらを参考にされるとよい。

ところで以上の記述は、将軍も文豪も所詮人の子であったという事例に他《ほか》ならないが、大の男でさえそうであったのだから、女性の場合はなおさら辛かったのではあるまいか。

たとえば、豊臣秀吉の側室、淀君と徳川家光の乳母、春日局も痘瘡に罹患している。史実によれば、淀君は軽症に終ったとあるが、一方、十歳の時痘瘡を病んだ春日局の方は、かなりのあばたが残ったという。とすればいかに大奥を統率した気丈な女だったとはいえ、所詮女性であることを考えれば、六五歳の生涯を終えるまで、やはり内心辛い思いをしたのではないかと同情せざるを得ないのである。

いずれにせよ、あばた面《づら》の人の一生は、男女老若、上下貴賤を問わず一様に暗い影を引きずったものであったに違いなく、まさに悲運としか言いようのない人生であったと思われる。

以上、あばたとこれを恰好の題材としてとりあげた川柳について述べたが、最後に本文中に記されている越前の国湯尾峠の茶屋で出している痘瘡除けの守り札と、これまた痘瘡除けに効験のあることで知られた河内の国「岸の堂」と呼ばれる寺院に触れておきたい。ただし、前者については、『嘉良喜随筆』で詳述してあるのでそちらを参考にして頂くことにして（六〇～三頁）、ここでは岸の堂についてのみ記すことにする。

資料によると岸の堂とは、岸田寺あるいは岸田堂とも呼ばれた寺院のことで、明治二五年（一八九二）頃まであったという。禅宗臨済宗無本寺長楽寺と称し、延宝七年（一六七九）三田浄久編、『河内名所鑑《かわちめいしょかがみ》』によれば、痘瘡や麻疹などの病いに効く寺として記され、遠方よりの参詣者も多かったことで知られていたという。

しかしその後明治になると、西洋医学の導入により次第に帰依する人が減少し、明治二五年には神戸に売却され、移転先の建物も空襲により焼失し現存していない。

「岸田堂慈眼山長楽寺疱瘡御守観音略縁起」（『布施町誌』所収）は聖徳太子の作とされるが、ここには昔荒馬《ありま》庄の長者太田主計の娘玉娘が疱瘡で死去したが、当寺観音の利生で蘇生したと記してあるとされる。また本尊十一面観音は聖徳太子作とも春日作ともいわれ、疱瘡除けに効験あることで知られてきたという。

〔参考文献・注〕

（1）浮世草子、江戸時代の小説の一種。井原西鶴作、全八巻。貞享四年（一六七八）刊。前半は武家社会の義理を重ずる男色咄《ばなし》を、後半は歌舞伎役者の評判的性格の咄を、つごう四〇話収める。
(2)『男色大鑑』第二巻(『定本西鶴全集』第四巻、中央公論社、一九七五年)八五頁。
(3)大村沙華編『柳多留輪講(初篇)』(至文堂、一九七二年)四八九〜四九〇頁。
(4)深瀬泰旦「瀬石の痘痕」(『日本医史雑誌』第二三巻第一号、一九七七年)五五〜五八頁。
(5)東大阪市教育委員会編『東大阪市の寺跡』(東大阪市発行、二〇〇〇年)六〇頁。
(6)『大阪府の地名Ⅱ』(日本歴史地名大系28、平凡社、一九八六年)九八四頁。

8　折たく柴の記

江戸時代中期の儒学者新井白石は、享保元年(一七一六)、自叙伝『折たく柴の記』(1)の中で自らの痘瘡について次のように述べている。(2)

七歳と申す正月元日より、疱瘡を煩《わずら》ひ出して、以《もって》の外の難儀に及びしかば、戸部の母公《ははぎみ》よりは、人ばしをかけて、有験《うげん》の僧など屈請《くつしやう》し給ひ、我枕上《わがまくらがみ》にて祈禱の事ども行はる。父にておはせし人は、かゝる事はし給はぬ人なりけれど、主《しゆう》の母公《ははぎみ》の仰《おほせ》なりしかば、とゞめらるべきにもあらず。戸部は近くめしつかはれしもの二人関・山本といひし輩也つけられて、医術すでにつきぬと聞給ひ、「もしもやたすかる事もあるべきや」と仰下されて、種々の蕃薬《バンヤク》どもをあたへ給ひしほどに、「ウニカフルをあたへられしに及びて、毒気《どくき》忽に散じて赤色を発しければ、それよりこそ、此世の人ともなり給ひたるなれ。医の功を奏せし事にはあらざりし」と、我《わが》廿余歳の時に、その時に薬あたへし順庵《じゆんあん》の玄朔《げんさく》といひし医師の語りたりき。石川といふ。後にめし出されし人なりき。かゝりしかば、帯とき・袴着《はかまぎ》などいふ事共も、その年比《としごろ》をも待つに及ばず、戸部のみづから帯をもとき給ひ、袴をも調《テウ》ぜさせて、きせ給ひたりき。彼母公の終り給ひたりし事は、我《わが》九歳の時の、十一月廿六日の事にておはしたりき。

寛文五年
乙巳《きのとみ》の事也。

つまり、白石は七歳の年（寛文三年＝一六六三）の正月、痘瘡にかかって思いもよらぬ重態となり、ついに、為すべき医療の手だてが尽きてしまった。そこで、「ひょっとしたら助かることがあるかも知れん」ということで、いろいろな西洋流の妙薬を飲ませたが、。その中のウニコールを服用させると、痘瘡の毒気がたちまち消え去って顔に赤味が出て、初めて一命をとりとめたので、医者の力が役に立ったわけではない、と白石が二十余歳の時に、そのとき薬をくれた木下順庵のかかりつけの玄朔という医師が語ったという。

以上の如く、白石は寛文三年、七歳の時痘瘡に罹患したが、ウニコールで一命をとりとめたが、不幸にも三二歳の元禄七年（一六九四）には、息女を痘瘡で失った。同書に、

此時に、我長女痘瘡をうれへて、二月朔日に至て死し、明卿《あきのり》（注：白石の長男）また其病瘡をうれふ。

とあるのがそれである。但し、果たして再度ウニコールが使用されたかどうかは不明である。

ところで、江戸中期になると、南蛮渡来の蛮薬（洋薬）がいろいろと輸入された。とくに、ジキタリスやサフラン、ベラドンナ、痘熱を退け諸毒を解すとされたテリアカや疱瘡に極上の治方とされたウニコール等が珍重されたが、しかし、大変高価なものでもあった。

ウニコールについては、『譚海』(3)に、

疱瘡重きには療治のなし。薬物も及ばざる程のもの也。只一角（注：一角獣・ウニコール）を粉にして、時々さゆにて用うべし。極上の治方也。

とある通り。そのウニコールを飲んで白石は一命を取り止めたというのである。そこで以下、ウニコールについて文献を参考に少し考察してみることにする。

『世界大百科事典・２』（平凡社、1972年版）

ウニコール（ウニカフル・ウニコウル・ウニコフル・烏泥哥爾：Unicornis＝ラテン語）とは、北氷洋に生棲する歯クジラ類、イッカク科の海獣。イルカに類似の体長約五メートル、雄の上顎の門歯一個が前方に異常に延び、角状、長さ二メートルに達するという。このことから〝角魚〟〝一角〟〝一角獣〟ともいわれ、その牙から製した生薬は、オランダ商館長一行の江戸参府の折りに幕府に献上されたほどの貴重薬である。この牙は、食傷・傷寒熱・泄瀉・喀痰・労瘵、痘疹・麻疹など万病に効果があるとされたから、江戸時代には人参とともに高貴薬として珍重された。

このことは、『和漢三才図会』[4]にも、

> はあた、うんかふる共に蛮語也。犀の通の通天と称するものか。（中略）通天とは脳上の角で千年を経たもの、長く且つ鋭し。宇無加布留（うんかふる）は俗に一角の二字を用う。オランダの舶載品で官物となり尋常に得難し。長さ六、七尺、周り三、四寸にて象牙に似る。

とあり。なかなか手に入らなかったことがわかる。このことに関して安永四年（一七七五）、長崎オランダ商館医として来日したスウェーデンの植物学者であり医学者であるツンベルク（Carl Peter Thunberg）は、次のような興味ある記述を残している[5]。それによると、日本人は一角獣の角には不思議な作用があり、生命を長からしめ、生活力を促し、記憶力を増進し、いかなる

難病にも効果のある万病薬であると信じている。元来、西洋では一角獣の効能などには誰も期待していなかった。ある時、長崎のオランダ商館長がグランド産のみごとな角を日本人通訳に贈ったことがあった。この通訳が、これを日本人商人に売渡し莫大な利益を得たと聞いたオランダ人たちは、集められるだけの角を集めて日本に持込み、これを売って金儲けをした。はじめのころは一カチェット小判一〇〇枚に当り、オランダ人個人の商品として取り扱われていたが、のちにオランダとの交易品に指定されたため値段も下がり、一カチェット小判三〇枚ほどとなったが、それでも密輸入がしばしば行われていたという。

一カチェットは一六〇匁（一斤）、六〇〇グラムだからかなりの高貴薬ということになり、一般庶民には簡単には手に入らなかった。

したがって、ウニコールには「一角丸」などといった買薬があったが、偽物が多かったため、「ウソ」の代名詞にも使われた。当時の川柳に次のようなものがある。

　踊子のはなし大きなうにこうる

なお、この現物は、岐阜県川島の内藤記念くすり博物館（岐阜県羽島郡川島町一）に所蔵されている。

〔参考文献・注〕

（1）題名は後鳥羽院の歌「思ひ出づる折りたく柴の夕煙むせぶもうれし忘れがたみに」からつけたもの。新井白石の自叙伝、三巻三冊、享保元年（一七一六）将軍家宣の五周忌の日に筆を執り、その年中に書き上げた。父祖のことから始めて自己の生い立ち、経歴におよび家宣没後の停職引退に至る。平易・雄勁な和漢混淆文。

（2）小高敏郎・松村明校注『戴恩記・折たく柴の木・蘭東事始』（日本古典文学大系95、岩波書店、一九六四年）一八三～一八四頁。

（3）津村淙庵著、『日本庶民生活史料集成』第八巻・見聞記、四四頁・二六〇頁、三一書房、一九六九年。

（4）寺島良安著、全八〇冊一〇五巻、わが国百科字典の嚆矢、正徳二年（一七一二）上梓。
（5）服部敏良『江戸時代医学史の研究』（吉川弘文館、一九二八年）三五八頁。

9　嘉良喜随筆

神道家であり、国学者である山口幸充《こうじゅつ》の著『嘉良喜随筆』[1]（巻之二）には次のような記載がある。[2]

越前ノ湯ノ尾峠ヘハ、府中ヨリ三里アリ。古ヘ疱瘡ノ神、コノ湯尾ニ一宿ス。コトニ馳走ス。其礼ニ此守ヲ押テヤレ、ソノ家ハ疱瘡スマジキ迚、湯尾峠孫嫡子トカキテヤルヲ板ニシテ売也。府中ノ城内ニハ、疱瘡スルモノナシ、外ヘ出レバスル也。スレバ湯尾近キ城ユヘニ守ルカト也。蘇民将来ノ類ノコト也。豊前彦山モ、コノ所ニテハ疱瘡セズ、他国ヘ行クトスル也。

以上は江戸時代から明治にかけて広く知られた越前の国（福井県）南条郡湯の尾峠の茶屋から出される疱瘡除けの守り札「湯尾峠御孫嫡子」成り立ちの話である。

なお、文中「蘇民将来ノ類ノコト也」とあるのは、『備後国《びんごのくに》風土記《ふどき》逸文《いつぶん》』[3]にある武塔神（素戔嗚尊《すさのおのみこと》）の伝説に基づいて「蘇民将来子孫也」の呪符ができたことを指すのだが、それ以後、同様な護符については「子孫」あるいは「嫡子」を用いる基となったのである。[3]

ところで本文では、疱瘡の神が湯の尾で泊り手厚く馳走されたため、その礼に疱瘡除けの守り札を与えたことが、「湯尾峠御孫嫡子」成立の謂《いわ》れであるとしている。しかし、興味あることには次のような全く異なった伝説もあるのである。すなわち、『越前国南条郡湯尾峠御孫嫡子略縁記』[4]によると、長徳四年（九九八）に、この湯の尾峠の茶屋で疱瘡神と阿倍《あべの》晴明とが出会って、痘瘡の病いについて論じあった。その時、疱瘡神が「是は諸人の厄として煩せし事なれば、只今其証を顕はすべし」といって、ただちに茶屋の娘を痘瘡に罹らせた。突然、娘が高熱を出し、苦しみ出したので、びっくりした母親が疱瘡神に娘を助けて欲しいと頼んだが、疱瘡神は疱瘡で苦しんでも生命に別条はないから心配するなというばかりであった。やがて発疹が現われ、膿疹となり、間もなく痂《かさぶた》となって症状は落ち着いた。これを見た晴明はすっかり疱瘡神の威力に恐れ入ってしまった。そこで加持祈禱をもってするわが力のとても及ぶところではないとし、「此の上は諸人の疱瘡軽き様に寄らせよ」と疱瘡神に願った。そこで疱瘡神は「此所に守り札を残し申さん。末代まで諸国へ申し弘め、この守りを所持の家には、孫嫡子まで軽からん」と告げ、晴明もその脇に封印を加えて、「共に守るべし」と誓った。こうしていつの頃からは不明だが、湯の尾峠の茶屋では「湯尾峠御孫嫡子」の疱瘡除けの守り札を出すようになったという（当時、茶屋は四軒あった）。

その昔、〝月に名を包みかねてやいもの月〟と芭蕉が奥の細道の旅の途中で詠んだこの湯の尾峠は、もともと上り三里に下り三里と称せられ、北陸街道の難所として知られていた。その湯の尾峠の裏側の八十八カ道にそって俗に孫嫡子社と呼ばれる湯の尾大明神が祀られていた。この社の社宝に霊芝《れいし》（サルノコシカケ科の茸、万年茸）なるものがあり、霊芝とは古くから瑞祥植物として珍重されているが、実はこれとよく似た茸にマゴジャクシがあってしばしば混同されている、一方、屋敷内にこの茸が生えると孫が生れる前兆とする俗信があり、このめでたい生命力の強い茸にまつわる俗信と湯の尾のような難所で疫病を防ぎ、麓の町々に疫病が侵入しないようにする願いが、以上の信仰を生んだものであろうとする説もある。(5)

このほか、「疱瘡神との約束の事」として当時各地にひろく用いられていた呪符には、次のようなものがある。

●小川与惣右衛門船にて約束の事

ある年、疱瘡神が関東下向の時に、桑名で船が暴風雨に遭い、あやうく難破しかかったが、与惣右衛門という船頭が守護して救った。そこで疱瘡神はたいそう喜んで、このお礼に「小川与惣右衛門船にて約束の事」と書いた札が貼ってあれば、かならず疱瘡を軽く済ませてやると約束したという。

（『譚海』巻五）

●組屋六郎左衛門子孫

若狭の国小浜（福井県西部）の組屋六郎左衛門家には代々疱瘡神が祀られていた。これは永禄年中（一五五八～六九）に自分の持船が北国から上がってきた時、一人の老人が乗船しており、この老人はそのまま六郎左衛門宅に止宿していた。いよいよ出発の時、「我は疱瘡神也、此度の恩謝に組屋六郎左衛門とだに聞は疱瘡安く守ることちかふ」と述べて去ったという。以来、疱瘡が流行した時に、出入口の門または戸口に「組屋六郎左衛門子孫」と紙に書いて貼り付けて置くと、その家の疱瘡は軽く済んだという。（『拾椎雑話』巻一二）

●釣舟清次

漁師の清次は釣りの名人だった。ある日岩魚《いわな》を釣っていると、痩せた貧乏そうな老爺が来て、しきりに岩魚を売って欲しいと頼んだ。しかし、その日は自分が食べる分しか釣れなかったので売るわけにはいかぬと断ったが、再三売ってくれと頼むので、売らずに岩魚を全部その老爺にくれてやった。すると老爺は清次に名を訊ねた上、「自分は疱瘡の神だが、お前の家だけには行かぬようにするから、釣船清次の宿と書いて表に出しておけ」といって立ち去った。清次はいわれる通りにしておいたところ、疫病が流行して他の家の者がみんな死んだのに、清次の家の者だけは一人も死ななかったという。以来、疱瘡除けの呪いに、「釣船清次宿」と書いた紙を家の門口に貼っておくことが行われるようになった。

（『檜枝岐民俗誌』）

〔参考文献・注〕

（1）全五巻。著者の山口幸充《こうじゅつ》は垂加流の神道家で国学者。白梅と号す。日向の人。本書は好学の著者が心の赴くままに、先人の著作・随筆を抄写したもの。大半は黒川道祐の『遠碧軒雑記』その他よりの抄記である。発行年は記載がないので不明なるも、文中「今年庚午二八十月八勿論、十一月迄雷鳴ス」とあることから、寛延三年頃、書き進んでいたであろうと思われる。

（2）『日本随筆大成』第一期第二一巻、二一三頁、吉川弘文館、一九七六年。

（3）根岸謙之助『医の民俗』（雄山閣、一九八八年）一六五〜一六七頁。

（4）大島建彦『疫神とその周辺』（岩崎美術社、一九八五年）一二八〜一二九頁。

（5）大島建彦は、昭和五五年（一九八〇）一二月、南条郡今庄町の末口家（おも屋、かつての四軒の茶屋の一つ）を訪ね、孫嫡子の社から持ってきたという黒い石のようなものを見せてもらったが、これはマンネンタケまたはマゴジャクシという茸のかけらではないかと思ったという（同右一三〇頁）。

10　近松世話浄瑠璃

痘瘡に関して記述した文学作品はとくに江戸時代に入ってから多く見ることができる。『愛の種痘医』の著者、浦上五六は、「江戸文学を読むには、痘瘡の知識がいる」とさえ記している。[1]つまり当時の作品には、いまでは見ることのない痘瘡に関連した語句が多く出てくることから、それについての知識がないと、文章が理解できないということなのである。

一方、このように江戸期の作品に痘瘡に関するあるいは痘瘡を意味する語句がしばしば登場することは、江戸時代それだけ痘瘡の発生が多かったということにもなるだろう。とすれば、それらの作品は当時の人々の疾病観、あるいは痘瘡習俗・治療儀礼等を知る上での貴重な資料でもあるといえるのではなかろうか。

その例として、浦上五六は近松門左衛門の浄瑠璃の語《かた》りの中にも、痘瘡に関した語句がいくつかあると前掲書で指摘している。

そこで『近松世話浄瑠璃』より次の三作品をとりあげ、その辺のことについて少し考察してみることとした。

●淀鯉出世滝徳　宝永五年（一七〇八）竹本座初演　近松五六歳の時の作

新町橋の場(2)

それ〳〵、そこへまた提灯．今度はよもやはあるまいと、潜戸《くぐり》くゞるを手ぐすね引き．女房しかと引つ捕へ、見れば真つ黒に．横肥《よこぶと》つたるみつちや面《づら》．道頓堀《だうとんぼり》の佐渡嶋伝八、はつと白けて立ち退けば．伝八も肝潰し、これは君何し給ふ．人違《ひとたが》へとは存ずれども、色に袖を引かれて、しんぞ忝《かたじけな》う思ほゆる、ホ、〳〵．賤《しづ》も昔は恋をみがき、年中廓《くるわ》に入りびたり．太夫《たゆう》、天神に、引きずり引つぱられ．それで顔がひきつつた。西瓜のやうな顔なれど、色は黒核《くろざね》．ずんど風味のよい男．しんぞ一切れ振る舞ひたい．ホ、〳〵．笑ひて南へ帰りけり。

直訳すると、今か今かと待ち受けた女房が今度はだまされまいぞと、しっかと引っ捕えて見ると色はまっ黒で、横肥りのあばた顔《づら》、道頓堀の佐渡嶋伝八であったという話。もっとも人違いだったため、はっと興ざめして立ち退《の》くと、伝八もびっくりするが、「人ちがいとは存ずるが、美女に袖をひかれてほんにありがたく思われる」と上機嫌。そして「わたくしめも昔は恋に心をみがき、年じゅう廓に入りびたり、太夫や天神に引きずり引っぱられ、それで顔が引きつった。西瓜のような顔じゃが、種色は黒く、実はぐんと風味のよい男。ほんに一度ふるまいたい。」と、笑いながら帰っていった。ところで問題のみっちゃ面はあばた面の意。みっちゃあるいはみっちゃくちゃは、大阪の方言であばたのこと。なお、あばたの考察については後述の「曾根崎心中」のところで記述してあるので、そちらの方を参照していただきたい。

●博多小女郎波枕(3)　享保三年(一七一八)初演　近松六六歳の時の作

　長者経

亭主四郎左、立ち帰り、ア、、気遣ひない〱、この博多の殿町で、飛脚殺して銀《かね》取つた奴、壁隣の揚屋《あげや》で捕《とら》へ、代官所へ引きました、こつちのことではない〱と言へば、一度に顔を見合せ、ア、有難い、ヤレ忝《かたじけな》い、あつたら肝をつぶしたと、溜息《ためいき》ほつとついだるは、世並《よなみ》の悪い疱瘡に二番湯かけしごとくなり、

直訳すると、亭主四郎左が立ち帰ってきて、「アア、心配はない、心配はない。この博多に殿町《とのまち》で、飛脚を殺して金を盗んだ奴が壁隣の揚屋《あげや》でつかまり、代官所へ連れて行かれた。こっちのことではない、ない」というと、一斉に顔を見合せ、「アア、ありがたい、ヤレ、かたじけない。とんでもないことに肝を潰《つぶ》した」と、溜息《ためいき》をほっとついたさまは、なおり具合の悪い疱瘡に二番湯をかけたようである。

ところで二番湯の説明をするには、まず酒湯《ささゆ》の解説から始めなければならないだろう。

江戸時代になると、疱瘡の落痂を促進させるための独特の医療行為である酒湯《ささゆ》が生まれたが、やがて次第に行事化し、疱瘡仕上げに不可欠の風習として広まった。

史籍によれば、酒湯の起源は不明とされるが、その始まりについて、痘科の池田錦橋は、

　その昔、疱瘡を異病と称して恐れ、患者を山野に隔離した。幸に治ゆしたときには、沐浴させて、家に連れて帰った遺風であろう。(4)

と述べている。しかし、別説によれば、病者が快方に向かった時、一家の者や親類が打ち揃って迎えに行き、沐浴させてからわが家につれ帰った。これを「裳瘡《もそう》の忌明《きあけ》」といい、この時、酒宴を催し祝うのが酒湯の由来であ

るという。

酒湯はまた痘瘡の落痂を促進させる方法として医師たちによって広く行われた。この酒湯の製法および効用について香月牛山は『小児必用養育草』(5)（元禄一六年＝一七〇三）に、

わが日本の風俗にて痘瘡収靨《かせ》（注：結痂・膿疱乾燥して痂皮《かさぶた》を形成する）ていまだ痂《かさ》落ざる前に、米泔汁《しろみず》に酒ばかりを加へ、或いは鼠の糞二つばかりを入れて沸湯となして、其湯にて痘を洗ひ、沐浴すれば、痘よくかせて、病者こころよきに至るなり、これを酒湯と云ふ。

とある。

また、このほか大麦・赤小豆・古釘頭・黒豆・笹を加えることがあるとされたが、鼠糞を加えた理由ははっきりしない。大麦は握っても手掌につかぬものなので、痘瘡のあとが残らぬという意味。赤小豆は、二つに割って付けたような形になる痘があるので、それを呪う意味。古釘の頭は、早く釘の頭のように、痘頭が固くなるようにする呪い。黒豆は一切の毒を解す効力があるので、水毒・薬毒を解す意味。笹は去れの意味の呪いである。したがって、酒湯はかなり呪術的色彩の濃い治療法であることがわかる。酒湯の方法として、香月牛山は、

たやすき痘瘡は、十一日、十二日ぶりにいたりて、頭面胸腹かせたる時を見合、手巾を湯に浸し、しぼりて痘の上を押つけて温めたるがよきなり。和俗、これを一番湯と曰ふ。中一日ありて二番湯を掛くべし。其時盥《たらい》のうちに入れて洗ふべきなり。(5)

としている。これに対して痘科の池田錦橋は、「熱湯一升五合ほどの中に好酒一号ばかり入れ、その場に紅染の手拭をひたして水気なく絞りて体中を蒸すなり」としている。そして、その蒸し方については、

一番湯は額より眼胞、両顴、両頤まで一ぺん湯気にて蒸すなり。

二番湯は皆より三日目にまた前の如くにして頭頂額両耳項頸胸両手の指梢まで二へんほど蒸すなり、直に臥牀に入れて、衣被を顔に覆ひて、一時ばかり安睡さして微し汗ばむほどなるをよしとす。
三番湯はまた三日目、また前の如くにして、頭面総身両手腹背腰臀腿膁両膝足心まで二へんほど蒸す。いずれも蒸して後、直に寝させて、和煖ならしむべし云云。(6)

と説いている。その手技については牛山のそれとはいささか異なるが、いずれにせよ膿胞が乾いてきて、痘痂が落ちる寸前に淋浴させて、あるいは、蒸すことにより落痂を早め、良好の経過を得んとするにあったわけで、江戸時代痘瘡に関する医書でこれを載せていないものはなかったという。しかしその後、時代が降るにつれて酒湯は、痘瘡の災厄が無事経過したことを祝う儀式として意味をもつようになった。

たとえば、橘南谿の『痘瘡水鏡録』(天明元年=一七八一)に次のようにある。

十三日目に初湯《はつゆ》と云事有り又さゝ湯とも云世俗の習ひにて是を痘瘡仕あけたる祝い事のやうに心得来るなり。米の白水に酒少し加へ、和らかなる手拭に、右の湯を浸し、緩く絞りて、面部手足に少しばかり当《あつる》也。是早く落痂せしむる法なり。随分宜きことなり。(6)

このように、酒湯は痘瘡の落痂を促進させる方法として医師たちによって行われたのみならず、いつしか痘瘡仕上げの祝事となり、痘瘡不可欠の風習として広まった。とりわけ、将軍家や大名の子女あるいは上流階級では、この酒湯の祝儀は特別に扱われて儀式化し、制度化されて極めて盛大に行われた。

しかし、酒湯は必ずしも身分の高い家や、上流社会に限られたものではなく、次第に庶民階級にまで普及し、漸次行事化して、儀礼の内容も豪華盛大なものになり、しかも浪費的となっていった。その上、酒湯は発病一三日目に行い、そのあと二一日を経て初めて他に移すことができるという厳格な期日の基準があったから、この間の日時と経費の負担は庶民にとってはかなりの重圧となった。そのため、ついには、藩令によってこの儀礼の簡略化がたびたび命じられるほどにまでなったのである。

しかも、この酒湯の祝賀は種痘の後においても、期日の基準が厳格に守られたから、それによって起こる弊害は甚大であり、且つ、結果的には牛痘種痘法の普及の妨げともなることになった。しかも、本来落痂を早めるための医療として行われた酒湯が、やがて痘瘡仕上げの祝事となり、種痘の後においてさえも絶対守らねばならぬ風習として残ったことは、全く馬鹿げたこととしかいいようのない話である。

では一体、酒湯が痘瘡の治療上どれほどの効果があったのだろうか。

麻疹については、すでに文政の末頃、酒湯は廃止されたが、それ以前からすでに痘瘡においても形骸化されていたことが、渡充の『荳瘡養育』（寛政七年＝一七九五）の記述によってわかる。

ささ湯と云はかろき湯といふこゝろなり。四、五日前より米泔水《しろみず》をとりてよくねさし置きうわ水を湯に焚べしむさと外の品をくわへ又酒なと入べからず(6)

すなわち「さゝ湯」を「さゝいの湯」として「かろき湯」の意味に解釈し、酒《ささ》の名称の付いている本来の理由を忘れて、かえって酒を入れてはならぬと説き、酒湯は酒抜きの実態のないものに変わった。また、「ささ湯」を「笹湯」と同義語に解して、温湯に竹葉をひたして患者にふりかけ、あるいは患部を撫でる儀式も見られた。すなわち、『旧大村藩種痘之話』（長与専斎『松香私志』の付録。明治三五年＝一九〇二）に、

落痂の頃酒湯の式とて温湯を竹葉に涵し撒り掛け其後清木屋に移し、衣を更め入浴を許す酒湯の祝とて其家許にて親属朋友を会して祝宴を張る云云

とあるように、全く当初の治療的意義を失ってしまったのである。(7)

なお、江戸時代中期には特定の疱瘡神なるものが創造され、「ささ湯」を浴せて、この疱瘡神を送り出すことによって疱瘡の治癒がもたらされると考えられた。このほか、治癒する寸前の患者が浴びたささ湯は、子供に数滴かけるとその子は疱瘡に罹っても軽くすむという俗信もあった。

このように、酒湯は時代を経ると共にいろいろな形で行われたが、いずれにせよ、庶民にとっては社会的・経済的負担はかなり大きかったから、やがて次第に廃止されるようになった。

●曾根崎心中[8]　元禄一六年（一七〇三）初演　世話浄瑠璃最初の作品　近松五一歳の時

徳兵衛の苦労話

男も泣いて、「オ、道理〲。さりながら。言うて苦にさせ、何せうぞいの、此中《このぢゅう》、おれが憂《う》き苦労。盆と正月その上に。十夜お祓ひ煤掃きを一度にするともかうはあるまい。心の内はむしやくしやとやみらみつちやの皮は袋。銀事《かねごと》やら、なんぢややら、わけは京へも上《のぼ》つて来る。ようも〲徳兵衛が命は続きの狂言に。したらばあはれにあらうぞ」と、溜息《ためいき》ほつとつぐばかり。

直訳すると、「男も泣いてオオ、もっとも、もっとも。しかしながら言うて苦にさせてどうしようぞ。先日来のおれの憂《う》き苦労は盆と正月、そのうえに十夜・お祓い・煤掃きを一度にしても、こうまでは大変ではあるまい。心の中はむしゃくしゃして、もう無茶苦茶、金の工面やなにやかやで、八方手を尽して実をいうと京へも上ってきた。ようもまあ徳兵衛の命は続いたもの、これを続き狂言にしたならば、きっと哀れをさそうであろうぞ」と溜息をほっとつくばかりである。

以上、文中の「やみらみつちやの皮袋」の「みつちや」とは、先の「淀鯉出世滝徳」のところで述べた通り大阪の方言であばたのことで、それに「……の皮」といった強調する語を添えたもの。たとえば「てんぽの皮」とはあてもなく運に任せてすること。また、感動詞的に用いて「ええいままよ」の意を表わす。また、「へちまの皮」といえば何の役にも立たないもの。あるいはつまらぬものの譬。したがってへちまの皮とも思わぬといえば、少しも意に介さないということになる。

つまり、「やみらみっちゃの皮袋」とは、むちゃくちゃの意だが、「闇等菊目石《やみらみっちゃ》の皮頭巾」（譬喩《ひゆ》尽）を皮袋（革袋＝回収した売掛金を収める革の袋）としたのは、次の「銀《かね》ごと」に続けるためにである。

次に前出の痘痕《あばた》について少しく考察してみることにする。今では全くといってよいほど見られなくなった痘痕《あばた》とは、梵語の頞浮陀《あぶだ》（arbuda＝凹むの義）の転じたもので、痘瘡が治った後に残る跡のこと。頞浮陀という仏教語の意味は、八寒地獄の第一、ここに堕ちる者は、厳寒のために身体がただれて、あばたを生ずるということ。

この痘痕は、熊本ではグジャッペ、広島・愛媛ではグシャ、北陸・九州方面ではグザの方言で、その他全国各地で、めっちゃ、みぢゃ、じゃぎ、じゃんか、じゃんこ、いも等と呼ばれて恐れられてきた。

それはそうであろう。幸い一命を取り留《と》めたとしても顔に痘痕の烙印が残ることは、その人のその後の人生に大きな影を落したに違いないからで、とくに女性の場合は甚だしく、まさに諺にいう「疱瘡の見目定《みめさだ》め、麻疹《はしか》の命定」め通りであったろう。

この痘瘡が治った後に残る跡、すなわち痘痕《あばた》は第三〜四病日に出現した固有の痘疹が丘疹・水疱・膿疱を経過して第一一〜一二日目に痂皮を形成、やがて乾燥、脱落して残った瘢痕で、初め紫褐色でのちに白色となり終生消えることはない。また、顔面・手足等の露出部に最も顕著に残るため、ながく精神的なダメージを抱え込むことにもなったのである。

余談だがシリアの格言に、「天然痘にかからないうちは、女子は器量よしとはいわれない」というのがある。

もちろん、容貌を気にするのは女性のみならず男性も同様の筈である。たとえば、鎌倉幕府三代将軍源実朝が疱瘡に罹患して顔面があばたになったことが、源家将軍が三代で断絶した原因の一つになっているとの説もあるが、それはともかく、あばたができた醜さを恥じて人前に出ることは好まなくなったという。天下の将軍源実朝でさえそうであったのだから、女性の場合はより辛かったに違いない。

女性では、たとえば、先に『本朝若風俗』の項で触れた通り、豊臣秀吉の側室、淀君と徳川家光の乳母、春日局が疱瘡に罹患している。史実によれば、淀君は軽症に終わったとあるが、一方、春日局の方は、「お福は疱瘡を病んでかなりあばたが幼い顔に残った」とある。とすれば疱瘡に罹ったのは十歳頃のことと思われることから、六五歳で死去する五〇数年間、いかに大奥を取り仕切った気丈な女性とはいえ、内心かなり辛い思いをした人生ではなかったのだろうか。

とにかく大の男にしてそうであったのだから、女性とくに若い女性の運命は悲劇的にならざるを得なかったであろうことは想像に難くない。

ところで、右門捕物帳でおなじみのあば敬ではないが、日本にはよほどあばた面が多かったらしく、幕末に来日した米ペリー提督（Matthew Calbraith Perry）は、幕府役人にあばた面の多いことに驚いている。

しかし、安永五年（一七七六）に来朝したスウェーデンの植物学者で医学者のツンベルグ（Carel Pieter Thumberg）は、その著書『日本紀行』に意外にも次のごとく記している。(9)

　疱瘡は古くから日本にある病気で、日本人はこの病気を大変恐れているが、これは西洋でも全く同様である。日本ではまだ種痘が行われていないが、それでも旅行中、顔に痘痕のある人を余り見かけなかった。

これに対して、ツンベルグよりおよそ八〇余年を経て来日（安政四年＝一八五七）したオランダの軍医ポンペ

(Pompe van Meerdervoort）の『日本滞在見聞記』によれば、

世界中で日本ほど疱瘡の痕跡のある人の多いのはみたことがない。おそらく全人口の三分の一は顔に痘痕を持っているであろう。

と推定し、その原因は、

種痘法がこの国に四〇年前に導入されたのにそれが閑却され効果があがらなかったからである。(10)

と記述している。むろん、いずれの見聞が正確なのかは不明だが、両者の記述が正反対なのは極めて興味のあるところである。

〔参考文献・補注〕

（1）浦上五六『愛の種痘医・日本天然痘物語』（恒和出版、一九八〇年）一三～一六頁。

（2）『新編日本古典文学全集75・近松門左衛門集』（小学館、一九九七年）六五頁。

（3）同右、一八〇頁。

（4）山崎佐『日本疫史及防疫史』（克誠堂書店、一九三一年）二三五頁。

（5）同右、二三五～二三六頁。

（6）同右、二三六頁。

（7）同右、二三七～二四〇頁。

（8）前掲注(2)、二〇～二一頁。

（9）山田珠樹訳註『ツンベルグ日本紀行』（異国叢書第八巻復刻版、雄松堂書店、一九七〇年）四四四頁。

（10）沼田次郎・荒瀬進共訳『ポンペ日本滞在見聞記』（新異国叢書第一〇巻、雄松堂書店、一九七八年）三三一頁。

ポンペのいう四〇年前に導入された種痘法とは、文政七（一八二四）～八年（一八二五）頃、シーボルトが日本に種痘を伝えたことを指す。しかし政治上の事件のため成功せず、シーボルトも種痘を監督することができなかったため、特に問題視されることなく、効果があがらなかった。

11　塩　尻

江戸中期の国学者天野信景《さだかげ》の手になる随筆『塩尻』(1)は、和漢の書を引証し、記事は歴史・文学・博物・風俗など多岐にわたるものだが、その中で痘瘡に関しては次のような記載を見る。

●巻之八(2)

遠駿の海中に海雀といふ魚あり。痘瘡の気を遠ざくとて小児有家には懸置、是を亦海牛なりといふ。按に、海牛も同じ物にてや、形に異なる所あり。熱田の海に間々ある魚なり。凡角あれば此名を得。蝸牛も角あるより名付侍る。角無は海牛とはいひがたし。本草に図なければいづれとはいひがたけれど、慥に二物あれば也。亦一種海雀と同し物にて、はたへ河豚のことき賢き魚あり。これ亦同類にして小異ありとみゆ。此魚にしもあらず、数万の鱗介見しらぬ物多し。

●巻之十六(3)

小児疱瘡を免るゝ薬とて或人のもとに秘しけるを伝ふ。

一レイテンガイノシモ

ワセ米《コメ》ノソク飯《イヒ》ニテ●コレホドニ丸シ、金ハクヲ衣ニシテ小児ノ年ノ数用フ。

一符風

此字ヲ小紙ニ書シ、銀ハクヲ衣ニシテ一粒、東ニアタレル井ノ水ヲ寅ノ刻ニ汲、其水ニテ符ヲ呑セ、其余水ヲ天目一盃半入レ、黒大豆七粒金子一片一歩可然ヲ右ノ水ニ入レ、一杯ニ煎ジ、其湯ヲ以テ彼丸薬ヲ呑

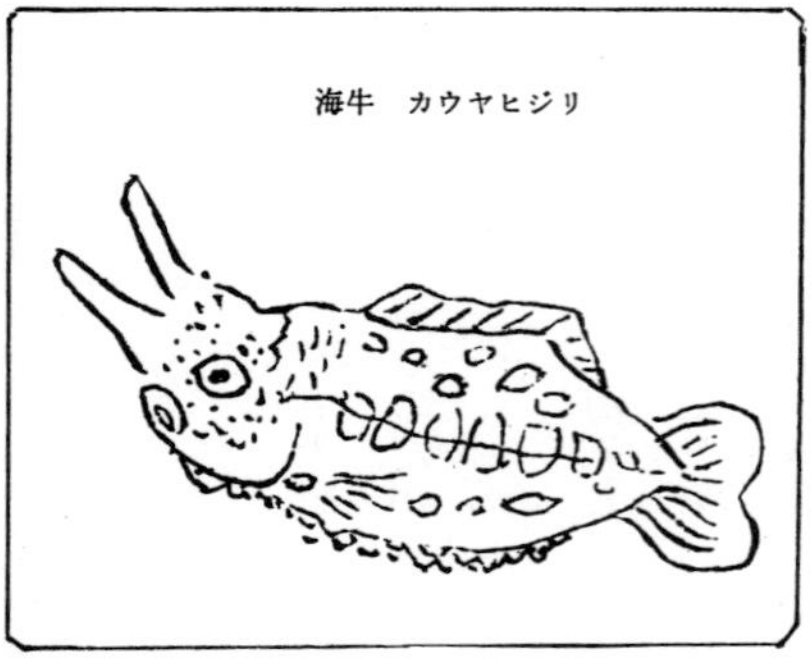

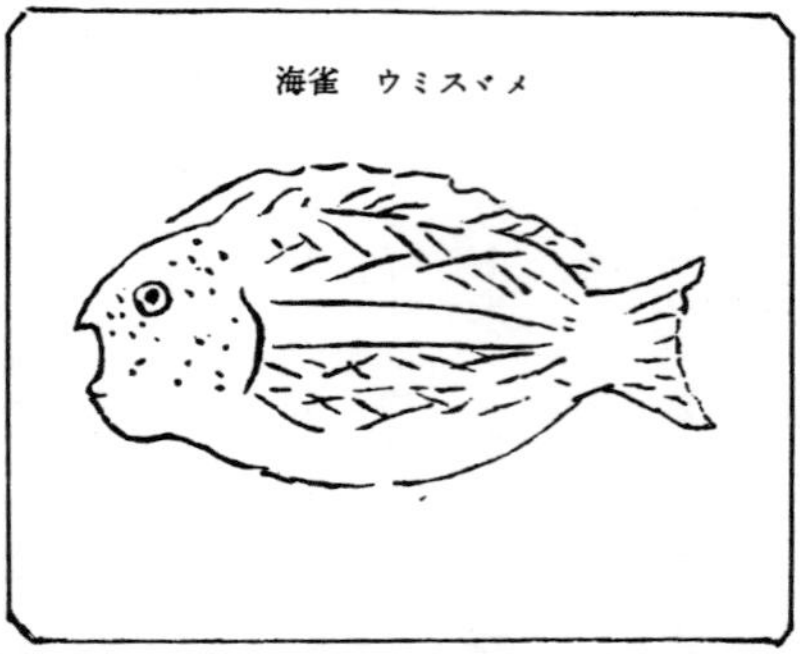

『塩尻』（『日本随筆大成』第３期第13巻、185頁）

ス。凡此薬ニテ大概一生疱瘡ヲ免レシモノ多シト云々。

●巻之三十四[4]

主上御疱瘡の御事ある時は、坂本山王の社に養へる猿[5]必疱瘡すと云ふ。亦云、帝王のもがさ軽ければ猿の病重く、皇家重らせたまへば猿頓て快なるといひ伝へし。実に一奇事といふべし。後光明帝崩御の時、坂本の猿軽き疱瘡なりしかとや。今度新帝御医薬の時、山王の猿も亦もがさわづらひける。被衣調ぜさせて彼猿にきせさせ給ひしが程なく死けり。帝はやがて御本復有し、いとふしぎなりけり。古への書にも見え侍らず、近代の俗説にや。

以上は天皇と山王の猿が同時に痘瘡に罹患するというちょっと考えられない話だが、猿の話が出たので次のことを記しておきたい。

衆知の如く一九八〇年五月、ＷＨＯ（世界保健機関）は第三三回保健総会において、人類における「世界痘瘡根絶」を宣言し、その後患者の発生は見ていない。むろん種痘も廃止されたため、免疫という点ではジェンナー以前に戻ったということになる。ＷＨＯは、そのため変異したオルトポックスウイルスが野生動物からヒトに感染する可能性があるところ、たとえば森林などには特に気をつけているという。ところで、問題のサルからヒトの感染についてウイルス学者の植竹久雄[6]は、「サル痘のヒトに対する感受性は天然痘

Ⅲ―文学作品（江戸時代）

より低く、熱帯降雨林地帯から広がる可能性はない。ポックスウイルスのDNA構成は種特異性を安定して保持しており、天然痘ウイルスのヒトに対する病原性も、進化論的時間を経て成立したものと考えられる。したがって、別種のウイルスがヒトに対する強い病原性を突然的に獲得する可能性もないであろう」と否定的考えを述べている。

同じく、北村敬も自著⑦『天然痘が消えた』の中で次のように記述している。

現在、痘瘡ウイルスと見分けのつかないウイルスがアフリカの野生動物に保有され、これが痘瘡根絶の成果を脅かすという可能性は否定されている。またWHOが痘瘡根絶宣言をした一九八〇年には、ヒトのサルポックス感染の問題はまだ未解決であったが、その後の研究で、モスクワ研究室の報告は、サルポックスが原因で痘瘡流行が再発する可能性は否定された。

以上、話が少し横道に逸れたが、サル痘がヒトに感染することはないという点について述べてみた。

●巻之三十八⑧

韃靼の種類生れて痘疹の疾なし、是塩酢を食はざるを以ての故なりといふ。其今此疾あるは中国の交市して中国の飲食を学ぶ故間々痘疹あり。然るに一人此病あれば、乍て深谷の中に置、其生死に任せて跡を絶て、親類といへども敢て省視ずといふ。我国八丈島疱瘡を病る者なしといふ。紀州熊野の辺某の里とかやの俗も、韃人のごとく山中に於て時に飲食を送るもひそかに持せ、樹枝なんどに懸置て走帰るといへり。最も不仁の事なりける、我国此病往古はなかりし、聖武帝の天平年中より殊に天下是に染て、人死亡に至る者多かりし、淡海公の御子四人 武知麿、房前、宇合、麿、天平九年同じ病にて失給ひし。夫れ痘疹は造化の殺機常理を以て測べからず。

若其運吉にあへば此痘皆安し、若其凶気にあへば夭札麻の如し、一村一市の中旄倪となく男女となく柩をならぶるに至る、医薬及ばず祈禱験しあらず、能人力の如何ともする事なき者か、王者貴人といへども亦まぬがれたまはず、況下賤をや、先に後光明帝此病にして崩じたまひ、去々年東山院も亦同じ病にて崩御あり、宝永六年十二月十七日御年卅五今上の御母公も同じ月に疱瘡にて隠れさせましませし、されば近年此病ことに凶にして大概死に至る。去年庚丑初冬より此年春の間尾府下及在々の流行常にしもあらず。

痘瘡は貴賤上下の別なく襲ったから、王者貴人といえども罹患病死をまぬがれることはできなかった。文中の犠牲者を整理すると次の如くである。

天平九年（七三七）には奈良時代の朝臣、藤原不比等の左記の四人の子が死亡している。

藤原武智麻呂《むちまろ》　不比等の長子。大納言、右大臣。享年五八歳。

藤原房前《ふささき》　不比等の二子。聖武天皇に仕え、内臣。参議。享年五七歳。

藤原宇合《うまかい》　不比等の三子。式部卿兼太宰帥の任にあたる。享年四四歳。

藤原麻呂　不比等の四子。天平九年持節大使として陸奥に赴き、蝦夷の鎮定に努む。享年四三歳。

なお、文中にはないが、この年には作為王《さいおう》（古代の有力氏族。敏達天皇五世孫。享年不詳）も痘瘡で死亡している。

また本文には、承応三年（一六五四）、御年二二歳で後光明天皇が、宝永六年（一七〇九）一二月一七日には御年三五歳で東山天皇が崩御されていると記されている。まさに〝王者貴人といへども亦まぬがれたまはず、況下賤をや〟である。

●巻之四十四(9)

拾芥抄に、疫流行の時の厭禁に蘇民将来孫也の七字を載す。今祇園社此小簡を専ら売侍る。備前風土記の跡《本ノママ》より出て我国久敷まじなひ也、近世孫嫡子といふも此遺風、小浜六郎左衛門と書たるも似たり。東都の俗風さゝら三八宿、品川松右衛門宿と書こそいとも下劣の事也。今は貴介も用ひ給ふにこそ。されば俗節人日上巳端午七夕重陽の饌みな疫を避るまじなひといへども、大槩節物の時食にして舗会の饌なるか。元正に屠蘇及び白散を飲こそ和漢久敷勝薬なり。されど是ものめるとて煩はぬ人もなく侍る。凡痘瘡瘧疾はさら也。あらぬ病痛等にも其まじなひ、百を以て数へつべし。愚俗あらゆる事をなし千に一ツも其験なし。皆是異邦道士の人を欺ける余意にし、君子聖人の教へし事にあらず。仏者殊に咒術多けれども其感応ある事なし、すべていへば医術も又誕に近し。されば何をかたのみ心をなやますべき。只命に安じ天に任せて生涯をつくすべきこそあらまほしけれ。世人病を悪み死を恐るゝにやるせなく、徒に惑をかさね侍る。今大家富家の病る時は符章山のごとく積、巫医市のごとく集る。祈禱空しく医術験なくて死すれば大麻巻数束閣して信もなく、医陰の輩かしこげに迯出て、跡は僧法師の受取物となり侍るもよのつねの有さまにこそ。

●巻之五十九(10)

今歳春より夏に至り疱瘡大に流行し、貴き賤しき男女のかぎり多く亡び失ぬるを、なにくれと数ふるも尽せず、凡そ府下（名古屋）及び熱田なんど近辺の民にいたりて、千を以て指を折侍るとなん。京師難波東都も亦同じさまに聞え侍る。東へ文やるとて申贈りし、

風さそふけふりよ露よかそふれはちゝにくたくる衣手のしらたま

今歳春よりというのは、正徳元年（一七一一）のことだが、翌二年にも同じく疱瘡が流行し(11)、また正徳四年には痘瘡との記述はないが疫疾が大流行して多くの死者が出たとある。その上同六年（六月二二日、享保と改元）

には、

この年の夏、熱を煩ふ病人多く、一箇月の中に江武の町々にて死するもの八万余人に及び、棺をこしらゆる家にても間に合はず、酒の空樽を求めて亡骸を寺院へ葬するに、墓地に埋む所なければ、宗体にかかはらず、火葬ならでは不レ納と云ふ、云々。

との記載（『正徳享保間実録』(11)）があるから、こうして見ると正徳という年は大変な年であったということがわかるのである。

●巻之六十一(12)

八丈ヶ島豆州に属す。むかし源為朝此島にわたり異類を退治し、我形をとゞめ永く島の鎮とせんとて、楠を以て自等身の像を彫刻し残せし。是を此島の守護神とし祠を立て祀りを奉す。凡そ事を祈るに其応むなしからず、故に近島よりも亦是を崇敬し侍る事五百余年とかや。さればいつの時よりか、将軍家毎歳五月彼像に銕の鎧を授けましまします事恒例となれり。其古き鎧は神主より島のものどもに配分して、鍬鎌なんどに作らしめ農をたすく。此島むかしより痘疹の疾ひある事なし、故に其織出す処の布帛を以て小児の守りとし、あるひは八丈草とて異草を伝へて家々に植侍る。今茲正徳二壬辰の仲夏銕鎧の御沙汰ありしを、島民聞あやまりて神像を東都へ持参れとの仰せありといひふれ、彼神主父子及び島民七十余人、像を奉じて武城に至りし、有司にかくと啓せし。やがて御聴に達しけるに、仰をあやまり承はり、希有の事仕り候とて御心よからざりし。されども遠境の愚民はる〴〵持来るものなれば、先上覧有べきとて、彼像を営中に入られし。八尺にあまれる古像面相甚だすさまじく、人々面もあはせがたく身の毛いよだち、皆恐怖せざるはなかりし。いかなる思しめしやありけん、此像をとゞめさせまし〳〵て、吹上の御苑にあらたに祠を作り安置まし〳〵ける。扨神主並に島の者どもには、禄たまはりて返させ給ひけるに、船中にて神主父子俄に熱気甚しく、頓て疱瘡発していまだ島にも着せずして死せり。残る七十余民も亦同じ病ひにかゝりながら島に帰りしが、幾程なくしてことぐく死亡す。夫より島の内此屋煩ひ出、旬を越ざるに凡四百余人同じもがさにて失せぬ。残りし所民数千人次第に煩なやみて、大方死せざるはなかりし程に、男女煩へるものをかゝへて他島にのがれ行ほどにこそあれ、八丈一島すでに人なき島とならんとするに、しきりに注進し侍るに、大樹かくれさせ給ふと東よりいひ送り侍る、実に一奇事といふべし。

この正徳二年(一七一二)の八丈島の痘瘡は、為朝の像が島を出たため、鬼の居ぬ間に洗濯とばかり疱瘡神が暴れ廻ったためと俗間では噂された。

もちろん真相は江戸で罹患した神主父子(船中にて死亡)や七〇余人の島民が島に持ち帰った痘瘡ウイルスが、免疫のなかった島内を席捲したためであろう。

なお、「大樹かくれさせ給ふ」とある大樹とは、第六代将軍徳川家宣(在職一七〇九～一七一二)のことである。

●巻之九十七[13]

晋書孝友伝に載する庾衮疫を畏れずして其兄を保養せしこと、時の人松柏の後凋にたとへて称しける、朱子小学にも此を記したまへり。亦偶読謾記の説朱子文集七十一に見えたり。実に人間疫病を畏るゝ事、其骨肉至親をもすてゝ、省ざる事倭漢等しきにや。祝公賓之の類ひある事まれなり。我国にても処により疱瘡を忌て病者を捨るに至るもありとぞ。古しへより疫を追ふ事は儺より以下道士僧侶の祈禱に至り、俗節の飲食も大槩疫を禳ふまじなひなり、されば鍾馗の事は天刑星の事をとりて作れるにや。

〔参考文献・注〕

（1）『塩尻』は、現存一七〇巻以上、原本一〇〇〇巻ともいわれ、その書物の巻数の多いこと、内容の充実豊富なことでは近世随筆ではその比を見ないとされる。天野《あまの》信景《さだかげ》が元禄一〇年（一六九七）頃からはじまり、その没年である享保一八年（一七三三）に至る三〇余年間の執筆。内容は著者が和漢の諸書から抄出や見聞を記し、考証したり見解の述べたもの。記事は神祇・国学を主とし、儒学・政治・法制・歴史・詩文・文学・言語・天文・地誌・有識・名物・武術・工芸・風俗・故実など古今東西あらゆる分野にわたっている。なお、著者天野信景は江戸中期の国学者で尾張藩士（一六六三〜一七三三）。

（2）『日本随筆大成』第三期第一三巻（吉川弘文館、一九九五年）一八四〜一八五頁。

（3）同右、三三九頁。

（4）『日本随筆大成』第三期第一四巻、二〇二頁。

（5）坂本とは滋賀県比叡山の東麓の地名（現・大津市坂本）。延暦寺の門前町で日吉《ひえ》神社（山王はその別称）がある。日吉神社（山王権現）は比叡山延暦寺の守護神、大山咋命を祀ったもので、その本地は薬師如来である。猿は山王といわれ、稲荷における狐と同様、山王権現のお使とされているが、その理由は詳かではない。

（6）植竹久雄編『ウイルス学』（理工学社、一九九二年）二九四頁。

（7）北村敬『天然痘が消えた』（中央公論社、一九八二年）二三七〜二三八頁。

（8）前掲注（4）、二九六頁。

（9）同右、四一二頁。

（10）『日本随筆大成』第三期第一五巻、二〇一頁。

（11）富士川游『日本疾病史』（平凡社、一九九四年）五五頁。

（12）前掲注（4）、二四九〜二五〇頁。

（13）『日本随筆大成』第三期第一六巻、四三五頁。

12　詮氣譚

文化一四年（一八一七）出版の滑稽本『詮氣譚《うつけものがたり》』(1)に、次のような大変興味ある記述がある。

蟹さんおめへもげへぶんのわるい、むらやにひとの股をくゞったが、ありやなんのまねだ。

蟹・あれかウ、あれはアノ、ソウ〳〵そうだつけへ、坊主と侍の股をくゞると疱瘡がかるいといふこつたから、それでくぐつたのよ。

同様の内容のものは、天保二年（一八三一）『将門冠合戦』(2)にも見ることができる。

や立次手に子供らこい〳〵、またくゞらそ、ヲヽほんに夫〳〵そこがかんじん、疱瘡のまじなひ、サアートン人づゝだん〳〵にくゞれ〳〵。

その昔、痘瘡よけに利益があると喧伝された仁王の股くぐりは根強い信仰の対象とされたが、しかし如何に俗信とはいえ坊さんや侍の股をくぐって痘瘡を軽くすませようとする発想は、一体どこからきたのだろうか。いずれにせよ、江戸時代、痘瘡を一種の通過儀礼と考え、痘瘡を経てはじめて社会的に認知されたが、しかしその死亡率は高く、治癒しても痘痕《あばた》をはじめ、いろいろな後遺症をのこすことが少なくなかったから、痘瘡に罹らぬよう、あるいは罹っても軽くすむよう俗信の世界に逃げ込むのも無理からぬものであったと思われる。

このほか実際に生涯、痘瘡にかからぬ人も存在した。彼等は「袋持ち」と呼ばれ、この人の股をくぐると痘瘡にかからぬという俗信も存在した。

袋持ちとは、年老いるまで痘瘡にかからない人。また痘瘡の跡つまりあばたがないので美人の称。「支度金取つて行くのは袋持」（『柳樽』五）の句にある如く、川柳の恰好の題材とされた。

・美しき一つの疵は袋持
・またぐらの御無心にあふ袋もち
・袋もち風を引いてもくろうがり

ところで、耳慣れぬ「袋持」なる言葉だが『広辞苑』によると、①（旅行用の物を袋に入れて従者に持たせたことから）袋を持ってあとについて行く者。近世では皮製の銀袋《かねぶくろ》を持って供をする商家の丁稚。②何事をしても、人に後れをとるもの。古事記伝「事功の人に後るる者を世俗に袋持といふ」。③年老いるまで痘瘡にかからない人。また（痘瘡の跡がないから）美人の称、とある。

以上の記載だけでは、なぜ痘瘡にかからぬ人を袋持というのかは不明だが、どうも袋持なる語は一般の文芸書には余り見られず、川柳の世界において好んで使われていたようである。

〔参考文献・注〕
（1） 油断舎作、春川五七画、文化一四年刊。
（2） 全五巻、五柳亭徳升作、歌川国安一世画、天保二年刊。

13 江戸塵拾

随筆雑著集『燕石十種』(1)の第五巻『江戸塵拾《えどちりひろい》』の巻之一「疱瘡の呪」の項に次のような記述がある。(2)

玉澤慶次といふもの是を出す。生国肥前の国唐津の郷士なり。壮年頃、野猟に出んとて、弓矢を持て海辺を通るに一人の異人にあふ。其の状更に人間にあらず、慶次心はやき者にて、弓矢打つがひて向ふ。異人手をあげて言やう。早まる事なかれ。我は是疱瘡の神也、汝に疱瘡除の守を与ふべし、と云、慶次弓矢を捨て、礼儀をなし、是を請て拝礼してわかる。其後、江府に来て此呪をなす。始め程は幽なるくらしなりけるが、次第に有徳の身となりて、下谷地の端に住て、今の慶次まで二代繁昌せり。

そもそも疱瘡神は、小童・男・婦人・老婆・老僧などさまざまな人間の形相で描かれることが多く、そのほか異形のものとして描かれることもあった。

また本例のように、疱瘡神に対する好意的あるいは寛大な行為により、疱瘡神から疱瘡除けの護符を授けられたばかりか、その後一家が繁栄し安楽に暮すことができたという事例も文献に散見する。つまり、痘瘡を掌る神として恐れられた疫神によって多くの幸せがもたらされたという、言わば悪神から福神への変質という様相が見てとれるのである(3)。

そもそも痘瘡は疱瘡神という疫神によってもたらされ、この疫神は他郷からやってくるものと信じられた。そのため疱瘡神が村に侵入しないよう、あるいは家に入り込まないようにいろいろな対処法が考えられた。

しかし、一旦疱瘡患者が出ると、疱瘡神を祀り好むものを供え、あるいは鄭重な饗応をして機嫌をとり、痘瘡が軽く経過することを祈願した。そして役目のすんだ疱瘡神は神送りの形式で、道の辻や村はずれまで送られ、あるいは川や海に流された。

このような疱瘡送り・疱瘡流しは各地に見られるが、ひたすら疫神として恐れられていた疱瘡神が病者が出た場合、これが軽く無事すむように祀られるのは、いわば祟《たた》り神から守り神へ福神化しつつある疱瘡神ということになるが、しかし祟り神の性格は抜けきれず、用がすむと早速送り出されることになったのである。

つまり、疱瘡神を迎えて祀ることは、共同体であれ個人であれ、あくまで疱瘡神の祟りをそれ以上強めないように慰撫することに主要な目的があったと思われる。そして鄭重に饗応して一定期間祀り上げた段階で送り出すということになるが、実際には送り出すことに主点をおいたわけで、そのため現象的には祀り上げ、祀り棄てという構造を示すことになるのである。(4)

しかし、祀り棄てといっても単純に棄て去るのではなく、ふたたび祀り上げられる状態の存在が予測されている。つまり、疱瘡神はいったん棄てられた上で、今度は霊験あらたかな守り神となることが約束されており、また、氏神あるいは屋敷神としても祀られた。このことは、いかに災厄をもたらす悪神といえど、一つの神の中に善と悪の二つの要素が併存していることを意味する日本人特有の宗教意識のあらわれでもある。そして、日本の祭りの全体構造の中で、基本的軸となっている神迎え、神送りの形式に習い、祀り上げ、祀り棄てという一連の儀礼によって疱瘡神なる悪神を処理してきたのである。

この悪神の中の善なる神格を想定し、これを祀り上げ、祀り棄てて福神化するという巧妙な智恵ともいうべき発想には、まさに日本人の融通無碍《むげ》なる神観念の一面が見えて極めて興味深いところである。

以上のことから、本例の場合も疱瘡をもたらす悪神が、幸いを授ける福神へと変質した状態と考えられるのである。

〔参考文献・注〕

(1) 随筆雑著集、岩本活東子編、全三巻、文久三年(一八六三)成る。一〇部を一輯とし、六輯六〇種の近世偶俗の珍書を集めた書。

(2) 著者不詳、文政六年(一八二三)の跋あり。『江戸塵拾』(『燕石十種』第五巻、中央公論社、一九八〇年)三九〇頁。

(3) ローテルムンド(Hartmut O. Rotermund)『疱瘡神』(岩波書店、一九九五年)二〇〇~二〇一頁。

(4) 宮田登『都市民俗論の課題』(未來社、一九八三年)一七七~一九〇頁。

14 夷諺俗話

串原正峯の随筆『夷諺俗話』(1)には〝疱瘡の事〟と題する次のような記載がある。(2)

是は、蝦夷地には疱瘡の病はなかりし所、今年寛政四子より十四年以前亥年秋、始てマシケといふ所迄夷人残り少なに煩ひ、病死せしもの多かりしよし其内西蝦夷地イシカリの先ル、モツペといふ所は、前後に挟まりて一在所煩はざりし由。其節支配人村山長三郎当時は宗谷を相勤居るなり。右長三郎ル、モツペに在しが、其所の乙名コタンピルといふアイノ（アイノとは蝦夷人と云事）長三郎に相談しけるは、いつれ当村へも疱瘡入るへし、依レ之当村の夷男女残らす山奥へ逃行べしといふ故、長三郎答けるは、山へ引籠るとも飯糧等も此方より手当いたし介抱なる事なれは、先差扣へて然るべし。猶工夫をめくらし、又々乙名を呼て申けるは、世俗の諺に網の目にも風防ぐと云事あれば、境へ網を張りて疱瘡を入さる様にすべしといへば、尤なるいひ分なりといふ故に鯡網を残らず出し、前後の場所境にこれを張、仕切り、大文字に無用のもの入へからすといふ高札を建、番人を付置たり。夷共「イナヲ」（イナヲとは神を祭木の削かけ）を削り、境目へこれを立、右の如くいたし置たるに、不思議なるかな、其節ル、モツペの場所斗り疱瘡を煩たるもの壹人もなかりしといふ。愚案も廻らすに、一躰愚智盲成夷共の事なれば、日本人のいふ事は神の如く信じ、右長三郎おしへし通りいたし置たれば、心安堵して、某気腹中に満足、空虚なる（ママ）故、流行の邪気に犯されざると見へたり。右始(め)て蝦夷地流行せしも、松前より百二十里トマ、イ迄の事なり。右同所より先は未煩たる者壹人もなし。尤治療を知らす、介抱等等閑なる故、子年流行の節多く死失せし由。歎敷事なり。案ずるに、疱瘡の病いは小児出生の時の胎毒腹中に有、是を払はざる故に時来て毒表へ発する事にて、疱瘡やむものあれば其気を相感じ、受継て流行なすと見へたり。

人生れて軽重はあれども、疱瘡は煩ふべき事なるに、彼地にて疱瘡を知らざるもの多く、ことに前後の村々は流行して、其間にはさまりてル、モツペ下在處わずらはざるなど、実に理外の異病なり。日域疱瘡の始めは、天平七年筑紫に始て煩らい出し、京都に至り、夫より諸国共此病を煩ふ事にて、今年寛政四子年迄一千五十六年なり。蝦夷地へ渡りたるは去る亥の年（注：安永八年）にて、今年迄十四年なり。同所人道開くる瑞相にて、此病も発したる事と思はる丶なり。今山丹にてもほうさう流行するよし沙汰ありといえども、いまたさたかならず。

史籍によるわが国痘瘡の第一次流行は、天平七年（七三五）とされるが、蝦夷地ではその一〇四三年後の、安永八年（一七七九）に初めて痘瘡が発生したという。それ以来しばしば流行を見ているが、アイヌにとっては新しい経験であったから、抵抗力もなく、そのたびごとに大量の犠牲者を出した。ことにそれが和人との接触の頻繁化につれて痘瘡が蝦夷地に持ち込まれるようになると、各地で何度か流行を繰り返した。その結果、目を覆わんばかりの惨状が繰り広げられたであろうことは充分に想像されるところである。

ことに寛政一一年（一七九九）、幕府の開発が積極化すると、痘瘡はますます猛威を振い、以来半世紀の間に人口の三分の一を失なったのは主として痘瘡の流行によるといわれている。アイヌは痘瘡を世界を飛び歩く悪神バコロカムイの仕業であるとし、その避痘法としてさまざまな呪術が行われたが、一旦痘瘡が流行れば、病人を放置して顔や姿をかえ、山中に逃げ込むしか方法がなかった。(3・4)

このようにすべてを放棄し山中に逃げ込んだという記述は、『蝦夷国風俗人情之沙汰』にも見ることができる。(5)

夷人は元来日本人と種類等しき人間なれば、病も又等しき筈なるを、医薬なき故疱瘡疫癘流行すれば伝移を恐惶し、家宅を捨て、深山に避て、流行の疾病絶て後古郷に戻り住居する也。親子夫婦兄弟の内は看病介抱もすれども、其他は皆見放しにして殺すなり。疾愈《癒》るといへども飢死する者多し。如何といふに、蝦夷土地都て粮を貯る事なく共日暮しなればなり。他人は寄りつかざれは養育に遇ふべき様なし。

では、一体アイヌ社会における疱瘡対抗の呪術にはどんな方法があったのだろうか。

まず、第一に先に記述した、村境に鯡網を張り巡らし、「無用のもの入るべからず」という高札を建て、番人を置いたところ不思議に疱瘡を煩《わずら》う者は一人もいなかったという呪法があげられるが、この法は、著者の串原正峯によれば日本人の教示したものであるという。

このほか、アイヌ社会独自の法としては次のようなものがある。

○疱瘡神を落胆させるために、幼児に「クソ」を意味する汚い名前を付け、幼児を好むとされる疱瘡神を幻滅させてしまうことで、疱瘡神を退散させようとした。(6)

○北海道の美幌地方では疱瘡神の降るところは靄《もや》がかかるから、濃霧が降りると「疱瘡神が渡って来たからギョウジャニンニクを火にくべて臭いを上げろ」といって、ギョウジャニンニクの葉茎を刻んで乾かし貯えておいたものを盛んに燃したという。(7)

○アイヌ集落では、疱瘡神が往来する時は、兎や針河豚（針千本）を煮て食べれば疱瘡神は恐れて近寄らないとされ、また兎の頭や前足、針河豚を削花で飾ったものを入口や窓の上に吊して疱瘡神に対する魔除けとしたが、ほかにサブロオ（一名、仙台蕪魚）の乾かしたもの、あるいは、八ツ目鰻も除魔力があるとされて使用された。(8)

佐倉藩の学者、窪田子蔵の蝦夷紀行日記『協和私役』に、次のような興味ある記述がある。(9)

九月三日、晴る。館を出づ。海上二小舟を泛かべ、一舟は大鼓を打ち喧騒し、一舟は草人を作り赤布を纏ふ。云、疱鬼を送るなりと。夷人甚疱瘡を畏る。病む者本より少し。官人の箱館より来る其稚子痘を病む。夷人畏れ逃れて山中に入る。今鮭漁の時に当り一日も夷人無かるべからず。其草人を作り赤布を纏ふ者乃ち痘鬼を載するなり。其鼓を打ち喧騒する者は痘鬼を駆るなり。稚児痘を病む者抱かれて海岸に出づ。忽ち砲声舟中に発す。舟中の草人粉砕して海中に落つ。乃ち舟を併せて棄て返る。鼓声益喧すし。岸上の人大に笑ふ。云云。

この日記の書かれた安政三年（一八五六）蝦夷に疱瘡が流行し、また翌年の四年五月には、松前藩内に痘瘡が大流行した。このため、幕府は江戸の医師桑田立斎、深瀬洋春等に命じ、翌年にわたりアイヌに強制的に種痘を行い、ようやく流行を抑えることができた。

ところで前述のような疱瘡送り、疱瘡流しといったいわば神送りの習俗は、当時本州でも盛んに行なわれたが、しかし、痘鬼に見立てた草人を海上で粉砕してしまうといったような例は他に類を見ない。彼らが如何に痘瘡を畏れていたかがわかろうというものであろう。

〔参考文献・注〕

（1）寛政四年（一七九二）、幕府が宗谷場所に試みた御救交易の一行に加わって二月上旬江戸を出発、松前から日本海岸を通って宗谷に至り、無事任務を終えて千歳越で帰った串原右仲正峯が、その旅中見聞したところを書きしるしたもの。蝦夷風俗の事など蝦夷地で自ら見聞体験した珍談奇聞七一篇を五巻に分けて記し、寛政五年（一七九三）二月に筆をおいている。本書ならでは見られない記事に富み、当時の北海道の事情、ことにアイヌの研究には欠くべからざる記録であり、読物としてもなかなか面白い。

（2）串原正峯『夷諺俗話』（『日本庶民生活史料集成』第四巻、三一書房、一九六九年）四九〇～四九一頁。

（3）同右、補註：疱瘡疹に死亡、三九八頁。

（4）窪田子蔵『協和私役』（『日本庶民生活史料集成』第四巻、三一書房、一九六九年）二二一・二五八～二五九頁。

（5）最上徳内『蝦夷国風俗人情之沙汰』（『日本庶民生活史料集成』第四巻、三一書房、一九六九年）四六〇頁。

（6）『北海道・東北の民間療法』（明玄書房、一九七七年）四八頁。

（7）知里真志保『分類アイヌ語辞典・第三巻・人間編』（日本常民文化研究所、一九五四年）三五五頁。
（8）前掲注（2）、九一頁。
（9）前掲注（4）、二五八〜二五九頁。

15　譚海

天明・寛政頃の社会の見聞・世間話・噂話の筆録を集成した津村正恭の随筆『譚海』(1)は全一五巻で構成されており、寛政七年（一七九五）の跋がある。この中に痘瘡に関する次のような記載があるので、以下、順を追って記述してみることにする。

○唐山白牛糞疱瘡の薬に用る事(2)

享保年中清朝より真白なる牛を御とり寄ありて、房州へ飼を仰付らる。その食物にはもぐさ斗をかひて、其牛のふんをとり、いくらも俵にして江戸へ上納させしめ給ふ、その比は白牛湯とて散薬にして町へも下されたり、疱瘡に大妙薬也、今所持の人は其時の御用懸斎藤三右衛門といへる人牛込に居住成さるといへり。

（巻の二・巻の十五）

文中にある牛込とは今の東京都新宿区東部の一地区。江戸時代からの名称で、もと牧牛がいたからというから、なんとなく辻褄の合う話である。

また、享保年中（一七一六〜三五）、白牛の糞が痘瘡の妙薬として用いられたとあるが、このほかにも文献によると、江戸時代中期には白牛毛（『保赤全書』）・牛蝨《しつ》（『本草綱目』）・牛皮膠（同上）・牛黄（『保赤全書』『痘科鍵』『本草備要』『本草綱目』）・牛屎《し》（『痘瘡心印』『本草綱目』）・牛蹄甲（『本草綱目』）・黄牛肉（『本朝食鑑』）・

牛角（『本朝経験方』）等々、牛に属したる物質が痘瘡の発生予防あるいは治療に使用されていることがわかる。(3)

このほか、たとえば、平野必大の元禄一〇年（一六九七）刊『本朝食鑑』(4)によれば、

近代家家伝染患レ痘時、令三小児嘗二黄牛屎一、謂能予防二痘毒一、京師最用二此法一。

とあり、実際に黄牛屎を用いて痘瘡を防ぐ方法がこの頃盛んに行われていたものと思われる。

このことは、たとえば、享保一六年（一七三一）、痘瘡の流行をみた福井藩では、次のような幕府下げ渡しの治療法を藩内に弘布していることでもわかる。

何毛の牛にても糞を黒焼にして粉にて可用。かねて拵置き、艾《もぐさ》を食わせ其糞をとり、干し粉にして用ゆなり。白き牛、黒き牛、なめ牛は尚よし。（中略）疱瘡・麻疹の結、又はやき破りたるに黒焼にしてつくればよし。

むろん、その効力は論外としても、しかし、それならば一体、牛と痘瘡とを結びつけた発想の根拠は何だったのだろうか、という疑問は残る。

ところでイギリスの外科医ジェンナー（Edward Jenner）が牛痘接種法を発明したのが寛政八年（一七九六）であり、その後わが国に輸入され、初めて牛痘接種に成功したのは嘉永二年（一八四九）のことである。したがって『本朝食鑑』の記述は、実にジェンナーの偉業から逆算すると一〇〇年前、またわが国最初の牛痘種痘の成功年から数えると一五〇年以上前ということになる。

となると、当時すでに牛と痘瘡との間に合理的な説明が得られる何らかの関連性に気付いていたのだろうか。たとえばジェンナーが牛痘接種法を発明したきっかけになったと同様、牛の搾乳に携わる者が相対的に痘瘡の感染を免れているという事実の観察の結果だったのだろうか。もしそうだとするならば素晴しいことなのだが、しかし果して当時の日本人に搾乳の習俗があったのだろうか。その点にも疑問が残るのである。

そこでとりあえず、千葉県農林水産部畜産課にこの点に就いて問合せてみた。その結果、次のような返事を得たのでここに転載しておく。

その昔、八代将軍徳川吉宗が享保一三年(一七二八)に白牛三頭を輸入し、嶺岡牧(現安房郡丸山町大井)で飼育を始め、これを基に頭数を増やし改良を進めるとともに、ここで搾った「白牛酪《はくぎゅうらく》」という牛乳に砂糖を加えて煮詰め、乾燥させたものを作り、薬や栄養食品として珍重した。この吉宗公が牛乳を使って乳製品を作ったことがわが国の酪農の始まりとされている。

以上の返信からすでに二七〇年以上前に千葉県において搾乳の習わしがあったということがわかる。となると、乳しぼりの人が牛痘に感染すると局所だけの変化で全身にひろがることなく軽くすみ、しかも一度これにかかると、その後は人痘にかかることはない、という事実を経験上知っていたのではなかろうか。その結果、牛に属したる物質が痘瘡の発生予防、あるいは治療に使用されたのではなかろうか。もしそうであったとしたならば、ジェンナーに並ぶ偉業なのだが、もちろんこれはあくまでも推測の話である。

○ウニカウル

疱瘡重きには療治もなし、薬物も及ばざる程のもの也。只ウニカウルを一薬粉にして時々用うれば、極上の治方なりとぞ(巻の二・巻の十五)

ウニコールについては、本書の新井白石の自叙伝『折たく柴の記』で記述してあるので、そちらの方を参照されたい(五六〜六〇頁)。

○疱瘡かろくするまじなひ(2)

フランカステインと云石おらんだ持来る石也。蛇蝎などの毒にあたりてはれたる所へ、此石をさすりつけおけば、毒を悉く吸とる。よく〳〵毒を吸はせて後、婦人の乳をしぼり出したるを、器にため置たる中へ此石をひたし置けば、石より毒をはいて乳汁泡の如くになる也。此石橘町大坂屋平六なるもの所持にて、近来疱瘡のまじなひによしとて、疱瘡せざる小児をなでさせてもらふ也。（巻の二・巻の十五）

ブランカスティン（スランガスティン）は、まむしのかしらより出たる石、あるいはまむしの口より吐たる石とされるが、橘南谿の『北窓瑣談』(5)（文政八年＝一八二五）によれば、

スランガスティンいふ石は、蛮物にて蛮人またまた持渡る、よく膿たる腫物の口潰たる時に、此石を瘡中に当れば能く膿中を吸ふ。膿尽くれば石おのづから落るなり。其石は水中に入るれば、吸たる膿を尽く水中に吐き出すなり。其後石をおさめて置て幾度も用ゆるに腫物の膿を吸ふ事、ベンドウザ（注：吸玉、吸血器のこと）に勝れりとぞ、石の色甚だ黒く光りて聊か針眼あり。

とその効力を説いている。そのためか偽物が多く出回ったらしく、その偽物については次の如く記している。

近来は偽物甚だ多く舌に付く事は真物にも劣らぬ程なり。如意道人東遊の時和産に此石ある事を聞て一塊を持ち帰り余にも贈れり。遠州掛川の近在サイゴウ村蛇バミといふ処に産す。其他の方言に舌付石と云、石の色青く砥石に似たり。能く舌に付く、形状は大に蛮産に異なれり。

また、このスランガスティンについては、大槻玄沢の『蘭説弁惑』には、

問て曰く、すらんがすてんと云ふ物は如何なるものにや。答て曰く、すらんが、すていんなり、すらんがは蛇の事、すていんは石の事、蛇石といふ名にて大蛇の頭より生じたる石といふより名づけたるという妄説あり、然れどども本ト製作のものなり、蘭畹摘芳の中に詳にす。

とし、『蘭畹摘芳』巻三に吸毒石の名でスランガスティンについて詳しく記載している。

このほか、江戸の本草学者田村藍水はじめ多くの学者がその本態の究明をしているが、一方、竜骨（旧象の化石骨）、あるいは鹿角の黒焼からも同効のものが作られたとする知見も加わり、これを真似て作るものが出るようになった。

ところで当時この石に対する呼称はさまざまで、フランカステキン・スランカステキン・フランサスライン・フランカステテン（以上『譚海』）、あるいはスランガスティン（『北窓瑣談』）・スランゲンスティン（『蘭畹摘芳』）等の記述を見るが、これに対して服部敏良は『江戸時代医学史の研究』の中で次のように述べている。[6]

フランカステテンは、正しくはスランカ・スティン（Slangen steen）のことで、蛇石・吸毒石といわれ、オランダ人の伝えたもので解毒の作用があるといわれている。

と記されている。スランカは蛇、スティンは石の意味である。

○疱瘡守札の事[7]（巻の五）

小川与惣右衛門船にて約束の事と書、ではいりの門、又は戸ある口々に張付置ときは、その家の小児疱瘡軽くするといへり。是は前年疱瘡神関東へ下向ありしときに、桑名の船中にて風にあひ、すでに船くつがへらんとせしを、与惣右衛門といふ船頭、守護して救ひたりしかば、疱瘡神よろこびて、此謝礼にはその方の名かきてあらん家の小児は、必ず疱瘡かろくさすべきと約束ありしゆゑ、かく書付る事といへり。

以上は、「小川与惣右衛門船にて約束の事」と書いた札を門口に貼って置けば痘瘡が軽くすむという呪符の由来の話である。呪符とは紙に神仏の名や形像・呪文・密教の種子・真言・神使とされている動物などを書いた札をいう。これを肌身につけ、または飲んだり、壁に貼り付けたりしておくと、神仏の加護が得られ災厄を避けることができると信じられた。しかし、やがて神仏の守護を求める信仰から離れて、例えば「鎮西八郎為朝御宿」

というような札を出して疫病を退散させようとする呪符とも称すべきものが一般に広く使用されるようになった。

ところで、疫病除け、疱瘡除けの呪符として用いられたものを見ると、次の三つに大別することができる。

①特別の文字・呪文・歌・発句などを用いた呪符。

②英雄・豪傑の名、絵像を用いた呪符。

③疱瘡神との間にとり交わされた約束があると伝えられる特定の人物の名を用いた呪符。

本文の「小川与惣右衛門」の呪符はまさに③に当てはまるものだが、その代表的なものには世に広く知られた「蘇民将来子孫也」、あるいは「湯屋峠の御孫嫡子」があり、また各地に伝えられているものに、「組屋六郎左衛門子孫」「釣舟清次宿」「仁賀保金七郎」等の呪符がある。

〔参考文献・注〕

（1）随筆、全一五巻。津村淙庵著。安永五年（一七七六）から寛政七年（一七九五）の二〇年間にわたる社会の見聞・世間話の筆録を集成したもの。各巻には当時の民間療法等一部記されているが、さらに一五巻には、広く当時の諸病の治療法を一括して詳細に記している。諸種の病気に対する民間療法が詳細に記され、当時の医療状況を知る貴重な史料といえよう。

（2）『日本庶民生活史料集成』第八巻（三一書房、一九六九年）四四・二六〇頁。

（3）山崎佐『日本疫病及防疫史』（克誠書店、一九三一年）二一〇頁。

（4）平野必大『本朝食鑑』一二巻、元禄一〇年（一六九七）刊。明の李時珍著『本草綱目』にならって、食用・薬用になる本草について漢文体で記した書。

（5）橘春暉『北窓瑣談』巻之四（『日本随筆大成』第二期第一五巻、吉川弘文館。一九七四年）二五〇頁。

（6）服部敏良『江戸時代医学史の研究』（吉川弘文館、一九七八年）二八八〜二八九頁。

（7）前掲注(2)、九一頁。

16　無事志有意

噺本『江戸笑話集』[1]所収「春興・神遊び」（松友亭長綱作）の中に、次のような興味ある話がある。

恵比寿、大黒、初卯参りより梅屋敷へ行んと、福神仲ヶ間をさそいに行。寿老人は福禄寿と二人こたつにあたつて、「けふはよしにせふ」といふ。布袋は、「どぶつで、あるくはごめん」「そんならば毘沙門と弁天、是で面白かろふ」とむだをいゝながら野道を行、亀井戸の玉屋へあがり、めづらしく蜆の吸物、「外になんぞ呑るものを出してくれ」と誂《あつら》へ、出来る内、煙草をのんでいる。大黒、「コレ恵比須、貴様の煙草は匂ひが能《よい》が何じや」「おれはきついのがすきじやによつて舞をのみます」「ムゝ恵比須まいじやな、おれも大黒まいをのむ。毘沙門は何をのまつしやる」「おれは此鎧冑小手すね当、軍《いくさ》のなりの様《よう》じやによつて、たてをのみます」「イヤ是は尤《もつとも》。弁天は何をのまれるぞ」「アイわたくしは龍王」「なる程、こいつもいゝは」といふ所へ、稲荷が跡から来て、「福神たち爰《ここ》にか。なんぞめづらしい事でもござるか」「イヤ煙草のはなしさ。時に貴公は何をのまつしやる」「おれはまづ五穀を守る役じやによつて、新田をのみます」「まことにそれ〴〵のおもひつき。どふも〳〵いへたものではない」といふ内、となりの座敷をのぞけば、面体髪の毛迄赤く、俳純子《ひどんす》(註)の羽織に、緋紗綾《ひざや》の上着、下着は緋縮緬《ひぢりめん》、緋紬子《ひじゅす》の帯、少し質素を守るとみへて、茜《あかね》の足袋をはき、緋色の大ぎせるに朱羅宇《しゅらう》をすげ、がん首あがりに、くわん〳〵とくゆらせている者あり。「あれは誰だ。猩々《せう〴〵》とやらいふやつか」「なにさ、疱瘡神だ。こつちへよんだがいゝ」「コレ疱瘡神」「これは〳〵、どなたもさつきにからお物越は承りましたが、遠慮いたしておりました」「イヤ遠慮には及ばぬ。おてまへも近年は流行して、だいぶ工面《くめん》がよいげな。悠々《いふ〳〵》といゝきせるまで、ちとお煙草入を拝見。ムゝ是は紅皮、緒締《おじめ》は珊瑚珠《じゅ》、緒付《つけ》は達摩、さだめて、よい煙草であろふ。一ッ服《ぷく》お貰い申さふ」「イヤ粗葉でござります」「何さ、此煙草入では」と、一ッ服のめば、ことのほか悪いゆへ、「コレハどふしたものだ。疱瘡神、あんまりわるいの」「アイわるふござります」「これは何だ」「ハイ松皮でござります。」
（注：俳純は緋緞子の誤）

江戸文学とくに洒落本・噺本あるいは滑稽本等は、それなりの知識がないと理解できないことが多い。その究極が古川柳で、当方に相当の〝学〟がなければまさに、ちんぷんかんぷんでさっぱり分からないことになる。たとえば、本書のタイトル、『無事志有意《ぶじしゆうい》』(2)も、実は『宇治拾遺物語』(3)のパロディーなのである。

以下、ここで前記の「春興・神遊び」の全文を要約し、煙草談義の煙草について少し孝察して見ることにする。まず、七福神の恵比須・大黒が初卯参りから梅屋敷に行こうと福神仲間を誘うのだが、寿老人と福禄寿の二人は炬燵にあたっていて行かぬというし、布袋は肥っているから歩くのはご免だという。

結局、毘沙門と弁天の四人で出かけ、参詣をすませると亀井戸天神前の玉屋なる料理屋に上り、おきまりの酒盛りとなるのだが、実は酒の支度ができる間の一時《いっとき》の煙草談義がこの噺の中身なのである。ただ、しかし当方に当時の煙草に関する知識と洒落についての理解がないと彼等の会話がまるでさっぱり分らなくなってしまうことになる。

そこで以下原文を参照しながら、彼等の煙草談義を少し解説してみることにする。

天神前の小料理屋に上った四人、誂《あつら》えたものができる間、煙草をのんでいると、大黒が恵比須に「貴様の煙草は匂いがよいが何じゃ」と聞く。すると恵比須は「おれはきついのがすきだから舞をのみます」と答えると、大黒は「うむ恵比須まいだな。おれも大黒まいをのむ」と同感する（舞葉は丹波国桑田郡山本産の良質の煙草のこと。恵比須舞は恵比須に扮した仮面舞踊、豊漁をいのる神事踊にも行われる。大黒舞は大黒天の姿をした門《かど》づけ舞で、ともに煙草の舞にかけたもの）。

ついで、大黒が「毘沙門は何をのまれる」と聞くと、「おれは、鎧冑小手すね当を身につけて兵士のような格好なのでたてをのみます」と答えると、大黒は「いや、これは御尤も」と納得する（たては上野国多野郡山名館に産した煙草で、のちに奥州一帯から産出した。兵士のなりをした毘沙門が戦士の盾・館（城）にかけてたてという煙草を飲むといった洒落）。

続いて、大黒、「では弁天は何をのまれるか」と尋ね、弁天が「わたしは龍王」と答えると、「なる程、こいつもいいわ」と感心する（弁天はもとインドのサラサバテ河を神格化したものなので、水辺に祀られ、わが国でも近江の竹生島、安芸の宮島、相模の江の島など、いずれも水辺に社がある。また密教では雨を祈る本尊として信仰される。その縁で龍王と答えている。龍王は、山梨県中巨摩郡龍王村近辺より産する煙草。なお、前述の毘沙門の「たて」は男性用、「龍王」は女性用だったらしい）。

そこへ稲荷がやって来て、なんかめずらしいこともあるのかと話の中に入ってくる。「いや煙草の話さ。時に貴公は何をのんでる」と大黒が聞き返すと、「おれはまず五穀を守る役だから新田をのみます」との答えに、「まことにそれぞれの思い付き、いやはや恐れ入った」と大黒は感心する（当時、江戸では稲荷は福神として商家の信仰がさかんで、この頃江戸に多きものとして、「伊勢屋稲荷に犬の糞」といわれたほどだったが、本来は米・麦など五穀を守る神とされた。新田とは新しく開いた田のことで、煙草の新田にかけてるわけだが、新田はやわらかい味とされた）。そのうち、となりの座敷をのぞいてみると、誰やらゆったりと、鷹揚に煙草をくゆらしている者がいる。聞くと疱瘡神だというので遠慮するのをこちらの座敷によび寄せて、この頃は疱瘡が流行して大分かねまわりがよいですなといいながら、さだめてよい煙草を吸っているであろうと一服所望する。煙草入れは贅を尽したものだけに、さぞかし中身もと思ってのむと、これが全くの粗葉で格別悪い。「これは随分悪いぞ。一体何だ」と聞くと、疱瘡神曰く、「ハイ、松皮でございます」と答える。

最後にこの話のオチともいうべき疱瘡神愛用の松皮煙草が登場する。この松皮煙草とは福島地方に多く産した煙草の葉で、一八世紀中頃から栽培されていた。今は改良され味がやわらかなよい葉だが、当時は下級品とされた。一方、かさぶたが松の樹皮のように剝がれてくることにより、見るも無惨な痘痕をのこすとくに重い痘瘡を松川疱瘡といい、「松皮」はこの「松川疱瘡」の掛詞《かけことば》である。(3)

ところで、「春興・神遊び」には、珍らしく疱瘡神の風体《ふうてい》について次のような細かい描写がある。すなわち、顔つきは髪の毛まで赤く、羽織は緋緞子《ひどんす》、上着は紗綾《ひざや》、下着は緋縮緬《ひぢりめん》、帯は緋繻子《ひじゆす》、足袋は茜木綿とまるで全身赤ずくめの衣装で、朱色に染めた羅宇《らう》竹のきせるで、やや横柄にゆったりと煙草を吸つているというのである。

ここで、赤色と疱瘡神について少し触れてみることにする。

赤（朱）の色は、痘瘡をめぐる習俗・信仰に見られる基本的な色彩であり、したがって江戸時代の痘瘡を語る上では避けて通れぬ複雑でかつ深い意味を持っている。

ところで、痘瘡にかかると疱瘡神は赤色を好むとの俗信から、赤紙の幣束・赤い紙燭・赤い団子・赤飯・赤鯛・赤い達磨・赤い猿の面などすべて赤物ずくめの供物《くもつ》をし、病者には赤い着物を着せ赤い頭巾をかぶせて痘瘡の平癒を願った。また赤絵（疱瘡絵の俗称）を持たせると痘瘡が軽く済むといわれたことから、赤絵や紅摺絵が売られ、見舞品に使われた。この疱瘡絵においては、疱瘡神は赤い衣類を着用して画かれている。

一方、古川柳に「茜《あかね》にて疱瘡神を安くする」という句がある。あかね色は田舎娘の腰巻の色である。茜は赤の内でも下等の染色、だから赤い頭巾をし、赤い着物を着ていると信じられている疱瘡神はちょっと安っぽい感じがするという意味。この川柳にくらべれば、『無事志有意』に出てくる疱瘡神はかなり贅沢な赤い衣裳ずくめだが、それはそれとして筆者には次のような疑点が残るのである。

周知の如くそもそも、赤色呪力による魔除け・災厄除けの思想は、古今津の東西を問わず存在した。無論、疱瘡除けの対策上にも赤は欠かせぬ呪力をもつ色でもあった。したがって当然、疱瘡神からも非常に恐れられた色であったはずである。それが〝痘は赤を好む〟との理由から赤色ずくめの衣裳に身を包むとは、筆者にはちょっと理解しにくいのだが、あるいはこれが江戸時代の庶民信仰のもつおおらかさというものかも知れない。

〔参考文献・注〕

（1）噺本、桂屋長綱『無事志有意《ぶじしゆうい》』（日本古典文学大系100『江戸笑話集』、岩波書店、一九六六年）。

（2）『無事志有意』は『宇治拾遺物語』の書名をもじった噺本。狂歌と落語で有名な烏亭焉馬《うていえんば》によって編纂されたものであり、五二話が収録されている。「春興・神遊び」はその中の一話。

（3）『宇治拾遺物語』は宇治大納言物語の拾遺の意。説話集、全二冊、編者未詳。成立は一三世紀初めか。天笠・震旦・本朝にわたる説話一九七話。鎌倉時代説話文学を代表する。

（4）松皮疱瘡とは、そのかさぶたが松皮のように剝がれるように最も重い痘瘡。したがって痘痕《かさぶた》もひどくなる。川柳に「持参金松川氏の娘也」の句がある。もちろん松川氏は最も重い松川（松皮）疱瘡のきかせ。

17　答問録

本居宣長が弟子の質問に対する答を記録した。『答問録』(1)に次のような記述がある。

問　疱瘡神は、外国より来りし悪神なるべし、これも禍津日神《まがつびのかみ》の神霊とやせむ、此病は物のたたりにもあらず、又一たびやみぬれば二度とはやまぬことなど、他の病とはかはりていとあやしきはいかがゞ、

答　問のごとく、此病は古はなかりしかば、此神もと外国より来し神なるべし、もろこしにても古はなかりつれば、かの国へも、もと他国より来たりしなるべし、さて天地の間の事は、みな神の御しわざにて、御国と外国のたがひなければ、いづれの国の神にまれ、あしきわざするは、みな禍津日神の御心也、さて世に、この疱瘡、又疫病、あるひはわらはやみなどを、殊に神わづらひと思ふなれど、これらのみならず、餘のすべての病もみな神の御しわざ也。其中に、そのわづらふさまのあやしきと然らざるとは、神の御しわざなることのあらはに見ゆると、あらはならざるとのけぢめのみこそあれ、いづれの病も神の御しわざにあらざるはなし。さて病あるときに、或は薬を服し、或はくさ〴〵のわざをしてこれを治むるも、又みな神の御しわざ也、此薬をもて此病をいやすべく、このわざをして此わづらひを治むべく、神の定めおき給ひて、その神のみたまによりて病は治まる也、(2)

宣長は弟子の問に対して、疱瘡または疫病あるいは、わらはやみ（注：瘧《おこり》・マラリヤ）のみならず、すべての病気はみな神の仕業によって起こるとし、その神が禍津日神《まがつびのかみ》であると答えている。

『日本神名辞典』によれば、禍津日神について次のように記している。

禍（枉）津日神とは大禍（枉）津日神（大綾津日神）・八十大禍（枉）津日神の二柱を指していふ。邪悪禍害を司るとされ、その禍害を除くために行はれるのが禊祓。古代人は世の中の善悪・禍福・吉凶はすべて直日（毘）神・禍津神の作用によるものと信じていた。

ここで余り聞きなれない禍津神・直日神について、少々説明して見ることにする。

○禍津日神《まがつびのかみ》

古事記　上　五一

於是詔之上瀬者瀬速、下瀬者瀬弱而、初於二中瀬一随迦豆伎而、滌時、所二成坐一神名、八十禍津日神訓禍云摩賀下效此、次大禍津日神、此二神者、所二到其穢繁国一之時、因二汚垢一而所レ成之神者也（3）

『古事記』あるいは『日本書紀』の伝える伝承によれば、伊奘諾尊《いざなぎ》が黄泉国をみて帰ってきた。その時、御身に付いた穢れをすすぎ洗うために筑紫の日向小戸《おど》橋之檍原で祓《はら》いをされた。

御身についた穢れを滌《すす》がれたのであるが、この時、中瀬で滌がれたときに出現された神が八十枉津日神《やそまがつびのかみ》、大枉《おおまが》津日神《つびのかみ》で、その枉《まがり》を直そうとして出現された神が神直日神《かんなびのかみ》と大直日神《おおなびのかみ》であるという。

つまり伊奘諾尊の洗い流した汚垢《おこう》の化生《かせい》が禍津日神の二神であるということなのだが、『古事記伝』によれば、

八十禍津日神、大禍津日神、禍《まが》のことは次に云ふべし。津《つ》は助辞、日《び》は濁る例にて借字なることはさらなり、（中略）八十は禍の多きを云ひ、大は甚しきを云ふにや、書紀には大禍津日は無し、又の一書に大綾津日神あり（3）。

衆知の如く橋本伯寿が、文化七年（一八一〇）『断毒論』を、同一一年（一八一四）『国字断毒論』を著わして、痘瘡伝染論を論述するまでさまざまな原因説が唱えられてきた。まず古代においては、疫病の流行は人の穢を怒る神の祟りと信じられた（神意説）。しかし仏教が渡来するや痘瘡の成因説もその影響を受けざるを得なく、鬼魅・痘鬼の仕業であるとされた（疫鬼説）。これに対して、日本古来の神道的観念に基づく荒神・悪霊の祟りとする成因説も唱えられた（死霊説）。

ついで隋・唐の医学が輸入されるや、痘瘡は他の流行病と同じく天行時疫の変化すなわち気象的因子の影響によって起こる疾病であると考えられた。この説は平安時代より鎌倉時代に至るまで大方の医家の説くところであった（時疫説）。

やがて宋の時代に入ると、隋・唐の諸家の説とは異なり、痘瘡の成因に胎毒という内因説が初めて主張されるようになった。この医説は日本にも伝わり、鎌倉時代より江戸時代に至るまで広く医界を風靡した（胎毒説）。江戸時代になると、痘瘡に関して最も有力な先覚者であった香月牛山が痘瘡は胎毒と気象的因子とが相乗作用して生ずるという内因と外因との併合説を提唱したため、この牛山説はその後連綿として医家の間に底流となって受け継がれ、種痘法が行われるようになった後においても、なおこの併合説が学説として信用されていた（胎毒および時疫併合説）。

一方、これらの医説・成因説とは別に、疱瘡に罹ると疱瘡神を祀って平癒を願う習俗はすでに室町時代中頃には広く俗間に行われており、江戸時代に入ってますます盛んとなった。

無論、疱瘡神に対する概念も時代によって変ったが、皮肉にも前記牛山説が提唱された元禄の頃には、庶民は従来とは別の独立した特定の神を疱瘡神として創造し、これを祀って痘瘡から逃れようとした。この風習も種痘が一般に普及する明治時代まで続いたのである。

〔参考文献・注〕

（1） 本居宣長が安永六（一七七七）～七年（一七七八）（宣長の四八歳から五〇歳）の頃、弟子の問いとそれに対する答を記録した草稿。没後三十年余を経た天保六年（一八三五）に刊行。
（2）『本居宣長全集』第一巻（筑摩書房、一九六五年）五三九～五四〇頁。
（3）『広文庫』第18（物集高見著、広文庫刊行会、一九一六年）三四九～三五〇頁。

18 昔話稲妻表紙

山東京伝の『昔話《むかしがたり》稲妻表紙』[1](巻之二・厄神《くわじん》の報恩)には次のような記事がある。[2]

かくてある日、大和より京に赴《おもむく》とて、木津《きづ》川の渡船に乗けるに、船中乗合のうちに、一人老女あり。紅裏《もみうら》の昔模様のふるびたる小袖に、松皮菱《まつかはびし》の紋つけたるを着し、さゝやかなる包を三輪《みつわ》くみたる腰につけ、細き竹杖にすがりたるが、頭《かしら》は佐野の白《しろ》苧を乱せるがごとく、身うち枯木のやうに痩《やせ》がれたれど、人品《ひとがら》はさまで賤しからず、紫の小袖着たる女の船中にあるを、深くいみきらふさまにて、袖をおもてにおほひて、片すみにひそまり居たり。ほどなく船向《むこう》の岸につき、六字南無《ろくじなむ》右衛門(注:佐々良三八郎)衆人《しゆじん》と共に岸にのぼり、かの老女と後《あと》におくれ前《さき》にすゝみて行けるに、此時紅日《こうじつ》西に落て、天色已に晩《くれ》なんとす。なむ右衛門草鞋《わらぢ》のひもをむすぶひまに、かの老女は遙に行過《ゆきすぎ》たるが、樹木おほひかゝりてほの暗き所を過る時、四五疋の犬の出来《いできた》りてとりまき、頻に吠てほど〳〵くらひつかんとす。老女杖をあげて打ども去ず、なほも飛かゝらん形《あり》勢《さま》なり。かゝる難義を見かねて、なむ右衛門走りつき、犬どもを打ちらして老女を見るに、深くおそれたるにや、地にたふれ伏て息もたゆげなれば、介抱してさま〴〵いたはりけるに、やゝ正気になり、いづくのおん方かはしらざれども、かゝる難義を救ひ給はるかたじけなさよ。此御恩かさねて報《むくい》はべらんと、あつく礼をのぶれば、南無右衛門打聞て、さばかり厚き詞ををさむるにゆゑなし。とても事に京の町まで送り行まゐらすべしとて、相伴《あひともな》ひ、三條の四ッ辻にて、東西に別去《わかれさり》ぬ。さて南無右衛門は、一月ばかり京都にとゞまり、百蟹の巻物を尋ねけるが、その留主の間、一子《し》栗太郎此時年八歳なりしが、疱瘡をやみ、母礒菜《いそな》が辛労おほかたならず。疱瘡《もがさ》の神の棚をまうけ、赤幣束、狭俵《さんだはら》、張子《はりこ》の遠磨木兎《みゝづく》すら、起臥《おきふし》に心をつけ、茜《あかね》の頭巾《づきん》すら針とることを忌て、隣家の手をかり、紅火燭《べにびそく》の朱《あけ》をうばふ、紫の色は更なり、詞の禁忌《きんき》火のよしあし、食物《しよくもつ》のさし合《あひ》まで、よろづに心をもちひ湯尾峠《ゆのをたうげ》の孫杓子《まごじやくし》、鮓苔《へいさらばさら》の呪《まじなひ》など、よきといふことは皆仕《し》つくして、看病《みとり》けるが、いとおもき疱瘡《もがさ》にて、熱気《ねつき》つよく目をひきつけて、今もたえいるかとおもふこと度々なり。ほどなく出痘《しゆつとう》にいたり、面上総身《めんじやうそうしん》すきまもなく発瘡《はつさう》しければ、かくては命も危し。時も時折も折とて、夫の留主なるぞ便《たより》なき、こはいかにせんと当惑し、けふやあすやと帰りを待侘《まちわび》、娘楓《かへで》を日にいく度か、村口《むらぐち》につかはしてうかゞはすれど、帰《かへる》かげだに見えずといへば、益《ます〱》愁《うれひ》ぬ。痘瘡神《もがさのかみ》の機嫌あしきにや栗太郎足ずりしてなきさけび、小豆枕《あづきまくら》をなげうち、人形の腕《かひな》ひきぬきなどしてあれ出《いだ》し、さまざまにこしらへなぐさむれど泣止《やま》ず。殆もてあましたる折しも、なむ右衛門一月《ひとつき》ぶりにて家にかへる。礒菜喜び出《いで》むかへて、まづ栗太郎が事を語るにぞ、なむ右衛門気づかひ、いそがはしくやぶれ屏風をひきあけて、様子を見るに、今までなきさけびて、もてあましたる栗太郎、なむ右衛門を見て礼正《いそただ》しく座《ざ》をつくり、手をつきていひけるは、こはおもひかけざる事かな。此家《このいへ》はお身の宅にて此小児《せうに》はおん身の子息にて候か。これは前《さき》の月木津川の渡場にて、危難を救《すくい》たまはりし老女にてはべり、我実《まこと》は疱瘡の神なるが、我輩《わがともがら》犬をおそるゝ事人に過《すご》たり。我しばらく京都にありて、痘瘡《もがさ》をやましめたるが、四五日さき当国にうつり、おん身の家ともしらず、こゝに宿《しゆく》し、此小児につきて疱瘡をやましめぬ。元来此児《こ》難症にて、今一両日を過《すぐ》れば落命すべき所なるに、危急の節おん身帰宅したまひしは、畢竟此児の命つよき処なり。前《さき》の日の厚意を報《むくわ》るは此時なり。我とみに立去べし。我去れば疱瘡速《すみやか》にかせおちて平癒すべきなり。此すゑとてもおん身の族《やから》の家は立よらすまじ。しるしなくては、此度《たび》のごとく誤《あやまる》ことあるべし。おん身の姓名はいかにと問《とふ》にぞ、なむ右衛門その実名《じつみやう》を告れば、しからば鮑貝《あわびがひ》のうちに、ささら三八宿《やど》とかきつけて簷《のき》にかけておき給へ、その目じるしある家には、我は勿論ともがらの者をも立《たち》よらすまじ、はやいとま申すなりといひをはり、栗太郎悶絶してたふる丶と見えしが、老女の姿けぶりのごとくあらはれ、外《と》のかたへ走り出《いで》てきえ失ぬ。礒菜栗太郎を抱き起せば、不思議や疱瘡俄にかせおちてあとだになく、気力常のごとくなりけるにぞ、夫婦奇異の思ひをなし、とみに笹湯《さゝゆ》をかけ、赤飯《せきはん》を調《てう》じて、神おくりし、なのめならず喜びけり、

表4　疱瘡神の神姿と出典

資料	神姿	発刊年
咄随筆　下	小児	享保一二年
拾椎雑話	老人	宝暦一四年奥書
江戸塵拾	異人	明和四年
耳嚢	老婆	天明～文化一二年
古今雑談思出草紙	美童	享和元年
昔話稲妻表紙	老女	文化三年
烹雑の記	媼	文化八年
十方庵遊歴雑記	老翁	文化一一～一二年
紀伊続風土記	老婆	天保一〇年
譚海	男	寛政七年
半日閑話	男	明和五年～文政五年
梅の塵	男	天保一五年
最上地方伝説集	老僧	
猿喉庵日記	老婆	
大晦日曙草紙	老女	
痘瘡問答	老人・子供	享和三年
斎諧俗談	老人・婦人・僧	宝暦八年
甲子夜話続篇	小童・好女・老婆	文政四年～天保一二年

注：『疫神とその周辺』中の「疫神歓待の伝承一覧」及びその他より作成。

抑《そもそも》痘瘡の日数は、三日発熱、三日出痘《しゆつとう》、三日起脹《きちやう》、三日貫膿《くわんのう》、三日收靨《しゆうあん》、これ常数《じやうすう》なるに、栗太郎が痘瘡《もがさ》かく俄にかせおちたるは、全くかの神のたすけにて、南無右衛門が好意深かりしむくいなりと、此事を伝へ聞人《きくひと》みな感じあへりとぞ。云云。

以上の文章から次の興味ある二点について考察して見ることにする。

その第一は、疱瘡神が犬を異常に恐れる老婆として現われており、後日助けてくれた南無右衛門に「我実《まこと》は疱瘡の神なるが、我輩《わがともがら》犬をおそる丶事人に過たり」と告げている。

大島建彦氏の『疫神とその周辺』(3)によれ

ば、様々な人の姿をした疱瘡神が記載されているが、全体としては老人とくに犬を恐れる老婆の姿として現われることが多いというのが印象である（表4参照）。

もちろん、子供や若い男・女の姿で現われることも少なくない。また、疱瘡神の詫び証文に署名した五人組のような「丈七尺山伏・廿二三静成男、七十斗乞食老、十七歳振袖女、五十斗鞘額男」といった姿のものもある。となると、どれが一体本当の疱瘡神の姿なのか、正直なところさっぱり分らなくなってしまう。

もっとも、江戸時代のいわば自由で大らかな庶民信仰から生まれた疱瘡神なるものの正体を文献上の記載から、正確に捉えようとすること自体無理な話なのかも知れない。

いま一つは、鮑貝《あわびがい》に「さゝら三八宿」（南無右衛門の実名）とかきつけて軒にかけておけば、その目じるしある家には、自分はもちろん仲間の者も立ち寄ることはないという疱瘡神との約束についてである。

つまり疱瘡神との間にとり交わされた何らかの約束があると伝えられる特定の人物の名を用いた呪符を門口に

表5　疱瘡神との間に、とり交わされた約束があると伝えられる特定の人物の名を用いた呪符

呪符	出典
蘇民将来子孫也	備後国風土記逸文
湯尾峠御孫嫡子	越前国南条郡湯尾峠御孫嫡子略縁記
小川与惣右衛門船にて約束の事	譚海・巻五
組屋六郎左衛門子孫	拾椎雑話・巻一二
仁賀保金七郎	不明
きのくにのかぬまのやの北川惣左衛門宿	野津田村年代記
紀州池上喜右衛間宿	拾椎雑話
蒲野文左衛門宿	小野𥶡《おののばかむら》譃《うそ》字《じ》尽《つく》
久津川孫右衛門宿	咄随筆

貼っておくと疱瘡にかからないとする俗信は、当時広く一般に行きにわたっていた。たとえばこの「さゝら三八宿」の呪符も、盛岡地方や和歌山県の田辺あたり、あるいは九州天草の牛深でもみられることから、ほぼ全国的に普及していたものと思われる。

その主なるものをいくつか文献から拾って見ると表5の如くなるのだが、このように、呪符あるいは護符が疫疾防避の手段としてあまねく用いられるようになったのは、蘇民将来子孫の伝説(『備後国風土記逸文《びんごのくにふどきいつぶん》』)に始まるものである。

ところで『塩尻』巻之四十四(4)に、次のような興味ある記述があるので、最後にここに付記しておく。

近世孫、嫡子といふこの遺風(蘇民将来子孫也)小浜六郎左衛門子と書きたるもの似たり東都の俗風、ささら三八宿、品川松右衛門宿と書くこそいとも下劣の事なり、今は貴介も用ひ給ふにより、これ異邦道士の人を欺ける余意にして、君子聖人の教へし事にあらず。仏者殊に呪術多けれども其感広あることなし。

〔参考文献・注〕

(1) 読本《よみほん》、全五巻全六冊、山東京伝作、文化三年(一八〇六年)刊、「傾城反魂香」により大和佐々木家の御家騒動に不破伴左衛門・名古屋三郎を配し芝居仕立としたもの。

(2) 『昔話稲妻表紙』巻之二(『日本名著全集』、日本名著全集刊行会、一九二七年)一九二頁。

(3) 大島建彦『疫神とその周辺』、岩崎美術社、一九八五年。

(4) 『塩尻』(『日本随筆大成』第三期第一四巻)四一二頁。

19 悼孫児一郎作二十韻

江戸時代中期の蘭医、大槻玄沢(1)(磐水と号す)は杉田玄白の高弟の一人で、蘭語・蘭方・蘭学に大いにすぐれた。このため、彼の令名を慕って入門する者も多く、その門下からは多くの優秀な人材が輩出された。

そのほか、一藩医の職分を乗り越えて国防科学の研鑽にも励み、生涯著訳の書は三〇〇巻に及んだという。

ところで、種痘医としても活躍した磐水が皮肉にも掌中の珠と溺愛した初孫一郎を四度目の妻タオとともに疱瘡で失なったのは、文化五年（一八〇八）の冬のことである。

この初孫の突然の死は、五二歳の磐水に大変なショックを与えた。次の漢詩はその年の一二月、彼の詠んだ初孫一郎の哭詩《こくし》である。

懶翁過五十　客秋得遜児　先喜第一郎　無日不抱持
迎年漸習歩　学語稍咿咿　克嶷翁与婆　翁婆愛可知
朝笑夕戯弄　自誇鳳雛姿　抄冬行将暮　朔風一凄其
殺機何処到　天疱行一時　孫亦罹斯疾　点々満面肢
行漿先収靨　豈意暴険危　狂燥不耐見　百万無由医
団欒唯束手　看守之何為　嗟是痘之棘　劫数意止茲
寿夭雖云命　居諸最短期　寒威晩凛烈　痛矣益梅枝
不得春芳至　栄色俄然衰　欻伴風雲去　恍不知所之
老大在此裡　茫々只憂思　掐顧慮婦女　泣掌呑声悲
起行猶在日　耿々不得遺　欝陶隔一室　閑坐空攢眉

以上の漢詩を直訳すると次の如くになる。

私は五十歳を過ぎた去る秋の日に孫に恵まれた。まず、初孫の男の子であることを喜んだ。毎日、孫を抱かない日はない。新しい年を迎えるころ、ようやく歩くことを覚えるだろう。言葉も学ぶが、少し片ことまじりである。祖父と祖母をきちんと見分けることができる。祖父母の愛情を知るだろう。朝は大いに笑い、夕方はたわむれに遊ぶ。

孫が将来大人物になる素質を持つ姿をしていると自ら誇る。

短い冬が行き過ぎて今にも年が暮れようとしていた。北風がひたすらすさまじく吹き抜ける。不気味な気配はどこからやってきたのだろう。痘瘡がしばらく流行し、私の孫もまたこの病気にかかってしまった。顔や手足に発疹が点々と広がる。発疹は水疱に変化し、膿疱は乾燥して痂皮を形成する。どうして危険なことがあろうか。

いやそんなことはない。

しかし、狂いさわぐ様子は見るに耐えない。百方手をつくしても治療の方法がない。親しい者たちが集まっても手をつけかねて何もできない。見守る以外に何ができようか。いや何もできない。ああ、これは痘瘡の苦しみだ。しばらくしてとうとう亡くなってしまった。

長寿か短命かは天命だというけれども、私が孫と一緒に居た期間はとても短かった。

寒気が夜とてもきびしくなり、盆栽の梅の枝を痛めつけ、春に香りを迎えることなく、かがやかしい色つやが、急に衰えてしまった（これを見ると人生の春を待たずに死去した孫のことが思われて悲しい）。

孫はたちまち風雲を伴って去ってしまい、残された私は気が抜けて行く所もわからない。年をとるということは心の中でのことだ。

ぼんやりとただ悲しく思う。ふりかえると女たちが泣き、手をたたいて声をつまらせているのが悲しい。私の行動は御覧の通りである。心が安まらず、気が晴れることがない。心がふさぎこんで一室にこもり静かに座してむなしく眉をひそめる。

以上が大意だが、要約するに五〇歳を過ぎて初孫を得た磐水はまさに溺愛の日々を送っていたのだが、それも束の間で、その掌中の珠ともいうべき初孫一郎を突如として失なった。しかも、痘瘡にかからせて無惨な最後を見送ることになったのである。

後半の一六句は、その打撃にうち沈む磐水の憂悩を叙べたものだが、そこには初孫を失なった一老爺の悲しみの姿があるばかりで、とてもじゃないが国防を憂える科学者としての磐水を見ることはできない。

ところで、彼は二〇年前の寛政元年（一七八九）三三歳の時、漢文で『痘説』なる痘瘡論を著述しているが、その『痘説』に、磐水自ら「もし治を施すの際、毫も遅庭有らば、則ち斃るるの速き掌を反すごとく、術肯綮にあたれば即ち禍転じて福と為る」と書き記している。その「劫有遲庭、即斃速反掌」の場合となって、一郎は生後一年余の命を失なったのだから、悔まれることしきりであったろう。

無論、立疹期・水疱期とまずまず順調に経過していると判断されていた病状が、膿疱期に入って俄に急変した[2]のだから、為し得る治療はすべて施したとは思うが、問題は当時すでに「痘瘡を予防する法」、つまりすでに種痘の知識を心得ていた彼が孫一郎に果たして種痘を行ったかどうかということである。

『愛の種痘医』の著者浦上五六[3]は漢詩の最後の「鬱陶隔一室　閑坐空攢眉」について、「かれは痘瘡の厄を予防する方法を心得ていたのである。それを知りつつ孫一郎に施さず、ために空しく宝の持ち腐れとなったおのれの怠慢・不決断に対する後悔がその顔を歪ませたに違いない」と述べている。

磐水が初孫一郎を痘瘡で亡くしたのは文化五年（一八〇八）の冬だが、安永七年（一七七八）には、中国の医書『医宗金鑑』（清の乾隆七年〈一七四二〉出版）の種痘篇が抜萃され、『種痘心法』と題してわが国で刊行されており、したがって文化年間にはすでに中国式人痘種痘法は本格的に行われていたのである。

しかも『種痘心法』が発刊された一一年後の寛政元年（一七八九）には、磐水自身が『痘説』なる痘瘡論を書き述べている。

また、寛政六年（一七九四）五月には、オランダ甲比丹《カピタン》の江戸参府の伴をしてきたドイツ人医師ハルト・ケルレル（A. L. Bernhard Keller）を訪れて種痘（トルコ式人痘種痘法）についてもいろいろと聞いているのである。

こうして見てくると当時すでに緒方春朔等によりさかんに種痘（鼻乾苗法）が行われており、しかも西洋の種痘の法にも精通していたはずの磐水が、なぜ初孫一郎に種痘を行わなかったのだろうか。理由は不明としても浦上五六指摘する如く、「痘瘡の厄を避《よ》ける方法を知りつつ孫一郎に施さなかったおのれの怠慢・不決断に対する後悔」は、終生磐水の脳裏から消えることはなかったに違いない。まことに同情を禁じ得ない話である。

ところで磐水は初孫一郎を失なった八年後の文化一三年（一八一六）の一一月、六〇歳の賀儀を開いているが、その年の九月、賀宴にさき立って、『接痘編』を著わし世に出している。

西洋の人痘種法（トルコ式）の道を説く本書が、その後の種痘普及に及ぼした影響は極めて大きいといわざるを得ないが、本書の内容についてはその冒頭に記された孫一郎の父磐里の次の緒言がすべてをものがたっている。[4]

　この接豌豆の書は家翁磐水往年反訳せる『瘍医新書』中の一篇を今春再訂し給ふ所にして豌豆瘡を接頭する良法なり。此法に従ひ他の順痘を取り、此児に移し接げば、百人に施して百人必軽らしむる便法奇術なり。是齢家齢六旬、其誕辰を以て寿宴を開く。然に四方より詩歌書画を贈らる。其報荅に此編を呈し、且は此法遍く施して幾億万児の夭折を免れしめん仁術の光輝なりただ私が推測するに、恐らく『接痘編』の筆を擱くまで、彼磐水の心中には二歳で夭折した初孫の笑顔が去来して止まなかったのではなかろうか。そしてついで行われた六〇歳の賀宴の時も生きていれば当然彼の横にいたであろう十歳になった孫の姿が、彼の脳裡から離れることはなかったのではなかろうか。そう思うと筆者には彼の心情が哀れに思えてならないのである。

その後、磐水七〇歳の文政九年（一八二六）には、次のような史実がある。この年、一一代将軍徳川家斉《いえなり》が、オランダ甲比丹《カピタン》スッルレル（Sturler）を引見した際、シーボルト（P. Fvon Siebold）も随行して江戸に入った。そしてシーボルトは江戸滞在中、小児に種痘を施したが残念ながら不感に終った。ただこの際、シーボルトは大槻磐水に『牛痘種痘書』を与えている。孫を痘瘡で失なった磐水としてはまことに複雑な気持であったに違いない。

最後に山崎佐の『日本疫史及防疫史』(5)に次のような興味ある記述があるので、ここに転載しておく。

大槻磐水の二子磐渓嘗つて其長子一郎を痘厄の為に失ひたるを以て、是を悲しみ、伊東玄朴に謀つた。玄朴曰く、人痘を植るの一方法ありて、之を試み度きも、人之を信ぜずして術を施すの由なしと。茲に於て磐渓『接痘編』のことを思い出して、先づ其長女春に試んことを請ひたるより、玄朴大に喜び、直に人痘瘡苗を以て植たるに良果を得た。二人其奇功を喜び、継で次女陽、二男清修（如電）、三男文彦にも、施したるに孰れも軽過した

とのことである。

〔参考文献・注〕

（1）大槻玄沢（号は磐水、名は茂質《しげかた》）、陸奥西盤井郡中里生。仙台藩侍医。江戸に出て杉田玄白・前野良沢に医学・蘭学を

学び、ついで長崎に遊学。『蘭学階梯』『重訂解体新書』などを著わす(一七五七〜一八二七)。

(2) 一郎の症状は発疹期(発病四日〜八日目)までは順調に経過したように見えたが、化膿期(発病九日〜一〇日目)にいたって症状が急変し、あらゆる治療の法も効果はなかったという。原因としては化膿期には水疱の内容が黄色に混濁して膿疱となり、同様のものが鼻腔、口腔、咽頭などの粘膜面にも多数出現し、あるいは、これら粘膜の剝離糜爛《びらん》を生ずる。そのため哺乳困難をきたして衰弱して死亡したのか。または、この時期にしばしば見られる肺炎や敗血症を併発したものか。そのほか融合性痘瘡のようなよほどの悪症であったのか、あるいは、患者に本来、免疫系の異常(アレルギー体質等)があったのだろうか、等々が考えられる。

(3) 浦上五六『愛の種痘医・日本天然痘物語』(恒和出版、一九八七年)四七〜五〇頁。

(4) 前掲注(3)、六二頁

(5) 山崎佐『日本疫史及防疫史』(克誠堂、一九三一年)二五七頁。

20　卯花園漫録

『卯花園漫録(1)』に次のような文章がある。

痘瘡之起

痘瘡の起は、推古天皇三十四年、日本国米穀不レ実故に、三韓より米粟百七十艘を調貢す。其船、浪華に着す。然に其船の中に三人の少人有て疱瘡を病、一人は老人、一人には僧、一人には婦人附添て居る。何国の人と云事は不レ知。国民其名を問に、我等は疫神也。疱瘡と云病を司、我等も元は此病に死して、疫神《やくじん》の徒《ともがら》となれりと、今此三人に付て此土に渡る。痛しい哉。今よりして、此国の人も又此病を患む。我等は畠芋を好む。我を祠るに畠芋を用よときけて形没す。此年より国民始て疱瘡を憂ふと云。

ところで、『斉諧俗談』(2)（巻之三）にも右の文章とほとんど同じような「疱瘡之起《おこり》」と題する記事がある。

或書に云、推古天皇の三十四年、日本国に米穀実らず。故に三韓より米粟百七十艘を調貢す。其船、浪華に着く。しかるに其船の中、三人の少人ありて、疱瘡を病、一人には老人附添、一人には婦人《おんな》附そひ、一人には僧附添て居る。何国の人と云事をしらず。国民、その名を問ば、添居もの答て云、我々は疫神なり。疱瘡といふ病を司る。我等も元は、この病に因て死して、疫神《やくじん》の徒《ともがら》となる。今この三人に付て、此土に渡る。いたましいかな。今よりして此国の人もまた、この病を患む。我等は畠芋を好む。吾を祠るに、畠芋を用ひよと云て形没す。この歳、国民はじめて疱瘡を憂ふと云。

いずれにせよ、この両書とも、わが国における痘瘡の始まりは推古天皇の三四年（六二六）であるとするものだが、例えばこれに対して、『野乃舎随筆』(3)の如く、

疱瘡は「続日本紀」に、天平九年はじめて流行のよしみゆ。和名抄に、面瘡也。又云裳瘡《もがさ》と有。もがさは面《おも》瘡《かさ》の略言にて、此瘡は面を見にくゝする故の名なるべし、いも顔といふは、面瘡の出来たるあとあるをいひて、面瘡顔といふ事なるべし。

との記述もある。

一方、『草廬漫筆』(4)によれば、

痘《いも》は和漢とも上古はなかりしといふ。中華にては後漢の光武帝建武中、南虜より伝へて中国に渡りしと痘瘡心印に出たり、時珍が説には、唐の高祖の時西域より渡れりといふ。我朝には、聖武天皇の天平年中に、新羅より伝へしと古事談に見へたり。此説いづれも信用しがたし

と前文を否定するものもある。

では一体、実際のところわが国における痘瘡の最初の流行はいつだったのだろうか。

現在では史籍上、一般に痘瘡の一次流行は天平七年（七三五）、第二次流行は天平九年（七三七）とされている（『続日本紀』）。とすると、『卯花園漫録』や『斉諧俗談』に記されている推古天皇三四年（六二六）には一体何があったのだろうか。

『日本書紀』によれば天皇在任三六年（五九二〜六二八）の間、とくに疫病流行の記載がないため不明であり、僅かに疫病に倒れた蘇我馬子の左記の記述をみるのみである。

推古天皇二二年（六一四）

秋八月、馬子大臣臥病、為二大臣一而男女幷一千人出家

したがって『卯花園漫録』や『斉諧俗談』が如何なる根拠をもって、推古天皇三四年をわが国における「痘瘡の起り」とするかは不明である。

それでは、推古天皇以前の大和・飛鳥時代における疫病発生の状況はどうであったろうか。

文献によれば、史実に残る最初の疫病流行は、崇神天皇五年（前九三）とされ、これについては『古事記』の崇神天皇の紀に「国内多二疾疫一、民有二死亡者一、且大半矣」とあり、そして『日本書紀』には次のような記載がある。

崇神天皇五年（前九三）

此天皇之御代、役病多起、人民死為レ尽、七年春二月、天皇乃沐浴斎戒、潔二浄殿内一、祈之曰、朕礼レ神尚未レ尽耶、何不享之甚也、冀亦夢教之以畢二神恩一、是夜夢有二一貴人一、対二立殿戸一、自称二大物主神一、曰、天皇勿三

復為愁二国之不レ治、是吾意也、若以二吾児大田田根子一令レ祭レ吾者、則立平矣、云云、十一月、以二大田田根子一為下祭二大物主大神一之主上、又以二長尾市一、為下祭二倭大国魂神一主上、然後卜レ祭二他神一、吉焉、便別祭二八十万群神一、仍定二天社、国社、及神地、神戸一、於レ是、疫病始息、国内漸謐

当時、災害の起こるのは天皇が善政を施さないための神罰によるものとされたから、疫病が流行する時は天皇自ら斎戒沐浴して、天神地祇《てんじんちぎ》八百万《やおよろず》の神霊を祀ることに努めたのである。

では一体この第一次流行時の疫病は何病でどうして起きたのだろうか。

思うに、国史上たしかに実在したとされる皇統譜上第一〇代崇神天皇は御肇国天皇《はつくにしらすめらみこと》と称されるようにはじめて国を統治し、人民を調査して課役を課し、また皇子等を地方に遣わして四方に教化を布からしめられた。このため皇威は各地におよび、人口は集中・増加し、人や物の交流はさかんとなったが、このことが一方、地方病(風土病)が疫病として流行する要因ともなったのではあるまいか。ただしその具体的な病名については不明である。

ところで、そもそも痘瘡や麻疹などのようになんら媒介宿主をも必要としないヒトからヒトへの直接感染の疫病は、人口密度がかなり大きい場合、つまり感染した個体から未感染の受容個体への移行の確率が十分大きいような人口密度の場合にのみ伝染する。したがって、そうではない場合には(孤立集団)、病原体は期間の差はあっても遅からず消滅する可能性が大きいとされている。そのため成員数が多く開放された集団の方が、数が少なく地理上孤立している集団より伝染病に対して防備されていないことになる。

以上は疫病学の基本的事実であるが、いずれにせよ、天皇家が政権を獲得し、国土の最初の統治がなされんとした時に、人民の半数が死亡するという疫病が発生したことは、歴史上決して偶然とのみは言い難い。むしろ起

こるべき必然性があったのではないかとも考えられるのだが、それにしても皮肉なことではある。

次に第二次疫病流行の記事が『日本書紀』に出現するのは、実に前記崇神天皇の第一次流行の約六五〇年後である。

欽明天皇一三年（五五二）

冬十月、百済聖明王、献㆓釈迦仏金銅像一軀、幡蓋若干、経論若干巻㆒云云、蘇我大臣稲目宿禰奏曰、西蕃諸国、一皆礼㆑之、豊秋日本豈独背也、物部大連尾輿、中臣連鎌子、同奏曰、我国家之王㆓天下㆒者、恒以㆓天地社稷百八十神㆒、春夏秋冬、祭拝為㆑事、方今改拝㆓蕃神㆒、恐致㆓国神之怒㆒、天皇曰、宜㆘付㆓情願人稲目宿禰㆒、試令㆗礼拝㆖、大臣跪受而忻悦、安㆓置小墾田家㆒、懃修㆓出世業㆒、為㆑因、浄㆓捨向原家㆒、為㆑寺、於㆑後、国行㆓疫気《エヤミ》㆒、民致㆓夭残㆒、久而愈多、不㆑能㆓治療㆒、物部大連尾輿、中臣連鎌子、同奏曰、昔日不㆑須㆓臣計㆒、致㆓斯病死㆒、今不㆑遠而復、必当㆑有㆑慶、宜㆔早投棄、懃求㆓後福㆒、天皇曰、依㆑奏、有司乃以㆓仏像㆒、流㆓棄難波堀江㆒、復縦㆓火於伽藍㆒、焼燼更無㆑余

（『日本書紀』）

天下衆庶煩㆓疱瘡㆒世号㆓之稲目瘡㆒、又号㆓赤疱瘡㆒、無㆘免㆓此病㆒之者㆖云々。

（『日本紀略』）

この年の流行は、仏教伝来の初期のことで蘇我稲目《そがいなめ》が寺院を建てて蕃神を祀り礼拝したから国神が怒ったためだとされ、稲目《いなめ》瘡または赤疱瘡と呼ばれて恐れられた。痘瘡であったとする説もあるが、麻疹（赤疱瘡《あかもがさ》ははしかの古名とされた）であったとする説もつよい（第二次流行）。

第三次流行は、第二次流行のさらに三三年後に発生している。

敏達天皇一四年（五八五）

春二月、是時、国行㆓疾疫《エヤミ》㆒、民死者衆。三月丁巳朔、物部弓削守屋大連、与㆓中臣勝海大夫㆒、奏曰、何故不㆔肯

用二臣言一、自二考天皇一、及二於陛下一、疫疫流行、国民レ可絶、豈非四専由三蘇我臣之興二行仏法一歟、詔曰、灼然、宜断二仏法一。物部弓削守屋大連自詣二於寺一、踞二坐胡床一、斫二倒其塔一、縦レ火燔レ之、并焼二仏像与仏殿一、云云、属二此之時一、天皇与二大連一、卒患レ於レ瘡、云云、又発レ瘡死者、充二盈於国一、其患レ瘡者言、身如二被レ焼被レ打被一レ摧、啼泣、而死、老少竊相謂曰、是焼二仏像一之罪矣。

（『日本書紀』）

歴史上よく知られる飛鳥時代の古代豪族、蘇我・物部一族の権力闘争に重要なかかわりを持ったとされるのが、この第二次・第三次の疫病流行である。

『日本書紀』によると、欽明天皇一三年（五五二）、百済聖明王が仏像・経典を献してわが国に仏教が伝来した。そこで天皇は「これほど微妙な法は聞いたことがない」と歓喜したが、礼拝の可否については、蘇我稲目は賛成し、物部連《もののべのむらじの》尾輿《おこし》、中臣連《なかとみのむらじの》鎌子《かまこ》らは「本朝は神国なれば、異国の神を祭るときは、必ず神罰あるを以て拝すべからず」と唱えて反対した。天皇は仏像を稲目に賜りて礼拝することを許したので、稲目はわが国初めての伽藍を造って仏像を安置した。

しかるに、間もなく諸国に疫病が流行して人民の多くが夭逝し、時を経てますます蔓延したので、物部連尾輿、中臣連鎌子らは、わが国天神地祇《てんじんちぎ》の神罰であると天皇に奏上し、天皇はその言を容れて仏像を難波堀江に棄て、伽藍を焼いて神霊を鎮めようとした（第二次流行）。

ところが、それから三〇有余年後の、敏達天皇一四年（五八五）に再び諸国に疫病が流行し、多数の死者を出したが、この時も蘇我臣が仏法を奉拝する為であるとして、物部守屋らが仏像仏殿を焼き尽くした。

しかし、間もなく天皇と物部守屋が病いに倒れ、また疫病で死ぬ者が国内に満ち溢れたから、人々はこれは仏像を焼いた罰であろうとひそかにささやき合った。この時、たまたま蘇我稲目の子馬子も病いに罹った。そこで

「己が病は、仏法に依らざれば癒難し」と天皇に奏上して許しを請うたので、天皇はその私的な礼拝を許し、馬子はここに仏法を再興するにいたった（第三次流行）。

かくして、仏法は漸次隆盛の機運を招いたが、たまたま用明天皇二年（五八七）、天皇が病いに冒されるや聖徳太子は昼夜側近に侍して、絶えず三宝を唱えてその全快を祈り、天皇は仏教に帰依した。そして、この年、蘇我馬子と物部守屋が戦い、物部が滅亡した。

ところで、立川昭二によれば、(5) 以上のような『日本書紀』の記述をそのまますべて歴史上の事実とすることはできないとした上で、『日本書紀』に記された仏教と疫病との因縁話は、あるいは『日本書紀』の編集（養老四年＝七二〇）にさいし、天皇を仏教保護者に仕立てるための曲筆であったとも考えられるとしている。無論、その真偽については不明だが、いずれにせよ疫病の発生が、当時熾烈な戦いを極めていた蘇我・物部両豪族の、仏教受容の可否をめぐる権力闘争に重要な役割を演じたこと、そして、そのことが日本の歴史の転換に大きな影響を与えたことは紛れもない事実であろう。

以上、わが国の史実における第一次・第二次・第三次疫病流行について記したが、大和・飛鳥時代においては疫病は単に疫疾《えやみ》・疫気《えやみ》・役病《えやみ》と記述されることが多く、したがってそれが果たして現在の何病にあたるのかについては無論推測の域を出ない。そのことを承知の上で敢えて何病であるかを推測すると、第一次流行は『日本書紀』の記述からは不明であるが、第二次流行は『日本紀略』の記載から、痘瘡あるいは麻疹であった可能性が強い。

また第三次流行は『日本書紀』によると、敏達天皇と物部守屋が「卒《にわか》に瘡《かさ》患《や》みたまい」とあり、また、当時の流行の有様を、「瘡《かさ》発《い》でて死《みまか》る者、国に充盈《み》てり。その瘡《かさ》を患《や》む者言はく、身《み》、焼かれ、打たれ、摧《くだ》かるる如し」

と記していることから、痘瘡ではなかったかと推測されるが、あるいはその症状の激烈なことから麻疹との混合感染であったかも知れない。

ではその流行はどうして起きたのだろうか。先にも述べた通り第一次流行はようやく皇威が各地に及び、人口が集中・増加し、人や物の交流がさかんとなったことが、皮肉にも地方病（風土病）が疫病として流行する要因と考えられるのである。

これに対して、第二次・第三次流行の頃はすでに日朝交流により、百済から仏教が伝来しており、おそらく疫病もまた朝鮮より伝来したものと思われる。

以上の考察から次のような結論を述べておきたい。

①わが国における痘瘡の起こりについて、『卯花園漫録』及び『斉諧俗談』は推古天皇三四年としているが、その根拠については不明である。

②『野乃舎随筆』は『続日本紀』の記載を引用し、痘瘡の初めての流行を天平九年（七三七）としている。たしかにこの年熾烈を極めた痘瘡の発生をみたが、現在史籍に見る痘瘡の第一次流行は天平七年とし、天平九年は第二次流行とするのが一般的に認められているところである。

③『草廬漫筆』によれば、痘瘡が聖武天皇の天平年中に新羅よりわが朝に伝えられたとする説は信用しがたしと記しているが、これもまた根拠については不明である。

〔参考文献・注〕

（1）石上宣続『卯花園漫録』（『日本随筆大成』第二期第二三巻、吉川弘文館、一九七三年）二二一～二二三頁。
（2）大朏東華『斉諧俗談』（『日本随筆大成』第一期第一九巻、吉川弘文館、一九七六年）三二六～三二七頁。

(3)『野乃舎随筆』(『日本随筆大成』第一期第一二巻、吉川弘文館、一九七六年)四五六頁。
(4)『草廬漫筆』(『日本随筆大成』第二期第一巻、吉川弘文館、一九七三年)三九四〜三九五頁。
(5)立川昭二『日本人の病歴』(中公新書、一九七六年)一七〜一八頁。

21 椿説弓張月

江戸後期の戯作者、曲亭馬琴(本名滝沢興邦)の代表作読本『椿説弓張月』(1)は、九州併呑、伊豆七島管領より琉球渡りまで描いた源為朝一代の武勇外伝だが、この本の「鎮西八郎為朝、外伝椿説弓張月後編」(2)に当時、疱瘡をはやらせる悪神として恐れられた痘鬼《もがさのかみ》について次のような興味ある記述がある。

為朝武威退《しりぞく》㆓痘鬼《もがさのかみを》㆒

浩処《かゝるところ》に澳《おき》のかたより、米俵《よねだはら》の蓋《ふた》に、赤き幣《ぬき》を建《た》て、身丈《みのたけ》僅に一尺四五寸もあるらんとおぼしく、いとからびたる翁《おきな》、その上に乗りて、浪《なみ》のまに〳〵に流れよるにぞ、太郎丸二郎《じろう》丸は、もろ共に魘《おそはれ》て、声高やかにむつかり給へば、為朝かの翁を佶《き》とにらまへて、「汝は是、水《みつ》の怪魃《くわいか》地《ち》の怪魃《くわいか》。とく退出《まかで》よ」と叱り給へば、翁《おきな》大に怕《おそ》れて、俵の上に拝伏《はいふく》し、「僕《やつがれ》は魑魅罔両《りみもうりやう》の属《たぐひ》にあらず。すなはち世にいふ痘鬼《もがさのかみ》是なり。近曾《ちかごろ》京《けい》摂《せつ》の間《あはひ》にあつて、もつはら痘瘡《もがさ》を流行《はやら》したるが、浪速の浦に送り遣《や》られて、大洋に漂流し、事の叙《ついで》、この嶋《しま》はむかしより、痘瘡《もがさ》をしらずと聞《きゝ》、且《しばら》く足を休《やすめ》んとおもひつるに、はからずも君が武徳《ぶとく》灼然《いやちこ》なれば、はしなく陸《くが》に上《のぼ》る事かなはず。免《ゆる》させ給へ。向後《このゝち》わが党《ともがら》にも令《ふれ》しらして、こゝへは立《たち》もよらじ」と賠《わぶ》れば、為朝やゝ顔色を和《やは》らげ、「さこそあらめ。この嶋にはわが子どもらもあり。加旃《しかのみならず》往古《いにしへ》より痘瘡《もがさ》をしらぬ嶋人《しまひと》の、俄頃《にはか》にこれを病《やむ》ときは、非命の死をなすもの多《おほ》かるべし。汝等ふたゝびこの嶋へ来ることなかれ、さらは送りて得《え》させん」とて、軈《やが》て船に引のぼし、遂に大嶋へ将《い》て帰り、彼処《かしこ》より又伊豆《いづ》の国府《こふ》へ送り給ひしとぞ。このゆへに八丈には、今もて痘瘡《もがさ》なしといへり。是《これ》併《しかしながら》為朝の武威掲焉《いちじるき》ゆゑなるべし。

以上のような物語がもととなり、やがて為朝の姿を描く絵馬や名を書いたお札が痘瘡除けの護符として喧伝されるようになった。

以下その点について、少しく考察して見ることとする。

そもそも、絵馬には、専門の絵師の手になる大絵馬（納額絵馬）と、名もない職人の描いた小絵馬とがある。そのうち小絵馬は庶民の切実な個人祈願に発したもので、さまざまな願いを目的として奉納されたから、当然のことながら病気平癒を願う絵馬も少なくなかった。

別図　為朝と鬼（痘鬼）の力競べの絵馬

無論、悪疫と恐れられた〝疱瘡除け〟の絵馬祈願もなされたが、この代表的な絵柄が、左手に弓を突き出した為朝とその弓の弦を鬼が引っ張っているいわゆる力競べの図で、為朝が鬼界ヶ島に流された時、島に住む鬼どもを退治したという伝説にもとづいたものとされている（別図参照）。

つまり鬼を痘鬼（疱瘡《もがさ》の神）にたとえ、為朝の豪勇をもって退散させようとしたもので、奈良・大坂地方では子供の疱瘡除けのまじないとしてひろく家々の門口にかけられる風習があったという。この絵馬は現在でも上方小絵馬の逸品の一つとされるが、その絵柄は葛飾北斎が『椿説弓張月』の挿絵に描いた「為朝と鬼の力競べ」の図がもとになっているとされている。

このほか、疱瘡護符の代表的なものに、為朝の姿を図柄にしたものがある。この為朝絵像は鎧をまとい弓矢を持った武者姿で、「豆州八丈島鎮守、正一位八郎大明神正像」、あるいは「世の人の為とも(為朝にかけている)なれと、もがさ(痘瘡のこと)を守らせ玉う運のつよ弓(為朝は剛弓の名手)」などと書かれており、この赤絵を戸口に貼りつけ、為朝の武威によって退散を願ったものである。ただ、鎮西八郎為朝の護符に関しては、元禄および明和頃までの文献には、なんらの記載も見ないから、この風潮は江戸時代末期になって行われたものであり、事実、現存するほとんどのものは嘉永・安政の頃とされている。とすると、すでにジェンナーの牛痘種痘法がわが国に入っていたのにも拘わらず、なお広く為朝の護符が流行していたということになる。考えてみれば皮肉な話である。

ところで、為朝が痘瘡除けの護符となった理由は、本来、八丈島には痘瘡のないことが多くの医家によって説かれたことに始まったとされている。たとえば鈴木素行の『医海蠡測』には、「余以二寛政辛亥歳一、航海至二八丈島一、島中男女、面皆光滑、麻瞼者百中之一二耳、蓋其人毎食二朝草一、故不レ出レ痘云云」、また小幡玄二の『痘疹大成集覧』には、「伊豆州之東南、海中有二一島一、名二八丈一、其地居民、上古以来、未三嘗患二痘症一也、云云」とあり、そのほか原南陽の『叢柱偶記』『医事小言』、及び橋本伯寿の『国字断毒論』にも八丈島には痘瘡がなかったことが説かれている。

ただその理由については、食物に因るもの、あるいは気候・風土の変化または離島であること等、その説は異なるが、しかし痘瘡のなかったことは、全員の認めるところである。

先にも述べた如く、為朝の護符は徳川末期に及んで初めて行われるにいたった(3)。ということは、八丈島に痘瘡のないということを伝え聞いた世俗の人々が、その昔、為朝が保元の乱に敗れて、この島に流されていた時、疱鬼がこの島を襲わんとしたが、為朝の威武に怖れて将来近寄らざることを誓ったため、爾来、再び疱瘡神がこの島にくることはなかったという牽強附会の妄説を唱え、その結果、為朝を祀りあるいは為朝の護符を身につければ疱瘡神も恐れて避けるだろうという俗信が広く行われるに至った。そしてこれらの風説や俗信の発生に、あるいはこの読本『椿説弓張月』が深くかかわっていたのかも知れない。

その後、これらの習俗は長く続き、事実、戦前までは、「鎮西八郎為朝宿」の紙片を門口に貼った民家も結構存在していたのである。

ところで、この『椿説弓張月』では痘瘡の原因は痘鬼《もがさのかみ》の仕業によるものとされているが、しかしその原因説は、橋本伯寿が『断毒論』及び『国字断毒論』で伝染説を論述するまでに様々な説が主張されている。以下、その変遷について、記述してみることとする。

古代、わが国における疫病の原因は、人の穢《けがれ》を怒る神罰神祟によって起こり、あるいは悪霊や怨霊の祟りによるものとされた（神道思想による神意説及び死霊説）。

やがて、奈良時代に至り、大陸との交流が盛んとなり、仏法が伝来するやあらゆる社会生活は仏教思想の影響をうけ、したがって疫病の発生にも仏教のもつ宿命観に基づく疫鬼・鬼魅の気によって起こるとする説が唱えられ、その後長く信奉されるに至った（仏教思想による疫鬼説）。

ついで平安時代より鎌倉時代となるや、隋・唐の医学の影響をうけ、疫病は天行時疫の変化すなわち気象的因子によって起こるとする医説が大方の医家の説くところとなった（時疫説）。

鎌倉時代より江戸時代になるや、宋の医学の説をうけ、わが国においても疫病の成因に胎毒という内因説が初めて主張されるようになった（胎毒説）。すなわち、小児が胎内にある時、母親から受けた穢毒によるというもので、この説は広く当時の医界を風靡した。

なお、胎毒の成因には、傷寒・胎寒・淫火・食毒などの諸説が主張されたが、これらの説はいずれも今から見れば全く荒唐無稽としかいいようがないものの、しかし従来の外因説一辺倒に対して初めて胎毒を成因とする内因説が登場したことは極めて意義のあることといわざるを得ないのである。

つまり少なくともこれまでには避けることが不可能とされた宿命的な外因説に対して、とにもかくにも疫病から逃れる方法が説かれるようになったのは、言わば医説の一大革命というべきことであろう。このほか明代に起こり江戸時代に輸入された胎毒と気象的因子が相乗作用して生ずるという内因と外因との併合説（胎毒・時疫併合説）なども、元禄から文化にかけて主張されたが、これらのすべての原因説を打破したのは、痘瘡を接触伝染病と論断した橋本伯寿の伝染説である。

しかしその一方、予防・治療法についてはなんら確実なものを見なかったから、相変らず宮中をはじめ一般民衆の間では神道的・仏教的習俗が行われ、また広く俗信・迷信・土俗が信じられた。

とくに悪疫として恐れられた痘瘡については疱瘡神を祀って平癒を願ったが、このことはすでに室町時代中頃には盛んに行われており、江戸時代に入ってますます盛んとなった。

ところで、江戸の民衆は既成の疱瘡神だけでは物足りなかったのだろうか。江戸の中期、元禄の頃には、痘瘡を掌《つかさど》るという特定の疱瘡神（痘神）をあらたに創造し、これを祀ることによって痘瘡から逃れんとした。

では、あらたに創造された疱瘡神の形相は一体どんなものだったのだろうか。

幣束を手にして波間にただよう円座の上に座ったみすぼらしい姿の老人、異形の人、安芸の国から舟に乗ってくる茶の葉で染めた小袖を着た神、三尺ばかりの姥などの記録が残るが、無論定説はない。

ところで『椿説弓張月』に出てくる疱瘡神は、「米俵の蓋に、赤き幣を建て、身丈僅に一尺四五寸もあるらんとおぼしく、いとからびたる翁その上に乗りて、浪のまに〳〵流れよるにぞ」とあるのを見ると、江戸時代一般的に想像されていた神姿と変わりないが、これは多分、『餓鬼草紙』などから着想したと思われる痩身裸体の鬼形とされた疫神（疫病神）をモデルに作られたものと思われる。

では、実際に八丈島には本当に痘瘡が発生しなかったのだろうか。

『八丈筆記』によれば、「嶋にて痘瘡をせす」とあり、『燕石十種』巻三にも「今も五島、八丈島などには疱瘡なしといふ」とある。理由はともに為朝の武威を恐れて疱瘡神がこの島に近付かなかったためとされている。

また、江戸時代の随筆『塩尻』巻之五十二には、

あきた草、八丈島に此草あり。此の島伊豆国より百里ほど未申《ひつじさる》（南西の方角）の方《かた》、熊野より南なり。昔、疱瘡神此島にわたりて、あきた草を見て恐れて逃去る。故に此島に痘瘡なし。

とある。(4)

しかし、一方、次のような興味ある記載が『塩尻』巻之六十一にある。(5)

昔、為朝が八丈島に渡り、異類を退治したが、その時に為朝は、永くこの島を鎮めるために楠の木に自分の姿を彫って残し祠を建ててこれを祀った。

以来この祠に祈るとかならず願いがかなったので、島の人は五〇〇余年もの間これを崇敬しつづけており、また疱瘡神も為朝の威力を恐れて近寄らなかったため、八丈島には痘瘡はなかったとされていた。

ところが、いつの頃か、この為朝像を持ち出して江戸城に運んだため、神主父子がまず痘瘡にかかり、ついに

は島全体が痘瘡に侵されることになったと記載されている。

となると為朝の像が島を出たため、鬼の居ぬ間に洗濯とばかり疱瘡神が暴れ廻ったのかも知れない。

では一体、本当のところ八丈島に痘瘡は発生したのだろうか。

ところで、もし痘瘡絶無とされた地方あるいは離島にひとたび痘瘡が侵入するや瞬く間に病者が発生し、まさに一村・一島が全滅の危機に瀕するであろうことは想像に難くない。そして、このことは実は八丈島とて例外ではなく実際にある村で起こったのである。

そのことに触れる前に八丈島の痘瘡流行年を調べてみることにする(6)。

○寛正四年(一四六三) 正月より八丈島・小島に痘瘡流行、六七二人死亡。
○寛永一八年(一六四一) 小島に疱瘡流行、五三人死亡。但し、八丈島は無事。
○正徳元年(一七一一)・二年(一七一二)・三年(一七一三) 疱瘡流行、死者六百人余。
○正徳六年(一七一六) 青ヶ島にて疱瘡流行、死者多数を出す。八丈島は無事。
○享保一九年(一七三四) 中の郷・樫立村に疱瘡流行。
○天明七年(一七八七) 疱瘡流行、樫立村甚だ死者、三百余人を出し、中の郷は拾数死者を出す。
○天明八年(一七八八) 一〇月より三根・末吉に疱瘡流行、後三ヶ村へ伝染、翌年六月まで一七〇人死亡。
○元治元年(一八六四) 坂下二ヶ村に疱瘡流行、猖獗を極め、四七一人死亡。

とあり、八丈島にも何度か痘瘡の大流行のあったことがわかる。

また、原南陽の『叢柱偶記』(7)によれば、寛政七年(一七九五)、伊豆から八丈島に痘瘡が侵入し、痘瘡に対して処女地であった三根村はほぼ全滅したとある。少々長いがここに引用してみると左記の如くである。

寛政八年丙辰五月三日、常陸那珂湊、一船漂着、所レ乗十一人、問レ之、曰、伊豆三宅島船也、去年七月二十二日、載二流徒一、送二八丈島一、十月至レ島、今年四月発レ島、遇二西風一至二于此一、当日検レ之告レ官、令三吏賜二糧食一、内有二八丈島民三人一、曰八丈島自レ古無二痘瘡一、方今一般流行、斃二于此病一者、曰多二一日一、小民無智、以レ保二一日之命一為レ幸、奔走竄伏、隠レ山入レ谷、避レ之猶二寇敵一、耕耨漁樵、一時廃レ業、恐令二公田赤地一、村中伍老、入レ山教諭、以二痘災未レ除、惟死之懼、所二保結一官絹、染絲既成、織女竄レ山、或臥レ枕、無二紡績者一、恐致二稽遅一、因報二知之一、具レ状以聞、本島之例、不レ経二八十八夜一、則不レ能レ渡レ海、蓋避二風濤之災一也、予輩不レ及レ待レ之、故託二三宅島船一、解レ纜、果遇二駭風一、漂二流于此一、因問二其詳一、曰、寛政乙卯、九月二十七日、八丈島船自二伊豆一帰、所レ乗三根村民、於二船中一得レ病、十月三日、周身発レ紅、不レ知二何病一、医議曰、痘瘡也、本島従来無二此病一、今有二此症一、恐伝二染外人一、乃区二画里外一、構二小舎一置レ之、終以不レ起、延及二其家人隣側一、先レ是天明年間、島内樫立村、痘疹流行、死者甚多、以レ故人心益不レ安、三根村外十里、断レ路、禁二往来一、使下樫立村往年患レ痘者上役二使之一、島吏趣二三根村一、看二護之一、死者不レ止、小民棄レ家携二妻子一、遁二逃山中一、無レ幾支村稲葉里、発レ痘、島吏令下病者悉送中之木村上防之、日後患者比比相属、不レ能二又送一レ之、其死者多係二老壮一、如二幼少者一其病軽、三根村、男女千四百余口、竄レ山者、二百余人、罹レ患者、千二百人、死者四百六十人、末吉、樫立、二村、与二三根村一隔レ山、故禁二村民一不レ得二相交一、客歳晩冬、樫立村、有二一人罹レ患者一、速遷二之里外一、往年死二于痘一者、三百余人、今年病者皆是幼童、以レ故死者少、樫立村、男女九百余口、患者百三人、死者二十九人、末吉村去年臘日一人得レ痘、併下其未レ発レ痘之時至二其家一者上、遷レ之居二里外一、不レ得下与二村人一相交会上、人人欲三棄レ家避二山中一、盤二験之一、無下糧可レ支二数日一者上、仍教諭就二農桑漁樵一、至二今年正月一比屋患レ之、末吉村男女八百余口、皆逃二山中一、患者五十五人、死者十五人、大賀郷預防レ之、禁下村民与二他村一往来上、客歳季冬有二一人発痘者一、速遷二之三根村一、郷中驚怖、竄二入山中一、其得レ免二痘死一、亦不レ得免二餓死一、里正等招論就二産業一、無二一人帰者一、逃二山中一者、得レ痘、又令レ遷二之三根村一、無レ幾患者相次、不レ暇二悉遷一レ之、男女千八百余口、患者百二十六人、死者四十七人、中之郷、不下与二痘村一相通上、厳二防之一、至二今年早春一、一人発レ痘、送二之里外一処二草舎一、教二諭郷中一、勧二産業一、又一人得レ痘、郷人謂不レ入レ山、則不レ能レ免、与レ死二于痘一、寧死二于餓一、一時騒乱竄二入山中一、不レ日山中発レ痘者多矣、仍有二稍帰レ家者一、男女千余口、患者四十人、死者十三人、小島令レ禁二渡海一、故無二痘疢一、小島民来寓二三根村一者、二人罹レ災死、青島往年地中出レ火焔焼後、八丈人遷居二墾田一、島人預防二痘災一、然亦終不レ能レ免、男女百五十余口、患者十九人、死者十三人、

なお、種痘が強制的に行われるようになった明治二〇年代の伊豆七島及び小笠原島の痘瘡患者の発生数が、『明治三〇年　東京府衛生年報』（明治三一年五月一七日発行、東京府）に報告されているが、これを見ると左記の如く極めて少ないことがわかる。

明治二一年＝〇人、同二二年＝〇人、同二三年＝〇人、同二四年＝〇人、同二五年＝二人、同二六年＝〇人、同二七年＝〇人、同二八年＝〇人、同二九年＝〇人、同三〇年＝二九人（八丈島、患者一六人、死者〇人）

以上の文章から、前述の三根村がたしかに全滅したということがわかるのである。すなわち、その情況は総人口一四〇〇人中、罹患者一二〇〇人、死亡者四六〇人であるから、罹患率八五・七％、死亡率三二・八五％、致命率三八・三三％と極めて高率な数値を示すが、実は早々に住民二〇〇人は痘瘡を恐れて山中に逃避したとあるから、まさに一村全滅ということになる。

恐らく痘瘡の病原体は流人や漂流民、あるいは流れついた漂流物によって島に持ち込まれたものと想像されるが、事実、寛永九年（一六三二）三月に八丈島に流れついた樽（たぶん痘瘡の呪具に使った幣束や患者の身の廻

りのものが入っていたものと思われる）の中から島人が抜きとって持ち帰ったものから感染し、翌日から発病者が出たが、幸いこの時は、八郎神社の祈念によって治まったとの記録がある。

〔参考文献・注〕

（1）読本、全二八巻全二九冊、曲亭馬琴作、葛飾北斎画、文化四（一八〇七）〜同八年（一八一一）刊。『保元物語』『難太平記』などの史書や、伝説による源為朝の一代記を骨子として中国の『水滸伝』の構想を移し、九州併呑、伊豆七島管領より琉球渡りまでを描いた為朝の武勇外伝を創作した。

（2）『椿説弓張月』（日本古典文学大系60、岩波書店、一九六七年）二七八〜二八〇頁。

（3）山崎佐『日本疫史及防疫史』（克誠堂書店、一九三一年）二二七〜二二八頁。

（4）『塩尻』（『日本随筆大成』第三期第一三巻、吉川弘文館、一九七七年）二六七頁。

（5）『塩尻』（『日本随筆大成』第三期第一五巻、吉川弘文館、一九七七年）二四九〜二五〇頁。

（6）小鹿島果編『日本災異志』疫癘の部（思文閣、一九六三年）一〜六八頁。

（7）富士川游『日本疾病史』（平凡社、一九九四年）一二五〜一二六頁。

22　浮世風呂

江戸後期の小説の一種に滑稽本と称するものがあった。浮世草子の気質物《かたぎもの》や談義物《だんぎもの》の系統を引き、一方、洒落本の影響の下に、多くは卑近低俗な都会人の日常生活における滑稽ぶりを断片的に書いたものだが、その代表的なものに次に挙げる『浮世風呂』や、例の有名な十返舎一九の『東海道中膝栗毛』がある。

式亭三馬の滑稽本『浮世風呂』(1)(2)は、三馬の最高の傑作とされるが、この一節に次のような記述がある。これを読むと、当時の人々が醜い痘痕《あばた》の残る痘瘡をいかに恐れていたかがわかるのである。

●お袋さん、お早う入らつしやいましたね。

▲ハイ是《これ》はしたりどなたかと存じました。まづあけましてはけつこうな春でございます。

●ハイ、あなたにもお揃ひ遊しまして御機嫌ようお出《いで》遊し。

▲ハイ、おまへさんにもお揃ひなすつて。

●ハイ、ありがたうございます。皆かはりますこともございません。ホンニお孫さまが痘瘡《おやく》を遊《あす》ばしたさうでございますネ。夫《それ》でも至極お軽い御様子で別してお愛《めで》たう。

▲ハイサ、おまへさんネ。暮におしつめて人手はございませずネ。大きに苦労致ましたが、仕合《しあわせ》と軽うございまして、ホンニ〳〵御方便な物でございます。母親がおまへ御ぞんじの通りネ。疱瘡が重うございましたから、どうかと存じましたが、案じるより産が易いで顔にはわざつと五粒ばかり。手足に漸《やう》〳〵算《かぞへ》るばかりでございました。あれを思ひますりやァ神仏のお力もございますのさ。馬橋《まばせ》の万満寺の仁王さまのお草鞋《わらぢ》をお借り申て、丁《てう》ど三年になりましたが其御利生《ごりしやう》でございますのさ。

●それはホンニありがたい事でございますね。私も旧冬から一寸お見舞ながら、お歳暮にもあがりますのでございましたが、御ぞんじでもございませうが、娘をお屋敷へ上げますので、何かせ話〳〵しうございまして、存知ながら御ぶ沙汰いたしました。

以上の文から、当時の人々が痘瘡を人生の通過儀礼、つまり避けることのできない〝役〟として受け入れていたが、しかし醜い痘痕の数多く残るのを恐れ、幸いこれが軽くすめば日頃信仰する神仏の御利益によるものと考えていたことがわかる。本文の場合も、母親は重かったが孫は順調に経過し、心配した痘痕も僅かで安心したが、これも日頃信仰する松戸馬橋の万満寺の仁王様の御利益によるものであろうと述べている。

また〝役〟とは、課役（人民に課する労役）の役で、人民すべてに賦課するもので、何人も避けることができなかった。同様、痘瘡もすべての人民の上にかかってくる避けることのできない〝役〟と考えられたのである。その結果、痘瘡を経てはじめて社会的に一人前の人間として認知されるという慣習を生じた。

なお、疫の字（疫病・疫疾・免疫）は後世の人が〝役〟に〝疒〟を加えて疫の字としたものである。

いずれにせよ、何人といいえど痘瘡を避けることのできない〝役〟であるとするならば、神仏の利生にすがって軽くすむことを願うしか方法がなかったのではあるまいか。

また、試みに手元にある『広辞苑』で〝厄〟なる語を引いてみると、①くるしみ・わざわい、災難。②厄年、そして③に疱瘡、浮世風呂三「お孫さまがお――を遊ばしたさうでございますネ」とある。となると痘瘡は〝役〟と共に〝厄〟としても受け入れられていたことがわかる。

以下、文中に出てきた馬橋の万満寺、及び同様の利益で知られた浦辺の観音寺、そして江戸時代から痘瘡に霊験ありとされた神社仏閣について記述してみることとする。

○馬橋の万満寺(3)

初編が文化七年（一八一〇）に売り出された『浮世風呂』の中で、仁王さまの草鞋を借りたおかげで、痘瘡が軽くすんだと紹介された馬橋の万満寺はそのため一躍人気が高まった。

また正徳五年（一七一五）の紀行文にも「仁王門の草鞋を借りて家の内に掛け置き、痘瘡快気して倍にして返す」と記されている。

斯くして、万満寺の仁王尊の人気が上昇するにつけ、庶民にも仏徳の普遍であることを示すため、文化一一年（一八一四）に空前の江戸出開帳が行われた。

場所は本所回向院（現墨田区両国に所在）、開帳は三月三日から五月一五日までの二カ月余に及んだとあるから、「疱瘡除け」の評判がいかに高かったかがうかがわれる。この疱瘡除けのご利益人気はその後、明治・大正時代まで続いたという。

この臨済宗大徳寺派の法王山万満寺（松戸市馬橋二五四七）は、現在でも全国唯一の中気除不動尊霊場として知られており、春秋二回、すなわち春季法要（三月二七〜二九日）と、秋季法要（一〇月二七〜二九日）には、「中気除け仁王の股くぐり」が行われ、今なお近郷近在から繰り込む信者でにぎわうという。

この仁王門に安置されている「阿」「吽」二体の金剛力士立像は、鎌倉時代の傑作で運慶作。像高は阿形が二・五七メートル、吽形は二・四五メートル、彩色。玉眼の木造寄木造りで戦前高村光雲氏の鑑定で国宝に指定され、戦後は昭和二五年（一九五〇）八月、国の重要文化財として指定されている。

○浦辺の仁王尊(4)

仁王門の格子に多くの草鞋《わらじ》が奉納されているが、これは健脚を祈るほか、わが子が仁王のように大きく丈夫に育つようにとの祈願を込めてのことである。

一方、仁王の股をくぐって諸厄を除けるという信仰も存在した。この股くぐりで有名な仁王尊に、前出の馬橋の万満寺と同様、下総国印西の天台宗観音寺の俗にいう「浦辺の仁王さま」がある。ところで、明治八年（一八七五）二月の『千葉新報』は、この観音寺の「仁王股くぐり」の盛況を次の如く報じている。

観音寺仁王尊（現：印西市浦部一九七八）の股間をくぐると、必ず痘瘡を免れるという迷信があり、先を争って仁王の股に這い込むものが引きも切らず、十里の道も遠しとせず、賽銭をなし、門前には三〇数軒の商店が軒を連ねるほど繁盛している。種痘を励行するよう県より布達されているが、その実施は因習の抵抗によって困難に直面している。
つまり、向って左の仁王尊（吽形《うんがた》）の股下をくぐると疱瘡にかからないというもので、信者の股くぐりが絶えなかったとあるが、現在でも「仁王まつり」の日には股くぐりが行われ多くの人が訪れるという。

この仁王の股くぐりなる習俗は、仁王のような強い力を持つ者からその力を授かることにより疫病防止、疫病治癒をはかろうとするもので、とくに当時〝役〟と考えられていた疱瘡を子供達が軽くすませられるようにと行われた。特に金龍山浅草寺の股くぐりは有名で、毎月八日に催されていた。

いずれにせよ、仁王の股くぐりや茅の輪くぐりのような呪術的行事は、現在でも民間伝承の中に多数残っているのである。

ところで、前出の新聞記事の書かれた明治八年（一八七五）といえば、その前年の明治九年の一〇月、文部省は種痘規則（強制種痘制）を布達し、種痘医、種痘方法、種痘実施数の報告、種痘済証の交付など、種痘に関する規定を定めている。また、同八年には、文部省は「天然痘予防規則」を領布している。

まさに、明治の新政府が衛生行政の目玉として推し進めていた種痘の普及に対し、「股くぐり」のような俗信の盛行は、新聞の指摘する如く大きな抵抗であったに違いない。事実、種痘の普及効果が現れ出したのは明治三〇年代に入ってからのことである。

最後に「疱瘡除けの神頼み」について触れておきたい。

その昔、医薬の発達しなかった時代、疱瘡が流行《はや》れば、人々はこれから逃れるため、ひたすら神仏に祈り、万一罹れば、軽くすむよう利益にすがった。まさに苦しい時の神頼みではあったが、といって当初は格別疱瘡に霊験ありとする神仏があったわけではなく、その願かけの対象は、家の守り神やあるいは村の氏神・鎮守の神といった日頃信仰する身近かな神々がほとんどであった。
たとえば、香月牛山の『小児必用養育草』(元禄一六年〈一七〇三〉序)[5]によれば、

今時の神道者は、痘瘡の神は、住吉大明神を祭るべしといへるは、住吉の神は、三韓降伏の神なり、痘は新羅の国より来れる病なれば、此神を祭りて、病魔の邪気に勝つべき事なりとぞ、好事の者の説なるにや。

とある。痘瘡が新羅より伝来したという故事に附会して住吉大明神を祭るという無意味な根拠はともかく、疱瘡神としてただ住吉大明神についてのみ説き、そのほかなんらの記載を見ないことからして、元禄の頃までは世俗においても、疱瘡神の種類はあまり多いものではなかったことが推知される。

しかし、やがて江戸時代も元禄以降になると疱瘡除けの護符を出す神社仏閣が次第にその数を増し、たとえば明和三年(一七六六)、橋本静観の集輯した『疱瘡厭勝《まじない》秘伝集』[6]に記された「疱瘡除神符の出る所」によれば、次に示す如く江戸府中において一、二を数えるほどにいたったとある。

一、御穂神社　本芝西側別当本龍院
祭る所御穂大明神は、文明十二年(一四八〇)の鎮座、疱瘡の守護神なり当社の氏子は七歳未満に痘瘡せざれば一生煩ふ事なしといへり。依之地所にて生れし小児も当社に祈てかならす験あり、別当より守出る又神前の小石を拾ひて守りとす。
二、戸越八幡宮　品川戸越村別当行慶寺
当社に至りて痘瘡を祈るに必つつがなし神前の小石を拾ひ帰りて小児の守りとす。
三、牛御前　本所牛島別当最勝寺
当社の拝殿に牛を絵書て掛る事いにしへよりの風俗なり。此牛の絵を社僧に借受け帰りて疱瘡の守りとす。

つつがなく疱瘡をしまひて件の牛の絵と又別に牛を図して当然に納む、此社頭に痘瘡をいのるに必ず神のたすけありてやすらかなり。

四、疱瘡神の社　浅草寺の内

五、同社　　神田大明神社内

六、護諸童子《こしよ》　　芝三田妙厳寺

七、若宮八幡宮　牛近若宮小路普門寺

八、御霊《ごりよう》八所大明神

御霊八所の神符をうくれハ必疱瘡かろし京都にて上の御霊ハ京極通りの上にあり中の御霊ハ上の御旅所なり下の御霊ハ寺町竹屋町上ル町毎年八月十八日御祭礼あり東都に此社なししられとも下谷肴店之通吉村織部とかやいふ神職の人の許に故ありて当社を勧請セリ此人至て正直にして誠に神の御心にもかなふへき人なりしれる人ハ此吉村氏の許に行てひたすら乞求れハ神符をさつく世に流布する神道者と号して児女を欺《あさむき》初穂をむさぼるたくひにあらねハ再三乞ねがハされバあたへす信心の志ある人ハ尋行て神符をうくべししかのみならす八所御霊の第一神ハ吉備《きひ》大臣にてまします市中にて縫箔を家業にする人ハ吉備公を祖神とすれハ尤御霊を尊敬すべき事也又第八神ハ火雷天神にてまします則雷除火除の神也別而信仰すへし。

九、五条天神　上野黒門の東別当瀬川氏

当社ハ日本医術の祖神にて、少彦名命《すくなひこなのみこと》也、疱瘡ハいふに及ハず一切の病難あらハ必当社に祈るへき事也京都にてハ松原通西洞院の角に此神社まします毎歳節分の夜此社に群参して白朮《おけら》餅を買て帰る江都の人ハ当社を牛天神と称するのみにて参詣の人も稀に万の病苦を祈るべき御社とも知りて過る人多し疱瘡ハ別してはけしき病なれハ先当社に詣て丹心無二に祈り奉らんになおしるしなからんや。

一〇、放光堂　上野大仏の前

一一、鷺大明神　雑司谷

一二、白山権現　浅草新町

凡疱瘡ハ酷疾なり神之冥祐にあらすんハまぬかるゝ事難し子孫を思ハん人ハ必祈て加護をかふむるへきものなり。

また、関根邦之助の研究によれば、江戸時代、疱瘡神を祀っていた神社は、江戸では二五社、秩父地方では一〇社に及んだという。[7]

左記に列記した寺社は昔より今に残る全国の主なる「疱瘡除け願掛けどころ」[8][9]であるが、痘瘡がなくなった現在でも、多くの信者を集めている所が多い。

○東京

半田稲荷　葛飾区東金町

為朝神社　八丈島大賀郷大里

七面大明神（如意山亮朝院）　新宿区西稲田

氷室大明神（穴八幡神社）　新宿区西稲田

姥宮姫宮（金龍山浅草寺）　台東区浅草

湯尾大明神（海蔵寺）　文京区向立

○関東地方

芋観音（長昌寺）　横浜市金沢区富岡町
松虫寺　千葉県印旛郡印旛村
三体地蔵（広済寺）　川越市新富町
為朝神社（叶神社境内）　横須賀市西浦賀
疱瘡神社（温泉神社境内）　栃木県那須温泉
為朝神社　佐野市池中鶴島
厄神社（鹿島神社末社）　秦野市寺山

○中部地方

疱瘡神社　山梨県北都留郡上野原町
清明塚　静岡県小笠郡大須賀町
湯尾大明神　福井県南条郡湯尾峠
湊神社　静岡県浜名郡新居町
武田八幡神社　長野県韮崎市神山町

○近畿地方

疫神社（八坂神社）　京都市東山区祇園町北側
蜘蛛塚（上品蓮台寺）　京都市北区千本通北大路
ほうそう地蔵尊（芳徳寺）　奈良市柳生町
射《い》楯《たて》兵《ひょう》主《ず》神社　姫路市本町

芋観音（瓦屋寺）　八日市市小脇町
住吉神社　大阪市住吉区住吉町
○中国地方
瘡神社　三原市新倉町
お亀銀杏（亀山八幡宮）　下関市中之町
○四国・九州地方
現人神社　福岡県田川郡香春町
諏訪神社　長崎市上西山町
佐嘉神社　佐賀市松原
都農神社　宮崎県児湯郡農町

〔参考文献・補註〕

（1）滑稽本、詳しくは『諢話《おどけばなし》浮世風呂』、式亭三馬作、全四編全九冊、文化六（一八〇九）〜一〇（一八一三）刊。町人の社交場であった銭湯における会話を通じて、庶民生活の種々相を描く。

（2）『浮世風呂』（日本古典文学大系63、岩波書店、一九六七年）一八八頁。

（3）馬橋の法王山万満寺は臨済宗大徳寺派の名刹で、現在でも全国唯一の中気除不動尊霊場として知られている。場所は松戸市馬橋二五四七、JR馬橋駅より徒歩五分。寺伝によると、天平時代行基菩薩が東国教化の際に創建、平安時代には平将門公が戦勝祈願のため堂塔を建立し、大仏像を安置したと伝えられている。

（4）浦辺の仁王尊は、天台宗観音寺内にあり、本来疱瘡に効験があったとされ、現在でも厄除けの仁王として多くの信者を集めている。場所は印西市浦部一九七八。またこの仁王は乳なし仁王といい、乳房がない。このため布製・木製の乳房が境内に数多く納められているが、これは子を生んでも乳の出ない母親が乳がよくでるようにと奉納したものである。

（5）山崎佐『日本疫史及防疫史』（克誠堂書店、一九三一年）二〇七頁。
（6）同右、二〇八〜二〇九頁。
（7）関根邦之助『疱瘡神について』（『日本歴史』三〇一号、一九七三年六月）一二六〜一二七頁。
（8）立川昭二『病気を癒す小さな神々』、平凡社、一九九三年。
（9）現代神仏研究会編『全国神社仏閣ご利益小事典』（燃焼社、一九九三年）三七〇〜三七一頁。

23　日本九峰修行日記

『日本九峰修行日記』(1)は、一人の山伏が廻国の六年間に、各地において見聞したさまざまな様相を日記に記したものだが、その中に痘瘡対策に関する次のような興味ある記載がある。

文化一〇年（一八一三）四月二日(2)

予が滞島(3)の時分男女多く入込み明屋は勿論人家にも多く入り居たり、何国の者ぞと尋ぬるに皆々天草の者共也、当時天草へ疱瘡渡り六七十歳以下千五六百人計り死せり、因て皆々逃げ来れりと云ふ、彼の島は疱瘡の入る事を禁して隣国に疱瘡流行すれば疫神払の如く弓鉄砲にて追出すこと也、因て島へ疱瘡渡れば皆々死するとの事也。右に付稀れに痘瘡を病み付く者あれば、一人子にても他人を頼み山中三四里奥に連れ行き捨て者にする也、又其家は居宅を捨置き他国へ逃行く也、一人子死すとも見捨てと云ふ者也。

また同年一一月七日にも次のような記述がある。(4)

此五月肥前天草の女五人連にて四国巡拝の帰りがけ一宿したる処、一人疱瘡に病み付きたり、天草の一島は疱瘡に病付たる者あれば、山中五里計りに移し置き、介抱人を頼み、親子といへども一切見捨るとのこと也。因て此疱瘡の人を捨て四人の者帰らんと云ふ。主人申す様、病人を一人捨置き帰る事罷りならぬ。此旨城下へ申越し、御沙汰に任せ其上にて兎も角もなすべしと云ひ留め置き、早速城下へ飛脚を以て申越す。御上より御沙汰直ちに有之、皆々快気の上出立すべしとの事也、因て四人共に滞留す。右に付御典薬医師萩より遣りはされ、養生せしも四人共遂に疱瘡に病付き、内二人は死し三人は平癒せり、病人へは一日に米一升宛下され、介抱人弐人御付け成され、其看病人へは銭六貫文宛下されたる由。過る八月迄にて平癒したり。扨死したる二人の旅用金衣類等を寺へ差上る旨、宿の主人へ頼み置き、三人の者出立したり、跡にて不審なる事ある故に、役方より主人儀右衛門と云ふを御吟味ありたる処、寺へ上ぐる品物私方へ頼み置きたれども自身に持帰りたりと云ふ。右に付早速天草の女共へ追かけ、連れ来り御尋ねありたるに、皆々亭主へ頼み置きたりと申すに付、家の内吟味ありたる処、品物皆々かくしありたり、因て品物は女共に御渡しあり。旅宿は御咎め仰付けられたり。又五人の者へ一日に米一升宛下されたる内を病人へは少々宛与へ、残りは皆々盗み取りたる也。段々悪き事ありて御吟味に掛りたりと云ふ。尚天草の者見送りとして二人御付けなされたりと云ふ。

旅人は甚だ大切なる御扱ひなり。

以上、当時行われていた痘瘡患者の隔離についての見聞記である。

衆知の如く痘瘡に対する最も有力な対抗策は隔離(消極的方法)と種痘(積極的方法)であるが、しかし本格的な避痘法として両者が行われるようになったのは、江戸時代後期になってからのことである。

すなわち、感染防止のため病者を隔離するようになったのは、橋本伯寿が痘瘡は感染症であることを論断した文化・文政(一八〇四~二九)以降のことであり、また種痘の効果が認められるようになったのは、わが国で牛痘接種法が成功した嘉永二年（一八四九）以降のことである。

しかし、この隔離と種痘が広く一般に普及して確実に効果を挙げるようになったのは、明治政府が法律をもって強制施行した以降のことで、一説によると明治二〇年（一八八七）以後はあきらかにあばた面が減ったという話である。

ところで病者を一定の場所に隔《へだ》てて離すことはかなり昔から行われていた。しかしこれは合理的な避痘策として行われていたというよりは、つまりは病者を忌み嫌って山野深谷に捨て、その生死さえ省みることがなかったという悲惨極まりないものだったが、たまたま隔離の効果を生じたに過ぎなかった。

そもそも、昔の人は痘瘡を鬼神の仕業・悪霊の祟りとして怖れ、あるいは病者を穢れとして忌み嫌った。そのため病人を集落から遠ざけ、山谷に隔離したから結果的には痘染を防ぐことにはなったものの、実態はいわば多分に人棄的・反社会的な色合いをもったものであった（迷信的隔離）。

このような隔離の風習は各地で行われていたらしく、池田瑞仙の『国字痘疹戒草』（三巻、文化三年＝一八〇六）によれば、

肥前国天草、肥後国熊本、周防国岩国、紀伊国熊野、信濃国木曽山中、御嶽山の辺において、痘瘡患ふものあれば、一郷一村を隔て、人家を去ること一二里にして、山野深谷に小屋をしつらひ、或は農家をかりて、傍人を附け置きて、食物など姑に運ばせ、一家親類たりとも出入をやめて、医を迎へて薬を用ふることも少なし。

とある。

隔離の方法は、地方によって違ったが、長与専斎の『旧大村藩種痘之話』(5)には次の如き記述がある。

旧大村藩領内は、古来痘瘡を恐るゝこと甚だしく、痘瘡は鬼神の依托なりとて、痘瘡にかかりたるものは、人家を離れたる山中に木屋を構へて、此処に舁置し、定めたる看病人の外は、一切交通を断ち、親子夫婦たりとも、立寄ることを得ず、治療のことは申すに及ばず、万事の介抱届かず、十の七、八は斃れ死し、全快して家に帰るは稀なり。而して其遺骸を先塋《せんえい》の墓地に葬りて、常式の葬祭を営むを得ず、幸い全快したりとも、多くは畸形盲目となり、別人のごとく成果ることなれば、痘瘡の厄済ざる内は、縁談の取組等も見合置く姿にて、一人前の人間とは認めざる有様なり。又其病家にては、病人を遠く離れたる山中に移し置て、日々に飲食衣薬等一切需用の品を運び、医師を頼み、山使（天然痘済ノ人ヲ選ビ日々ノ音信運送等ニ使用スルモノヲ云フ）を傭ふなど、其費用夥しく、且一旦山に運入れたる物品は、再人里に持帰ることなく、されば、俚諺に、痘瘡百貫と唱へ、中等以下の生計にては、大抵身代を遺し、累代の住家をも離るるもの少なからず。斯く痘瘡は、人にも、人家にも非常の災難を与ふることなれば、一藩上下おしなべて恐れ悪むこと譬ふるものなし。

まさに、この世の地獄ともいうべき惨状だが、このような病者を人里離れた山野に追放放棄するような反社会的行為が、結果的には患者を隔離し痘瘡の伝染を防ぐことになったのは皮肉なことである。

ところで、このような山谷への遺棄は、やがて種痘法が行われるようになるや、一転して種痘山制に変ることになるのである。簡単に説明すると、痘瘡の原因に伝染説が唱えられるようになった文化・文政の頃からは、前述の迷信的隔離は純然たる避痘を目的とした隔離に変わり、その後、種痘が行われるようになった寛政以後においても形を変えて残った。つまり、当時の人は、種痘もまた人為的とはいえ、痘瘡を発生するもので、伝染の危険があると考えたから、居宅種痘は許可せず、未痘者を山谷の一カ所に集めて種痘を行い、一定期間同所に留めおくこととした。その隔離場所が種痘山であり、その制度が種痘山制であるが、しかし、残念ながら、現在その制度を知り得る資料は、わずかに大村藩に関するもののみである。

なお、大村藩にはこのような種痘山が三カ所あり、当時藩主の公子さえ種痘山に登り種痘を受けたとあるから、いかにこの制度が重視されていたかということがわかるのである。

以下大村藩の種痘山の組織について、前掲『旧大村藩種痘之話』を参考に要約してみると次のようになる。

まず人家から一里以上離れた山を種痘山に見立てて、数棟の長屋を造り、ここに毎年陰暦正月末より二月初めにかけて、藩内の八、九歳より一五、六歳の男女約百名内外を集め、男女および士族・農・工・商とを区別して収容した。勿論、山に入る者は無病健康な男女でなければならなかったから、予め痘家において診療を受け、皮膚病・胎毒その他すべて慢性の疾患のある者は登山が許されなかった。なお、いったん山に入ったものは五〇日間は種痘山の周囲一里以内より外に出ることはできず、また両親・親族などと会うことも許されなかった。

では、実際に種痘はどう行われたのであろうか。山に入って一、二日経つと再度綿密な検査が行われ、感冒、発熱等の異常がないことを確かめた後痘痂の粉末を、小匙に盛り、鼻より二、三匙吸込ませる。これを種付けといい、鼻乾苗法を用いている。こうして早いものは、三、四日、通常七、八日して、発熱し、なお二、三日を経て見点し、起張灌膿、収靨等順調に経過する者は、大勢一緒に同じ長屋に入れて置き、落痂の頃(一三、四日)酒湯《ささゆ》の式すなわち温湯を竹葉にひたし撒り掛けたる後、清水屋に移し、衣服を着変え初めて入浴を済まして種痘が修了したのである。その後、二、三週間はそのまま同所に滞在し、凡そ五〇日経って家に帰るのを許された。

ただ、この酒湯の式後の滞在は全く不必要なことと思われたが、これは、かつて行われた酒湯の遺風であって、藩の禁制通り五〇日間の滞在を命じていたからである。なお、これに反して発熱後痘証の順調でない者は、別室に分けて入れ、その経過を見ることとなっていた。

つまり、先にも述べた如く、種痘山制とは、痘瘡患者を嫌忌して、人里離れた場所に隔離した慣習が転化したものであって、種痘もまた人為的とはいへ、痘を発することから、伝染の危険ありとして居宅種痘を許可せず、未痘者を山谷に集め、種痘を施して一定の期間同所に収容しておく制度なのである。

このような多くの費用と日数を要した種痘山制は、その必要がなくなった安全で効果的な牛痘接種が行われるようになってからも、なお暫らくは続いた。

文化一三年一一月二七日の日記に次のような記述がある(6)。

ヱシキ村立、辰の刻。湖辺八木村と云ふに入る。此村折節痘瘡流行して甚だ賑々し、屋敷の廻りに赤紙の幣注連を曳き廻し、庭にも柴木を立て、幣帛を飾り、家の内には赤紙の幣を長々と掛け廻し、三味大鼓にて踊れり。吾々共へ疱瘡安全とて賽銭多く上げられたり。又一軒は疱瘡にて死したりとてなげく家あり、回向頼むとて呼び入れ、種々振舞ひ布施等出されたり。夫より山辺へ入り宿求むる所一軒もなし。夜に入り軽部村と云ふに行く、庵室あり。ようく一宿す。

村に痘瘡が流行《はや》ると、屋敷の廻りはもちろん庭から家の中まで、赤紙の幣注連や幣束で飾った。これは、疫神の仕業と考えられた痘瘡に対する呪的対抗の手段である。

ところで赤色による魔除けや悪霊除けの思想は数千年の昔から存在し、中国の『後漢書』には朱の縄を門口に張って疫瘡神の侵入を防いだとあり、『播磨国風土記』(和銅六年=七一三)には、赤土を船や着物に塗って災難除けに使ったと記されている。そしてなぜ赤を魔除けに使ったかの理由について、関根邦之助は「人類の本能の面より、次の三点を想定」すると述べている。(7)

一、古代人は赤い色は血の色と考え、血を見ること則ち、出血は彼等にとって致命的なものであった筈である(失血死)。従って血の色、つまり赤い色はむしろ忌み嫌われた色であったことがその出発点であろうと考えられる。

二、人類が火を使用するようになり、その結果、今まで恐れていた猛獣類が火を恐れることを知った古代人は、火によって現わされる赤い色をもって魔除けとする考え方が生まれたのではないかと推定される。

三、赤い色は古代より人類の最も重要視した色ではなかったろうか。宮殿・神社・仏閣など、人間の尊敬を集める建造物などに朱を使用していることもこうした現われと考えられる。この朱を大切にしたことは、古代には朱を生産するためには辰砂(丹)に頼る以外になかったはずであり、このため辰砂の生産地は貴重な土地とされ、そこには守護神が祀られていたという。

つまり、魔除けに赤色を使用する意味は、古代人の最も忌む出血を現わす赤色と、人々が恐れていた動物が嫌う火を意味する赤色が重複して災難除け、疫病除けに赤い色を用いる考え方が生まれたのではないか。そして不浄を忌むとされる建物(宮廷・社寺など)に赤色(朱)を使用することにより、不浄を祓うという考え方と同様に、疫病除けに赤い色を使用するという習わしになったのではないかと思われる。

なお、前掲二七日の「日記」中に「三味大鼓にて踊れり」とあるが、これは疱瘡神に踊り手の誘導にしたがって村から立ち去ってもらうことを目的として行われたもの、つまり疱瘡神送りであり、当時疫病除けに対する最も一般的な対抗手段であった。

この痘瘡神送りについての記事は文化一〇年（一八一三）九月九日の日記にも、

> 雨故滞りになり宮の浦と云ふに宿す、栄吉と云ふ宅。出来合の飯とて出す、馳走に逢ふ。当時此村疱瘡流行にて、賑々敷く疱瘡踊とて老若男女交り合ひ乱拍子にて面白し。

とある。(8)

ここで「疱瘡送り」について少しく考察して見ることとする。

村内に疱瘡が発生した場合、疱瘡神をすみやかに追い払うために、藁《わら》人形を担いで鉦《かね》や太鼓を鳴らしながら村中を歩き、これを村境で焼き捨てるか、海や川に流し捨てるといった虫送りなどの形式に似た「疱瘡送り」は、全国に広く行われてきた。

すなわち疱瘡送りとは神送りの一つで、全国共通の形式は〝桟俵《さんだわら》に赤紙を敷き〟、その上に起上り小法師二つと小豆飯をのせて御幣を立て、村境や四辻などに置くことによって疱瘡を送り出し、病気を逃れるものと考えた。たとえば、大阪地方では赤飯の握り飯をつくり、それを白木の膳あるいは桟俵に載せ、神の依代《よりしろ》である赤い幣帛を立て、蓮根などを供えて道の辻に送り出す、また藁人形を作り鉦・太鼓で村中を練り歩き最後に川に流すという。(9)

鹿児島県丈口市瀬戸では疱瘡が流行してくると、隣りの薩摩町求名の男女が、棕櫚《しゅろ》の面や布を被り、柄杓を持ち、軽量の神輿を担ぎ、太鼓・三味線に合わせて踊りこみ、またこれを受けて瀬戸の人が隣村へ踊りこんで順次に村境へ送った。(9)

このほか、盆踊りのなかでも町を流してゆく組踊りも送り神のひとつの形式だといわれている。明治の初め頃まであった薩摩地方の疱瘡踊りは、踊り子たちが緋縮緬のイタジメの振り袖を着て手拭で顔を包んで、三〇〜五

○人が一組になって神社に詣で、

今年やよい年やあれさ　ほおそがはやる　かるいとな　かるいとな　めでたい　めでたい

とうたいながら踊って歩いた。村境まで送る気持ちは隣村に迷惑をかけるというよりは、遥か遠いところへ送りこもうとした心理にほかならないという[10]。

以上のように、疱瘡送り・疱瘡踊りの習俗は神送りのひとつの形式と思われるが、同様なものに疱瘡流しがあり、やはり広くわが国で行われてきた。方式としては、ヒトガタと称する白紙でつくった人や顔の形をした紙片を神社で集め、これを川へ流すものである。要するにヒトガタに具象化された痘瘡神を遠くへ送りこもうとし、あるいはヒトガタに痘瘡を託し流したものと思われる。

『能美郡誌』によると、小松市付近では昔は痘瘡になると桟俵の上に起上り小法師を疱瘡神に仕立てて載せ、回りに赤い旗を立てて饅頭を供え、赤飯を添えて川に流した[10]。

金沢地方では疱瘡の神様と称する一対の土人形を桟俵に載せ、いろとりどりの旗を立て、赤飯を供えて川に流したもので、今でも時に見かけるという[10]。これらはイモナガシと呼ばれたが、痘瘡のなくなった戦後においても行われることがあった。

以上のような疱瘡送り・疱瘡流しの習俗は、実際には痘瘡に罹らぬ法というよりは、疱瘡神の祟りから逃れるためのものであったということができる。

〔参考文献・注〕

（1）本書は日向佐土原の安宮寺住職野田泉光院（成亮、宝暦六年＝一七五六～天保六年＝一八三五、享年八十歳）が文化九年（一八一二）九月三日発足以来、文政元年（一八一八）一一月六日に帰着するまで、六年二カ月にわたる長い旅を続けて、海内諸国の名山霊蹟を巡拝したその廻国日記である。九峰とは、英彦山・石槌山・箕面山・金剛山・大峰山・熊野山・富士山・羽黒山・湯殿山である。

(2) 野田泉光院『日本九峰修行日記』第一巻（『日本庶民生活史料集成』第二巻、三一書房、一九六九年）二五頁。
(3) 長崎県西彼杵郡野母崎町樺島。
(4) 前掲注(2)、五〇頁。
(5) 長与専斎『松香私志』の付録『旧大村藩種痘之話』（一九〇二年）。
(6) 前掲注(2)、一七七頁。
(7) 関根邦之助「疱瘡神について」（『日本歴史』三〇一号、一九七三年）一二四頁。
(8) 前掲注(2)、七頁。
(9) 桜井徳太郎『民間信仰辞典』（東京堂出版、一九八〇年）二六三頁。
(10) 大島建彦他『日本を知る事典』（社会思想社、一九七一年）四一六頁。

24 耳袋

根岸鎮衛《やすもり》による随筆・見聞録『耳嚢（耳袋）[1]』は、勿論高級な文芸作品ではない。また、著者自身が命名したものは、『耳嚢』を正式名としていたが、世に広く流布した書名としては『耳袋』であり、たとえば柳田国男などが校訂した岩波文庫も『耳袋』としている。

嚢は袋の意味であるから、世間ではやさしい字である袋を用いたと思われる。なお、著者の自筆本は現存していない。

ところで『耳袋』に記されている民間療法はいずれも当時広く一般庶民の間に信奉されていたが、むろん今日からみれば、まことに荒唐無稽のものが多く、信ずるに足りないものである。

しかし、江戸期の庶民の医学思想を知る上で恰好の史料というべきものであると考えられるので、参考のために痘瘡に関するいくつかの記述を左記に掲げてみることにする。

○疱瘡神狆に恐れし事（巻之四）(2)

軍書を読て世の中を咄し歩行栗原幸十郎と言る浪人の語りけるは、同人妻は五十じ（五十路）に近くしていまだ疱瘡をせざる故、流行の時は恐れけるが、近所の小児疱瘡を首尾克仕廻（よくしまひ）て幸十郎が門へ来りしを抱て愛し抔せしが、何と哉らん襟元より寒き心地しければ、早々に彼子を返し枕とりて休しに、何とやらん心持あしく熱も出るやうなる心持の処、夢ともなく風与目を明き見れば、側へ至つて小さき婆々の、顔などは猶更みぢかきが、我は疱瘡の神也、此所へ燈明を燈し神酒備（そなへ）を上げて給はるべしといいける故、召使ふ者に言付て神酒備をも取寄、燈明をも燈しけるに、兼て幸十郎好みて飼置ける狆六七疋もありしが、右婆々見へけるにや大にほへければ、彼婆々は右狆をとり除給へといゝけれども、渠はあるじの愛獣也、主は留守なればとり除る事叶難しと答へけるに、頻りに右の狆ほへ叫びける故にや、彼婆々は門口の方へと寄ると見へしが跡もなし。幸十郎は外へ用事ありて帰りけるに、燈明など灯し宿の様子ならねば、是を尋問ひしにしか〴〵の事妻の語りける故、大に驚き召仕男女に尋しに、様子はわからねど妻が神酒備を申付何かひとつ言をいゝし事、狆の吠へ呼びし事迄相違なき由かたりしが、右婆々帰りて後は妻心持もよく、熱もさめて平生に復しけるとなり。

江戸時代、痘瘡を掌《つかさど》さどると恐れられた疱瘡神は、民衆によってさまざまな姿として形像化されていた。ここでは、犬を恐れる老婆として登場しているが、本書でさきにあげた『昔話稲妻表紙』(3)でも同じように犬を恐れる老女として現れている（一〇三〜七頁）。このほか犬を恐れる老女としての疱瘡神は『大晦日曙草紙』(4)にも見出すことができる。

　文献によると、疱瘡神は、主に男・異人・老僧・老翁・老婆・好女・小児・美童などの姿で示現するとされていたことがわかる。

　なお、『痘瘡問答』(5)によると、疱瘡神が老人や子供の形相で示現する場合、それは吉兆を示しているという。

○痘瘡神といふ偽説の事(6)（巻之五）

　世に疱瘡を病る小児、未前に物を察し或は間を隔て尋来る人を言当る故、疱瘡に神ありといふもむべ也と、予が許へ来る木村元長といへる小児科に尋問ひしに、実に問ふ通りなれど、小児熱に犯されて譫語をなすを、児女子の聞所には神鬼あるに均し、然れ共一般に熱計とも難申、狐狸妖獣の類、無心の小児熱に精神を奪るゝに乗じぬるもあるらん。元長が療治せる霊岸嶋辺の小児、其未前を察しなどする事神あるがごとし。疱瘡の神ならんと家内の者抔尊崇なしけるが、或日このしろといへる魚と強飯を乞ひける故、医師にも尋その好む所を疑ひしが、心有る者右病人に対し、成程右両品は其乞ひに任すべし、さるにても御身はいづ方より来れる哉と厳敷尋ければ、我は狐也、食事に渇して此病人に附たり、右望叶なば早速立去らんと言ひし故、望の品を与へければ、程なく狐さりしと見へて本性に成り、其後は順痘に肥立けると也。

　以上のことからわかるように、当時、痘瘡の症状の一つである高熱に苦しんでいる子が、うわごとで、未然に物を察したり、あるいは尋ねてくる人をいい当てたりするのは、疱瘡神の話す言葉であると信じられていた。ところが、ある時、突然に病人が「鰶《このしろ》と強飯が食べたい」といい出すので与えると、「我は狐である。食に飢えこの病人に憑いたものである。目的が叶ったので早々に立ち去ろう」といって狐がいなくなり、病人も全快した。熱にうかされている間に狐狸妖怪の類が乗り移ることもあつたということであろう。このことから、当時、疱瘡神の存在に懐疑的であり、痘瘡の発生の原因を「狐狸妖怪」など、憑き物に求めることもあったのではないかと思われるのである。

○痘瘡病人まどのおりざる呪の事(7)（巻之五）

疱瘡の小児、数多く出来て俗にまどおりると唱へ眼あきがたき事あり。兼て数も多く、動膿にも至らば眼あきがたからんと思はゞ、其家の主人払暁に自身と井の水を汲て、右病人の枕の上へ茶碗やうの物に入て釣置ば、始終まどのおりるといふ事なし。天一水を以火毒を鎮るの利にもあるらん。瘡数の多き程右器の水は格別に減候事の由。眼前見たりと予が許へ来る医師の物語り也。

○疱瘡眼のとぢ付きて明ざるを開く奇法の事(8)（巻之五）

疱瘡の後、かせ（注：腫物などが乾いてかさぶたになったもの、収靨）などに至りて眼とぢて明かぬる時は、蚫熨斗の頭の黒き所を水に浸し、外へ障らざる様睫毛を眼尻の方へなづれば、開く事立所に妙なりと、是又右医師の伝授也。

衆和の如く、痘瘡は幸い命をとりとめたとしてもさまざまな機能障碍を残したが、その後遺症の中で最も恐れられたのはやはり失明であろう。そのため疱瘡から目を守るための方法が多数の文献に残されている。むろん今から見ればいずれもなんら医学的根拠のない荒唐無稽なものとしか言いようのないものばかりだが、しかし少なくとも眼科医である筆者としては、極めて興味のあるところである。

そこで以下、当時の治療法、すなわち「疱瘡の目に入りたる治方」について、文献を参考に記述してみることにする。

山崎佐は明和三年（一七六六）以前において民間土俗として行われたる避痘の法としては、次のようなものが

あると記している。(9)

○痘瘡目に入たる治方

蚫《あわび》熨斗《のし》を黒焼にし竹の切かぶに溜りたる水にてねり目にさすべし云々

○疱瘡令入眼方

白芥子常に用ふからしのことを常のごとくねりて足心に銭の大サに塗るべし、熱毒を引さげ疱瘡眼中に入る事なし。

○疱瘡目に入たるを治方

兎の糞を細末し上々の惋茶と等分に合て水にて度々用うべし云々。

このほか、『増補救民妙薬妙術集』(嘉永二年＝一八四九)には、次のような呪術が記されている。

痘瘡目久しくあかず明ても目に赤筋ありて明かねるに八雀二三羽籠に入れ其雀の羽風を目にふるれバ大きによし

また、池田瑞仙の『疱瘡食物考』(天保一一年＝一八四〇)の末尾に、看病心得として次のような興味ある記述がある。

○未だ収靨《かせ》ぬ前に眼をなめ拭ふて開かする人あり悪し、神気かならず外に散痘毒内攻す。

○痘後の眼疾は平常の眼疾と違ふゆへに早く良薬を頼むべし、是れを眼科に任せ妄に点薬、水薬、或は寒涼の剤を用て死亡を招き又は盲目となるものあり、心得べし。

ところで、『富士川游著作集』第五巻に、「疱瘡の民間薬」として五八例が記載されているが、そのうち一八例が眼に関するものである。(10)

(三九)疱瘡目に入んとするに、紅をツバにてとき、さし入てよし。

(四〇)疱瘡後目に星の入たるに、生鮒を黒焼にし、糊におしまぜ、ひよめきへはるべし、度々取替べし。
(四一)疱瘡目に入たるに、蛔虫のしぼり汁つくべし、大便にまじりくだるむしなり。
(四二)同前、ヌルデの木のヤニを取、乳にてとき、目にさして入てよし。
(四三)同前、柳の虫、すりつぶしさすべし。
(四四)書物を食うハクムシ、陰干、細末にし乳にてとき目にさすべし。
(四五)同前、鼠黒焼、ノリにてアズキほどに丸し、一日に三度二、三粒ずつサユにて用う。
(四六)同前、いきスズメのかしらの血、直に目へさし入べし。
(四七)同前、燕の糞白き処水にとき、度々さし入てよし。
(以上、『経験千万』)
(四八)同前、鯰を逆さまに釣て尾を切、血を取りて、灯心に其血をつけて目にさすなり。
(『妙薬手引大成』)
(四九)同前、乾柿《つりがき》を毎日食してよし。
(『懐中妙薬集』)

(五〇)同前、牛房の実を粉にし、ソクイにおしまぜ頭のひよめきへはりおくべし、すでに目に入たるにも、又いらぬ内にもはりおきて妙なり。
(五一)同前、鼠の糞を、ソクイにおしまぜ、一寸四方の紙にぬり、ひたいのかみはえぎわをそりてはるべし。
(五二)同前、丹、シロモノ(ハラヤの古名)各等分を粉にして、ハコベのしぼり汁にてねり、こよりの先につけて、耳にさし入るべし。ハコベなき時は、粉ばかりクダにて鼻へ吹入るべし。
(五三)同前、狼の糞(三匁)、キハダ(一匁)、粉にし、糊におしまぜ、右の目ならば、左の足のひらにはる、左ならば、右にはるべし。
(以上、『諸国古伝秘方』)
(五四)雄鼠(嘴と尾を去り黒焼)、白丁香《すずめのふん》(少炒)、右二味、細末にして、湯に匙一つずつ用うべし。

(五五)メガ根、右一味、水にてよく洗い、つき汁を水飛して、その粉をとり、目にさすべし。

(以上、『和方一万方』)

(五六)同前、川柳をせんじ洗うべし。

(『宝因蒔』)

勿論、その効果のほどは不明だが、かなりの荒療治には驚くばかりである。

○疱瘡呪水の事[11](巻之五)

寛政八年の冬より九年の春へ懸け疱瘡流行なして、予が許の小児も疱瘡ありしが、兼て委任なし置る小児科木村元長来りて、此頃去る方へ至り其一家の小児不残疱瘡なりしが何れも軽く、重きも足抔へ多く出来て面部等は甚少き故、かく揃ひて軽きも珍らしきといひしに、外に子細もなけれど、神奈川宿の先きに本目といへる処に、芋大明神といへるあり、彼池の水を取て小児に浴すれば疱瘡軽しと人の教に任せし故にやと語りしが、医の申べき事ならねど、害なき事故呪ひもなき事にもあるまじき間、試み給へかしと語りける故、召仕ふ者に申付け取り遣りしが、右召仕ふ人帰り語りけるは、誠に聊の祠にて、廻りに少しの溜水といふべき池ありて、嶋少し有て柳一株の外は不残芋にて、右芋土の内より出て居、正月の事なるに未茎葉のあるも有、別当ともいふべきは、右池の辺に庵室ありて禅僧一人居たりしが、右社頭に縁起もなし、疱瘡に能とて度々水を取りに来る者は夥敷事のよし、利益ありや知らずと禅気の答へ也し、近隣の老姥右召仕ふ者に語りけるは、右芋は彼姥が若かりし時より減りもせずふへもせず有由。或る人疱瘡に水よりは芋こそ然るべしと右芋を取りしに、かの小児甚悩みけると語りし由。江戸よりも水を取に来る者数多の由語りける由。右召仕ふ者語りける也。

つまり次のような意味である。

寛政八年（一七九六）の冬から翌年の春にかけて疱瘡の流行があった。ある家で子供が全員罹ったものの、いずれも軽症ですんだ。理由を尋ねると神奈川宿の先の本目（現横浜市中区本牧《ほんもく》町）に芋大明神[12]なるものがあり、ここの池の水を疱瘡の子に浴びせるとよいと聞いたので、その通りにしたところそろって軽くすんだという。そこは柳の一株ある以外はすべて芋であったので、多分、疱瘡には水より芋がよいであろうと芋を取って用いたが、かえって疱瘡が重くなったという。

江戸からもこの水を取りにくる者が数多くいたというから、あるいは、世にいう効験あらたかな霊水であったのかも知れない。

ところで、江戸時代、中部地方から関東地方にかけては痘痕《あばた》のことをいもといった。

その昔、痘瘡は流行をみると多くの死者を出し、たとえ治っても、ほとんどの人は醜い痘痕面《あばたづら》になったため大変恐れられた。そのため疱瘡の守護神として各地に芋神・芋明神を祀り、痘瘡から逃れることを祈った。

そのひとつが本文に記されてある芋大明神である。そこで筆者は一度ぜひ訪ねてみるべく、詳しい場所を横浜市役所に問合せたところ、「当方の横浜市歴史博物館の近世担当の学芸員に尋ねましたが、本牧町の芋大明神については、資料等ないようです。ただ、『耳袋』の記載内容が実見ではなく、伝聞の内容のようであるので、場所を間違えている可能性もあるのではないかとのことでした」とした上で、本来は長昌寺[13]（金沢区富岡東三―二三―二一）内にある芋明神のことであろうとの返事であった。

なお本文中「疱瘡には池の水より芋がよいであろうと思い、芋を取って用いたがかえって疱瘡が重くなったという」とあるが、この点についてば『新編武蔵風土記稿[14]』に次のような記述がある。

霊芋、社前の池中にあり、池は僅に一間四方、中央に小嶼《こじま》に柳一株たてり。其水中に後生し、形状は白芋

（俗に蓮芋という）に似たれど四時枯れず、これ神号によりて芋を植しものにや。されど霜害をおかして青葉凋まざる、ことに奇と云べし。もし此芋を折りとりなどするものあれば、立所に祟《たたり》ありと、疱瘡を病ものに池水を飲しめ、祈願すれば必恙《つつが》なしといへり、池辺に囲垣あり。

とある。文中の白芋（蓮芋）とは、『広辞苑』によれば「サトイモ科の多年草。暖地の低温地に栽培。通常葉柄を食用とし、芋は小さく硬くて食用にならない」とある。

○疱瘡の神なきとも難申事⑮（巻之七）

予がしれる人の方にて柴田玄養語りけるは、いづれ疱瘡には鬼神のよる所もあるにや。名も聞しが忘れたり。玄養預りの小児に疱瘡にて、玄養療治しけるが、或時病人の申けるは、早々さら湯をかけ、湯を遣ひ度よし申ける故、未かせに不至時日故、難成よし申ければ、かゝる軽き疱瘡にはかさかゝり候はゞ不宜とて、何分早く湯を可遣由強て申故、両親も甚こまり、玄養え呼に越候故参りけるに、しか〴〵の事なりと語りける故、軽き疱瘡なれ共、未詰痂の定日にもいたらず、玄養直々彼病人に向ひて道利《（道理）》を説聞せけるに、かゝる疱瘡に長かゝり合せては迷惑なり、我も外えゆかねばならぬ事也といふ故、いづ方え参る哉と玄養尋ければ、四ツ谷何町何某と申町家え参る由答ける故、奇なる事と思へども、父母と申合、酒湯のまなびしていわゐ抔してけるに、無程肥立て無程相済ぬ。玄養帰宅のうへ、去にても怪敷事をと四ツ谷何町何や某と申者方え人を遣して承りけるに、一両日熱気強小児疱瘡と存よし答《（ママ）》ひける故、然れば彼疱瘡にて、鬼神のよる所ある、諺に又うそならずと物語りせし也。

医師柴田玄養の話では、小児の病人が「早々に湯をつかいたい」という。両親も困り、医師も「治療の途中であり、まだ痂皮（かさぶた）の形成までにも至ってないので早い」と説くのだが、「自分はまだ他所に行かねばならぬ」という。しかもその行き先は四ツ谷何町の何某とまでいう。そこで仕方ないので湯の真似事をしてみたら病気は癒ってしまった。なお、不思議に思った玄養が四ツ谷何町の何某を調べてみると、果たして子供が疱瘡に罹っていた。そこであらためて、疱瘡神が病者の語り口をもっていったことが真実であったことを知った玄養は、世に疱瘡神は実際に居るのかも知れぬと思ったという。まさに医師が疱瘡神の実在性を認めた話である。

○疱瘡重体を不思議に扱ふ事(16)（巻之七）

是も柴田玄養の物語の由。或家の小児、至ての重き疱瘡にて面部口の廻り共に一円にて、弐歳なれば乳を呑事ならず。纔に口のあたり少しの穴ある故、彼穴より乳をしぼり入て諸医療治なせど、誰ありて□《諾カ》といふ者なく各断なるよし。彼小児の祖母の由、逼留して看病なしけるが、立出て玄養に向ひ、此小児御薬も給りけるが全快なるべき哉、諸医不残御断の様、薬給る処は御見込といふある哉と尋ける故、我迚も見込といふ事はなし。強て両親の薬を乞給ふによりあたへしと語りけるに、然る上は御見込もなく十死一生の者と思召候哉、然らば我等療治致候心得有間、此段申承るよしに付、実も十死の症と存る由答へければ、あるじ夫婦を呼びて、是迄医者衆も不残断にて、玄養とてもあの通りなれば、迚《可カ》も不治ものにあらず、然る上は我に与へ、心儘になさしめよ。若、我療治にて食事もなるべき口つきならば可申上と玄養えも断て、彼小児風呂敷に包、我へまかせよと宿へ立帰りし故、玄養はけしからぬ老女と思ひ捨て帰しが、翌日、彼小児乳も呑付候間、療治給り候様申来故、驚てかの許へ至りしに、彼老婆の語りけるは、迚も不治者と存ゆへ、宿元へ帰り湯をあつくわかし、彼小児を右の湯へ入、衣類沢山にきせて火の辺に置てあたゝめしに、一向に出来し痘瘡ひゞわれて、口の所も少し明ける故、乳を付しに給《たべ》付たると語りしが、かゝる奇成事もありしと語りける。

医師も匙を投げるような重体な二歳の乳児を老婆があつくわかした湯に入れ、衣類を沢山着せて火の辺に置てあたためたところ次第に回復してきたので、このような不思議なこともあるものかと医師も驚いたという話。
この時の入浴が酒湯《ささ》を意味したものとは思えないが、当時、酒湯を行うことで、疱瘡神を送り出すことにより、痘瘡の治癒がもたらされると信じられていた。

○痘瘡咽に多く生し時呪の事[17]（巻之九）

疱瘡咽に多く生じぬれば、小児乳を飲、又は食事等に難儀をなすとき、宇津の屋の十ヲ団子に□を黒焼にして用れば、奇妙に食乳を通ずと、小田切かたりけるなり。

文中の「宇津の屋の十ヲ団子」とは、駿河の宇津谷《うつのや》峠の麓の茶店で売っていた名物団子。竹串に小粒の団子を十箇さしてあり、色は赤・白・黄の三種あったという。

〔参考文献・注〕

(1) 根岸鎮衛《やすもり》著、随筆、全一〇巻、文化一一年（一八一四）成る。下級武士から立身して勘定奉行・江戸南町奉行などを勤めた著者の広範囲にわたる見聞録。佐渡奉行として同島在任中に『耳嚢』の著述に着手する。

(2) 根本鎮衛『耳嚢』（『日本庶民生活史料集成』第一六巻、三一書房、一九七三年）四〇五～四〇六頁。

(3) 山東京伝『昔話稲妻表紙』（『日本名著全集』、昭和三年）一八九～一九二頁。

(4) 『大晦日曙草紙』、山東京山作、歌川国貞（三代豊国）・国輝・国政・芳綱・国清画、天保一〇年（一八三九）～安政五年（一八五八）（東京都立中央図書館蔵）。

(5) 村井琴山『痘瘡問答』、享和三年（一八〇三）、京都大学富士川文庫蔵。

(6) 前掲注(2)、四四八～四四九頁。

(7) 同右、四四九頁。

(8) 同右、四四九頁。

(9) 山崎佐『日本疫史及防疫史』（克誠堂書店、昭和六年）一二三一～一二三三頁。

(10)『富士川游著作集』第五巻・民間薬（思文閣出版、一九八一年）三一一～三一二頁。
(11) 前掲注(2)、四四九頁。
(12) 芋明神（川口謙二編『日本の神様読み解き事典』、一九九九年、柏書房、二五五頁）。
(13) 長昌寺（『横浜市文化財調査報告書』第一一輯・金沢金石誌〈その三〉、横浜市教育委員会、一九七九年、二一〇～二一一頁）。
(14) 林述斎編『新編武蔵風土記稿（三）』（歴史図書社、一九六九年）、二三三頁。
(15) 前掲注(2)、四九一頁。
(16) 同右、四九一～四九二頁。
(17) 同右、五七二頁。

25　野乃舎随筆

江戸後期の国学者、大石千引の著作『野乃舎随筆』(1)に次のような文章がある。(2)

疱瘡は続日本紀に天平九年はじめて流行のよしみゆ。和名抄に、皰瘡・唐韻云、皰防教反、面瘡也。又云裳《も》瘡《かさ》と有。もがさは面瘡《おもかさ》の略言にて、此瘡は面を見にくゝする故の名なるべし。いも顔といふは、面瘡の出来たあとあるをいひて、面瘡顔といふ事なるべし。扨天子の御疱瘡は、日本紀略、後一条院寛仁四年四月十三日甲午、今日主上令レ悩二皰瘡一給と有。是より先代の御門、御疱瘡あそばされしもあるべけれど、記録などにつまびらかならず。

痘瘡に関するいろいろな称呼が記載されているが、以下、そのことについて少し考察してみたい。

ところで現在一般に天然痘という病名がひろく使われているが、添川正夫によれば確言することはできないが、

この呼び名は、嘉永二年（一八四九）の『牛痘小考』、同六年（一八五三）の『補憾録』にすでに出現しているという。(3)

一方、「疱瘡」なる名称はかなり古く、すでに平安・鎌倉の時代から出現しており、医師用語のほか「ハウサウ」なる俗称としても広く一般に使用されていた。(4)

ところで、この「疱瘡」という呼び名は、宋の医書の影響によるものだが、室町時代以降近代まで俗称あるいは医師用語として盛んに用いられてきた。

なお、第二次大戦後の現在では、当時の厚生省（現厚生労働省）はそれまで用いてきた「痘瘡」の瘡を平仮名に置き換えて「痘そう」とし、これに倣って医学用語にも同じく「痘そう」なる文字が使用されている。また、「疱瘡」なる言葉は、戦後しばらくは「植え疱瘡」（種痘のこと）として残ったが、種痘が廃止されるや当然のことながら姿を消した。

しかし「天然痘」なる呼び名は、現在でもマスコミや一般人の間では最も通じやすい言葉として好んで使用されている。以下、痘瘡の時代別の称呼と出典について述べてみることにする。

①奈良時代

□天平七年（七三五）

○豌豆瘡《わんづかさ》（俗称裳瘡《もかさ》）

自ㇾ夏至ㇾ冬、天下患㆓豌豆瘡㆒（俗曰裳瘡）夭死者多　　（『続日本紀』）

すなわち、豌豆瘡とは、隋・唐の医書『病源候論』『千金方』に、

其瘡（皰瘡）形如㆓豌豆㆒、亦名㆓豌豆瘡㆒

とあり、その形が豌豆に似ていることから豌豆瘡というとある。また、裳瘡とは、

一児レ患レ之、則一村流行也、猶二裳之曳一レ地也、故名焉　（『大同類聚方』）

にある如く、一児が罹れば全村に広がる痘瘡流行の有様が、裳《もすそ》の地を曳く如くであったことから、名付けられたとされている。

□天年九年（七三七）

○疫瘡

天年九年、夏四月癸亥、太宰管内諸国、疫瘡時行、百姓多死（中略）、十二月、是歳春、疫瘡大発、初自二筑紫一来、経レ夏渉レ秋、公卿以下、天下百姓、相継疫死、不レ可二勝計一、近代以来、未二之有一也　（『続日本紀』）

○赤斑瘡《あかもかさ》

風是疫病名二赤斑瘡一　（『痘瘡治方官符』）

当時、朝廷より諸国司に下された官符には赤斑瘡《あかもかさ》なる病名が使われている。赤斑瘡の称呼は、鎌倉時代に至り、「この名称は正しくこれを用うれば、麻疹に限るべきもの」とされたが、それまでは時々痘瘡にも用いられることがあった。なお天平七年・同九年の痘瘡は史籍によるわが国の第一次・第二次流行とされている。

②平安時代

□延暦九年（七九〇）

○豌豆瘡（俗称裳瘡）

是年秋冬、京畿男女三十歳已下者、悉発二豌豆瘡一（俗謂裳瘡）臥レ疫者衆、其甚者死、天下諸国往々而在、云々　（『続日本紀』）

このほか『栄花物語』にはイモカサ（俗称）の呼び名がある。

□仁寿三年（八五三）

○疱瘡

二月、是月、京師乃畿外、多患二疱瘡一死者其衆、云云　（『文徳実録』）

以上の記述により、疱瘡なる称呼の初出は文徳天皇仁寿三年（八五三）の『文徳実録』に求めることができる。[4] すなわち、疱はふくれる意をもち、皮膚にできる水泡の意味、瘡は皮膚病の総称として用いられた言葉で、この疱瘡なる名称はその後現在まで使用されてきた。

□延喜一五年（九一五）

○皰瘡

十月十六日、有二大祓事一、為レ除二皰瘡一、　（『日本紀略』）

皰瘡なる名称の出現は、延喜一五年の『日本紀略』に初めて記載されたことによると思われる。また、承平年間（九三一～九三七）撰修された源順の『倭名類聚鈔《わみょうるいじゅうしょう》』には、

延暦以前、皆謂二之豌豆瘡或疫瘡一、未レ有二皰瘡名一、

とあり、初めて皰瘡の名称が挙げられて、これに毛加佐《もかさ》と訓が付けられている。このほか、永観二年（九八四）に丹波康頼が撰した『医心方』は隋・唐の諸医書を抜粋したものであるが、これにも皰瘡の称呼が用いられている。

この皰とは、あわの意の泡からきていて、皮膚にできるあわに似たもの、則ち小さなふきでものがまず顔面にでき（面瘡《おもかさ》）、ついで手足軀幹に及ぶものを指していい、疱と相通ずる言葉で、これ以後多く用いられた。した

がって、豌豆瘡または疱瘡の称呼は、承平年間には、すでに廃れたとされている。

□長元九年（一〇三六）

○モカサ

この年もがさ夏よりいでて人々わづらいけるに云云

皰瘡は、医学上の呼び名として用いられたが、当時の俗称もまたモカサといわれた。

このことは、奈良時代以来変ることはなかったが、モカサにはいろいろな字が充てられた。(5) 裳瘡（『続日本紀』）・喪瘡（『本朝世紀』）・毛加佐（『倭名類聚鈔』）、あるいは皰瘡（『倭名類聚鈔』）にモカサの仮名が付けられた。

③鎌倉時代

この時代には主として疱瘡・皰瘡なる称呼が多く用いられたが、梶原性全の『万安方』（正和四年＝一三一五）によれば、あらたに豆瘡なる呼び名も現れ、また豌豆瘡にモカサの訓がつけられている。なお、俗間には「モカサ」の名称が通じていたようである。また、平安末期に『色葉字類抄《いろはじるいしょう》』として刊行され、鎌倉初期に増補完成したと伝えられる『伊呂波類抄《いろはるいしょう》』には、皰瘡にイモカサ・モカサあるいは疱瘡にモガサと仮名を付けてある。

このほか、赤斑瘡《あかもかさ》・赤疱瘡《あかもかさ》の呼び名（『百錬抄』『吾妻鏡』）もあり、これらの名称は麻疹に限らず痘瘡にも用いられていたことがわかる。しかし、これについては、当時、痘瘡と麻疹が同一視されていたためとの説もある。(6)

④南北朝時代

主として疱瘡なる名称（『皇年代記』『大乗院年代記』等）が用いられていた。

⑤室町時代

室町時代になると、前期疱瘡の称呼のほかに、痘瘡の名称（『後愚味記』『花営三代記』等）が多く用いられ、単に痘と呼ばれることもあった（『妙法寺記』）。

痘瘡とは、その形が荳（まめの意）に似ていることによって名づけられたとされており、これは宋の医書の影響によるものである。また、この時代に成立した国語辞書『節用集』には、疱にモガサの訓が付けられている。

□享徳二年（一四五三）

○いもやみ

此年京洛小児イモヤミして多死　（『立川寺年代記』）

この時代、俗称としてイモヤミあるいは単にイモの名称が使われた。(7)このイモヤミは平安時代にすでに用いられていたイモカサ（『栄花物語』）の称呼と同じ意味であるとされており、伊茂瘡《いもかさ》・伊茂《いも》・芋《いも》の字が充てられた。

⑥江戸時代

平安時代から鎌倉・室町時代を通じて用いられてきた疱瘡なる称呼は、江戸時代に入っても盛んに使用されたが、一方、痘疹・痘疱、または単に痘なる名称もまた多く用いられた。

□元和五年（一六一九）

○痘瘡

自レ夏、至レ秋、旱魃、痘瘡及疫疾流行、人蓄多死　（『続皇年代略記』）

江戸時代においては、医家は概して痘瘡または痘疹の称呼を用い、民間においては一般にイモ・モカサ・ハウサウの俗称が使用された。たとえば、桂州子の貞享三年（一六八六）刊行の『病名彙考』には、痘瘡の字の左と右とにトウサウとモカサとの仮名を付し、俗に疱瘡《ほうそう》というと注してある。

そのほか、元禄八年（一六九五）の岡本一抱の『病因指南』には、痘瘡・モカサ・疱瘡《ほうそう》とあり、享保七年（一七二二）刊行の寺島良安著『済生宝』には、痘瘡・芋瘡《いもかさ》とあるほか、痘瘡にはモカサとの傍訓が付されている。

ところで、この痘瘡なる称呼は、現在も学名として使用されており、疱瘡なる名称も今なお一般に広く使用されている。

ただし、天然痘なる呼び名は江戸時代の書籍にはあまり見当らず、明治七～八年（一八七四～七五）頃の「痘瘡関係法令」以来、公式用語としてしばしば使用されるようになった。しかしその後、公式文書における文言としては、明治一八年（一八八五）太政官布告の「種痘規則」あたりを最後に姿を消して以来使用されていない、もちろん一般的には、マスコミをも含めて現在なお広く使用されているのはご存知の通りである。

以上、記述した如く、痘瘡と呼ばれた疫病はそれぞれの時代によって、さまざまな称呼が使われてきた。しかもそれらは、その時々においてあるいは俗称として使われ、あるいは医学用語（医師用語）・行政用語（官用語）として使用され、その間に明らかな区別は見られなかった。そこでこの点について次のことを追記しておきたい。それは以前、筆者が某書に、

極めて大雑把にいえば古くから、痘瘡は学名として使用されてきたのに対し、疱瘡は俗称として使用されてきた。また、天然痘なる呼び名は明治七・八年頃から、国の法令の文言に使われるようになったが、それにも増して一般に広く使用されるようになった。

と記したのに対し、『日本痘苗史序説』の著者でもある北里研究所の名誉部長添川正夫から次のようなご意見をいただいたことについてである。

痘瘡は学名として使用されてきたことについては、仰せの通りだが、疱瘡が俗称として使用されてきたと云う点については、鎌倉時代の医書にも疱瘡なる病名は使われており、俗称と云い切ることはできない。また、天然痘なる呼び名は確言することはできないが、嘉永二年（一八四九）発行の『牛痘小考』、同六年（一八五三）発行の『補憾録』には、すでにその病名が見られることから、少なくとも明治七年（一八七四）の種痘規則よりも可成り前から使われていたことは確かである。

まことにご指摘の通りといわざるを得ない。

なお、現在では先にも触れた通り、いずれの医学書・専門書をはじめいっさいの公文書も「痘そう」なる用語で統一されている。

但し本書では、筆者自身、痘を漢字でそうを平仮名で書くことを好まぬため、あえてそうを瘡に置き換えて記述してある。この点については添川氏と同意見である。

〔参考文献・注〕

（1）本書は自らの経験をまじえて、東西の見聞記が七二項にわたって記載されている。父大石隣は下野烏山藩士であったが、故あって致仕して本所深川に住居す。大石千引大人著、文政三年（一八二〇）刊。

（2）『野乃舎随筆』（『日本随筆大成』第一期第一二巻、吉川弘文館、一九二七年）四五六頁。

（3）添川正夫「近代における天然痘の防疫・治療」（『日本医事新報』三五一八号、一九九一年）一三六～一三七頁。

（4）平安時代前期の仁寿三年（八五三）に書かれた『文徳実録』に見るのが初出である（富士川游『日本医学史』、形成社、一九七九年、七五七～七五八頁）。

（5）裳瘡《もかさ》（病人が一人発生すると、全村に拡がる痘瘡流行の有様が、裳で地を曳く如くであったための呼称）、喪瘡《もかさ》（患者を隔離山居せしめることが喪に服するものに似たるための呼称）。そのほか、居《い》喪瘡《もかさ》・忌瘡《いみかさ》の名称も用いられた。また、面瘡《もかさ》（痘疹の発疹が面部に著しく現われて独自の様相を呈するための名称）も使用された。

（6）麻疹のわが国における最初の流行は、長徳四年（九九八）で、以来、赤疱瘡《あかもかさ》、稲目瘡《いなめかさ》、麻子瘡、赤斑瘡《あかもかさ》などの称呼が使われている。これに対して「麻疹《はしか》」という呼び名は、室町時代の大永二年（一五二二）になって生まれたものである（富士川游、前掲注4、一七〇頁）。

（7）いもの語源は必ずしもはっきりしないが、「おもがさ＝面瘡」がいもがさに転じ、さらに「いも」と変化したものと思われる。あるいはイム（忌ム）から、イモが導かれたとする説もある。

26　甲子夜話

肥前平戸の藩主松浦静山により文政四年（一八二一）一一月一七日甲子《かっし》の夜より起稿された『甲子夜話』(1)には、痘瘡に関する次のような記述がある。

○痘神を罵(2)（続篇巻廿一）

去年の〔丁亥〕こととよ。御本丸の表坊主に河野辺修徳と云しは、横紙やぶりの男なりしが、又、非人車善七の手下に、田中治兵衛と云《いふ》者あり。比もの疱瘡神を役使することを得て、因て諸人この治兵衛へ頼みて、これが軽症を祈る。或は金百匹又は二百匹を贈れば、金数に従つて痘の軽きをなすと。或とき修徳が家人その小児のことを祈りしに、治兵衛、修徳が不在なる日来りてその妻に告るには、こゝの御小児は難痘ならんと、未来を云ひ、今三百匹を備へられば軽痘と為《なさ》ん迚《とて》、守護札を置て出づ。修徳還てこれを聞く。迺《すなはち》妻に謂て曰く。この札もとより非人の与ふる所なれば、神も亦賤むべし。置くも穢《けがら》はし迚、足もて蹴出したり。妻婢駭《おどろ》き又懼《おそ》る。修徳愈々罵て止まず。然るに日あらずして此の小児痘を患ふ。家人みな其祟《たたり》を畏れ色を失ふ。かゝるに、修徳が多子の中にて、この小児殊に軽痘なりしと。予にこの事を話したる者有りて、大に笑ひ木《き》。

大変奇妙な話である。ところで江戸時代、疱瘡は〝お役〟とされ、人生における通過儀礼と考えられたため、誰もが軽くすむことを願った。そのため多くの呪法・呪符、あるいは願掛けが広く一般に普及したから、時にはこんな話があったのかも知れない。

○痘神(3)（続篇・巻八十）

十七日、きのふの途の程のことなるに村々の戸毎に小き足半《あしなか》を竹杖の頭に貫きてたて置たり其ゆゑを聞に今此辺に痘瘡流行すれば其患免れんが為なりといふ其事を問に此病に神あり少童《わかしご》好女《をなご》老嫗《うば》数種《かずく》あり此中少童好女来ることあれば其やまひかろし嫗来れば痘至て重し因て予これを設る時は嫗来り杖履を視て爺夫《ぢいどの》はや来り居給ふと曰て還て戸に入らずすれば其難を免るなりといへり奇しくをかしきことなりけふははや筑前の国に至り原田に宿れり。

つまりこういうことなのである。九州・佐賀のある村において、各自の戸ごとに小さな足半《あしなか》（注：草履の一種。踵《かかと》の部分がなく足の半ばくらいの短かいもの）を竹杖の先に貫いて立ててある。その理由は痘瘡を流行させる神は少童《わかしご》好女《おなご》老嫗《うば》とさまざまいるが、少童・好女の神がくるならば軽い疱瘡であるが、老嫗《うば》である神がきたならば病いは大変重くなるとされた。そこで、この杖履を立てて置けば老嫗がきても、それを見て「爺父《じいどの》、はや来り居給ふ」と言い、あえてその家には入らない。そのため、疱瘡の難を無事に免れることができるというのである。

　このように門口に呪具を下げ、あるいは呪符を貼りつけ、または護符を身につけて邪神・邪霊の災厄から守護するという習俗は古くから存在したが、江戸時代中期、疱瘡神なる特定の神が誕生して以来、一層盛んに行われるようになった。

以下、呪具及び呪符・護符について少し説明して見ることにする。

呪具つまり呪術的な効果をもつとされる物を身につけ、あるいは戸口や窓の上に吊して疫病除けとしたが、その使用される物には金・銀・鉄・石・宝石などの鉱物、動物の骨・歯・角や毛・植物の根や堅果をはじめ、聖者の遺品や、聖地の砂や水等々、自然物・人工物にわたりその数は限りない。そのうちとくに昔から知られるものに「茅《ち》の輪」があり、痘瘡を軽くする呪物としてはフランカステテンがある。

呪符（護符・御符・守り札）とは、紙に神仏の名や形像、呪文・経文・密教の種子、真言、神使とされている動物などを書いた札をいう。これを肌身につけ、または飲んだり、壁に貼り付けたりしておくと、神仏の加護が得られ災厄を避けることができると信じられた。しかし、やがて神仏の守護を求める信仰から離れて、例えば「鎮西八郎為朝御宿」というような札を出して疫病を退散させようとする呪符とも称すべきものが一般に広く使用されるようになった。

そのうち疫病除け・疱瘡除けの呪符として用いられたものは、次の三つに大別することができる。

①特別の文字・呪文・歌・発句などを用いた呪符

災厄を避ける威力があるとして呪符に用いられる文字は、天・龍・虎・主・命・勝・喼・大・水・日の十文字である。また呪文はいろいろあるが、多くは光明真言・不動明王真言（陀羅尼《だらに》）・阿利帝真言・愛染妙王などの真言が用いられる。一般的には熊野をはじめとする牛王の呪符、蘇民将来の護符、孫嫡子の守り札などがよく知られているが、ただし、呪符・護符に書かれている文字は、「急々如律令《きゅうきゅうにょりつれい》」や「撡抬撡掐《さんばらさんばら》」といった意味不明のものが多い。

また、疾病除けの呪符としては聻（漸・耳の二字をつめたもの、陰司鬼の名、「人死して鬼となり鬼死して聻となる」と『西陽雑爼』に記載)。あるいは饕餮乙(中国の『群談採余』なる書物に記載)の三字を紙片に書いて門戸に貼ることが行われた。

このほか疫病に対する歌の呪符もあり、これを門戸に貼れば疫神が家に入らないとされた。とくに痘瘡除けのまじないに用いられた歌の呪符としては、次のようなものが知られている。

むかしよりやくそくなれはもみぢばも病とは知らず神垣の内

もみぢ川流れて清き水なればあくたはしづむぬしはさかへな

このほか、痘者ある家の神棚側に貼り置く歌としては、

痘瘡のやとはとゝへはあともなしこのところにはいもせざらまし

が用いられた。

このように呪歌は主として五・七・五・七・七の音律をもつ短歌の形式のものが多いが、この七五調を主体とする短歌の形式をそなえているのは、この形式が日本人にもっとも記憶しやすいということに基づくものと考えられる。それと同時に、五音と七音、さらにこれと一定の形に組み合わせた律語律文は、聞く側にとっても音楽的快感を享受することができるものとされている。

②英雄・豪傑の名、絵像を用いた呪符

代表的なものは、「鎮西八郎為朝武者姿」「鎮西八郎箭根」の図柄の疱瘡護符であり、この他「鎮西八郎為朝宿」と書いた紙を門口に貼って痘瘡除けの呪符とした。

また、同様な発想で「佐々良三八宿」と書いた紙、あるいは、「笹野才蔵」の像を印刷した紙片を門口に貼っておくと疱瘡から逃れられるとの習俗も存在した。

③疱瘡神との間に、とり交わされた約束があると伝えられる特定の人物の名を用いた呪符最も有名なものは「蘇民将来子孫也」あるいは「湯尾峠御孫嫡子」の呪符であるが、このほか、「疱瘡神との約束の事」として各地にひろく知られたものに、「小川与惣右衛門船にて約束の事」「組屋六郎左衛門子孫」「釣舟清次」「仁賀保金七郎」などがある（『洗心録』参照、二六九～七三頁）。

〔参考文献・補注〕

（1）随筆。江戸後期の肥前平戸の藩主松浦静山の著書。文政四年（一八二一）一一月一七日甲子の夜より起稿。正続各一〇〇巻、後編七八巻。大名・旗本の逸話、市井の風俗などの見聞を筆録したもの。

（2）松浦静山『甲子夜話続篇(2)』（平凡社、一九七七年）一一四頁。

（3）『甲子夜話続篇』第三（国書刊行会、一九一一年）一〇八頁。

27 北夷談

二四年間、蝦夷地取締御用掛としてもっぱら蝦夷地のことに当った松前藩吏松田伝十郎の紀行・見聞録『北夷談』(1)には、次のような惨状が記述されている。(2)

（寛政十二庚申のとし）

一、二月上旬より疱瘡流行して場所〳〵騒動す。其起りは松前家足軽壱人、膃肭臍テバ舟の事に付ヲシヤマン（長万部）べより夷人壱人召連ウス地名に来り、夷家に止宿す。此家は三人暮しにて、いづれも老人なり。然る処ヲシヤマンべより召連たる夷人疱瘡を煩ひ、家内のもの騒立、乙名をも訴出るゆへ、病人を早々ヲシヤマンべえさし戻し、両三日過其家のもの一時に右病症のよし。夷人ども騒動におよび、番人を附置介抱手当等手を尽すといへども、初熱疱瘡発せるに死するゆへ、種々心配し、力の及ぶだけ世話すれども、甲斐もなく、歎ケ敷事どもなり。夷人の風儀にて、其家を焼払へば一同念も晴れ病も失せるよしにて、右家を焼払ひたるに、十日程も立、右焼払ひたる両隣家より一時に疱瘡発し、村中騒立、うろたへ、残らず山中に逃去り、諸処へ散乱せしが、往先々にて煩《わつらゐ》付、直に其所に倒れ死す。誠に歎ケ敷あり様なり。仁三郎自身こゝかしことはせ廻るといへども、大勢の事なれば中々行届かず、中には熱におかされ、弓、矢或は庖丁等を持て狂ひ歩き、番人等もあきれはて、うろたへるのみにて、寝食をも安すんぜず。ウス場所人別男女弐百五十人余の内、四十人余死亡におよびたり。右にて防とめ、病人もなく穏になりたれども、追々御役人通行ありて、継立人足夷壱人も居合せず、おさし支へ、其段は兼て箱館へ注進いたし置といへども、奥地行のもの追々来着にて心配の処、二月中旬にアブタ場所に疱瘡流行のよし訴出、夷人騒立、同所は人別男女五百人余にて大場所なり。乙名夷はじめ夷人ども一同申立るは、疱瘡流行しては一同命に拘る間逃去る段申出、人命にかゝわることゆへ其意にまかせたりしに、一日の中に残(ら)ず散乱す。いまだ雪ふかく、山中に入りても食料にさし支、餓死におよびては済ざることなれば、米、煙草少々宛持たせ遣し、猶通詞熊次郎に尋る処、当所より一里半ほど山にいり大沼あり、此処へ立退けば小魚を取食ひ凌ぐべく、さすれば気遣なき旨申聞るゆへ、其意にまかせ、アブタの方にてはコザクラ人名と云夷人一戸にして煩止る。此もの七人暮しの処、家内残らず煩ひ、五歳ばかりにも成女子壱人助命し、あとは皆死亡したり。夫より道法十五里ほど隔り、ホロペツ地名と云所に右病症出来して、夷人ども散乱のよし届来る。夫より同所へ相越し、それ〳〵手配申付、残らず立退せければ、此所にも夷家一戸にて両人煩ひ静になり、此所にて止り、奥地へは流行せず。此疱瘡西蝦夷地へぬけ、一円に流行せしよし、西地はいまだ松前家進退にて、手当方も行届(か)ず、奥地アツケシ地名ネモロ地名辺へ夷人大勢散乱せし由噂す。其後西地一円上地になり、仁三郎彼地へ相こす砌見聞する処、其節の疱瘡にて三ケ村退転す。其あとあり。其外場所々々にて死亡のものおふく（多）、東地へ離散のものは彼地に止り帰村なきよし支配人、番人等はなしなり。扨蝦夷地にては、疱瘡病夷人の一大事にして、右病をうくるもの十人が十人助（か）るものなく、誠に騒動の基なり。前にも記せるごとく、親たるもの煩付ば其子逃去り、子たるもの病つけば親逃去り、夫煩ひ付ば妻逃さり、妻煩付ば夫逃去りぬこと、是は此地の風俗にして、俄に利害申諭したりとも中々止がたく、右の通り散乱するゆへ、隣場所にては是を嫌ふことゆへ、乙名ども訴出、其場所詰合よりきびしく掛合ありて、筆諭のみにして益なし。村境へ番人を出し置て夷人の往来を留め、他村へ移らせざる様肝要となし、逃去るもの、男女とも銘々面に鍋墨を塗り山中へ隠れ居れば其病を遁る事此国の風と見へ、取扱てこれを知なり。云々、

その惨状はまさに目を覆うものがあるが、このほか北海道の事情を詳しく紹介した最も古い文書の一つ、松宮観山の『蝦夷談筆記』(3)にも次のような記載がある。(4)

蝦夷地と松前地との境の義（儀）しかと限は無二御座一候。西在郷は田沢、乙部、東在郷はちこない、しやつかり、茂辺地、富川、へけれ地辺迄、人間（日本人の事を云）と入交り、蝦夷人居住仕候。しやも（日本人の事）の中に交り候て住居仕候義好不レ申哉段々蝦夷地へ引入候て、近年は少く罷有、田沢、乙部抔のゑぞは疱瘡疹に死亡仕、只今は大方絶中候事。

松前地方に初めて痘瘡が流行したのは、記録の上では天明三年（一七八三）のことである。それ以来たびたび流行を見ているが、アイヌにとっては新しい経験であったので、免疫も抵抗力もなく、その都度大量の死者を出した。ことにそれが和人との接触の頻化につれて蝦夷地に持ち込まれると、その状況は、ますます悲惨さを加え

た。

ことに寛政一一年(一七九九)以来、幕府の開発が積極化すると、疱瘡は流行のたびごとに猛威を振い、爾来、北海道は半世紀の間に実に人口の三分の一を失なったとさえいわれている。

アイヌの人々は、これは世界を飛び歩く悪神パコロカムイ(5)の仕業であるとし、呪術の最高位を占めるとされる様々の呪法をもって対抗した。

ようやく疱瘡の被害が治まったのは、安政四年(一八五七)、箱館奉行により蝦夷地に強制牛痘種が実施されてからである。

〔参考文献・注〕

(1) 寛政一一年(一七九九)より文政五年(一八二二)の二四年間、蝦夷地取締御用掛としてもっぱら蝦夷地のことに当った松前藩幕吏松田伝十郎が、蝦夷地で経験・見聞した事どもを由緒書風に書き残したものである。

(2) 『北夷談』(『日本庶民生活史料集成』第四巻、三一書房、一九六八年)九八〜九九頁。

(3) 松前・蝦夷地の事情全般にわたって記述したもの。宝永七年(一七一〇)、幕府巡見使として松前に渡った軍学者北条新左衛門に従って来島した松宮観山が、おそらく一行の案内役であった松前蝦夷通詞の談話を筆記したものである(聞書筆記「宝永七年寅七月記」と書した写本あり)。

(4) 『蝦夷談筆記』(『日本庶民生活史料集成』第四巻、三一書房、一九六九年)三八九頁。

(5) アイヌの人々が疱瘡神と信ずる神は多くの異名をもつが、パコロカムイ〔パ(伝染病の原因)をもつ神〕・アプカシカムイ〔巡行する神〕などが代表的。疱瘡ならずとも流行性の病気はこの神の仲間であるという。これらの神は渡り鳥として目に見えるともいい、その鳥の正体はさまざまにいわれている(知里真志保「分類アイヌ語辞典」人間篇、『知里真志保著作集』別巻Ⅱ、平凡社、一九七五年、一一四九頁)。

28　一話一言

江戸後期の狂歌師・戯作者の大田南畝（別名蜀山人、一七四九〜一八二三）の『一話一言』(1)に次のような文章がある。

○鷺大明神（巻十三）

出雲株築大神ニ入摂社ト云、瓊瓊株尊ト云、或説大己貴命ノ稲背ハギ也ト云。因幡国八上姫《ヤカミヒメ》ト兎ノヤケドヲ大己貴命薬ヲ教ル白兎大明神ト云フヲ訛リテサギ大明神ト云。本所吉川源十郎内ニ出雲ヨリ祭ル疱瘡ノ神也。

按雑司谷鬼子母神末社鷺大明神アリ(2)。

香山牛山の『小児必用養育草』（元禄一六年＝一七〇三）によれば、疱瘡の神としては住吉大明神についてのみ記していることから、元禄の頃までは疱瘡神の種類はあまり多いものではなかったと思われる(3)。

しかし、その後、庶民はあらたに痘瘡を掌《つかさど》るとする疱瘡神を創造しこれらを祀って痘瘡から逃れようとした。またそれと共に、疱瘡除けの護符を出す神社仏閣も次第にその数を増した。たとえば、明和三年（一七六六）五月、橋本静観翁の集輯した『疱瘡厭《まじない》勝秘伝集』の「疱瘡除神符出る所」によれば、当時、江戸府中には一二を数えたとあり(4)、この中には文中の雑司谷の鷺大明神も記載されている。

なお、関根邦之助の研究によれば、江戸時代、疱瘡神を祀っていた神社は、江戸では二五社、秩父地方では一〇社に及んだという(5)。

ところで、痘瘡を流行《はや》らせる疱瘡神と痘瘡から守ってくれる疱瘡守護神との信仰、あるいは儀礼上の区別はかなり曖昧で判然とはしない。ただ、日本の祭りの全体構造のなかに、基本的軸となっている神迎え・神送りの形式に倣い、丁重に祀り上げ、そして祀り棄てるといった一連の儀礼により、悪神の中の善なる神格を想定して福神化するといった日本人独特の神観念がある。したがって疱瘡神もまた守り神として信仰されたのが実情である。なお、関根邦之助によれば、疫病守護神としての疱瘡神は、しばしば「……明神」とか「……大明神」という呼ばれ方をしていたという。

次に文中の「白兎大明神ト云フヲ訛リテサギ大明神ト云」という点について少し触れてみたい。これに関して本居宣長は『古事記伝』において、〝鷺〟は〝兎〟の略されたものであるとする語源説を紹介している(6)。勿論ここでいう兎とは『古事記』の伝える日本神話に出てくる稲羽（いなば）の白兎のことで、内容はおきの島から出雲へ渡るため、ワニ（注：鮫の古名）一族に数比べをしようと欺いてその背を渡り、あげくのはてに、怒ったワニに皮を剝ぎ取られ赤裸となった例の兎である。そこに大国主命たちがやってくるのだが、意地の悪い八十神《やそがみ》（大国主命の兄弟）はいっそう痛い思いをさせようと海水を浴び風に吹かれることをすすめる。八十神の言葉に従った兎は潮で痛められて泣いてるところに大国主命が通りかかり、清水で身を洗い、蒲《がま》の穂を敷いて寝ていよと教え、その通りにして兎は回復したという神話である。

以上、受傷した兎が、海水を浴び風に吹かれることをすすめられ、そのあと清水で身を洗い蒲《がま》の穂(7)にくるまってようやく傷が治ったという話には、実は消毒・乾燥・洗滌・塗布といった皮膚外傷に対する基本的治療法が示されている。しかも前述の語源説や因幡は鷺大明神の所在地に近いことから考えると、鷺大明神が疾病平癒の神として信仰されるにいたったのは理解できるところである。

ところで、日向佐土原の修験者野田泉光院が六年以上の長期にわたり海内諸国の名山霊蹟を巡拝して記した『日本九峰修行日記』によれば、次のような記述がある(8)。

○文化十一年四月十六日

海辺へ出て鷺大明神と云ふに詣て納経す。是疱瘡の守護神日本第一也と云ふ。御大内御疱の時は御代参詣つと社主の話し、又近村の者疱瘡前には此の社段の石を申請け帰り、疱瘡成就の上返すとのこと也。余も小石一つ拾ひ来れり。

以上の文によると、この鷺大明神の近隣の人々は疱瘡が流行すると、境内の小石を頂いて家に持ち帰り、流行が無事終るとその小石を返納することになっていたとある。つまり神社の霊的呪力の一部を小石を通じて受けようとする呪術で、いわゆる小石の拝受・返納の習俗が古くから行われていたことがわかる。また別の文献によれば、この鷺大明神には笠の拝受とその返納という、小石の場合と同様の習俗もあったという。つまり痘瘡が流行すると、まだ痘瘡にかかっていない子供たちにこの神社の笠を被らせ痘瘡の軽くすむことを願った。笠は〝瘡《かさ》〟に通ずることから、神の冥護の象徴となったのだろうが、笠を拝借し病いが癒ると笠を二つ返納し、次に祈願する者も一つを借りて二つを返納するため神社の中には笠がどんどん増えていったという。

ところで、本居宣長の『古事記伝』(6)にはこの笠について次のような記事がある。

謂㆓菟神《ト》㆒、この神社今も有《リ》や、くはしく国人に尋ぬべきことなり、〔伯耆《ノ》国人の云く、本国八橋《ノ》郡束積《ツカヅミ》村に、鷺《サギ》大明神と云あり、大穴持《ノ》命を祭ると云り、件《ノ》両社の神主細谷《ホソヤ》大和と云、さてその鷺大明神を、疱瘡《モガサ》の守《リ》神なりと云て、そのわたりの諸人あふぎ尊みて、小児の疱瘡の軽《カロ》からむことを祈《イノ》る、まづ初《メ》に此《ノ》願を立るときに、此社に詣《マウデ》て、竹《ノ》皮の笠を一蓋借《リ》て帰《リ》て、家《ノ》内に斎《イハ》ひ置て、その児疱瘡をことなくしをへぬれば、賽《カヘリマヲシ》に同じさまの笠を今一蓋添《ヘ》て、初《メ》のと共に、かの社に返し納《メ》奉る、此《ノ》笠どもはみな、神の御前に積《ツミ》置《ク》を、又後に祈《リ》かくる者は、一蓋づゝ借《リ》て帰るなり。さて其《ノ》束積《ツカヅミ》のあたりに、木江川《キノエガハ》とて大《キナル》河ありて、其川の海に落る処、塩津浦とて、隠岐の知夫里《チブリノ》湊その向ひに当れり、さて因幡の気多郡《ノ》は、伯耆の堺にて、束積村とは、五六里隔《ヘダ》たれりと語りき、此《レ》因幡の気多前《ノサキ》とあるには合《ハ》ざれども、若《シ》は菟神は此《ノ》社にて、鷺とは、菟を誤りたるならむか、疱瘡を祈るも、此《ノ》段の故事に縁あることなり、和名抄によるに、束積郷《ノ》は汗入郡《ノ》なるを、八橋《ノ》郡なるは、今は八橋《ノ》郡に属《ツケ》るなるべし。さて彼《ノ》木《ノ》江川の落口、塩津と云地《トコロ》、蒲黄を取し水門《ミナト》ならむか、猶よく尋ぬべし、貝原好古が和爾雅《ワジガ》(9)てふ物に、伯耆《ノ》国素菟《ウサギ》大明神と云を載《セ》たるも、彼《ノ》社を云るにやあらむ〕

先にも述べた如く、笠は瘡《かさ》と同音である。このことから鷺大明神の霊的呪力を笠を通じて拝受し、願いが適《かな》えられると笠を倍にして返納する習俗が生まれたものと考えられる。

また鷺は、兎の略されたものであるとされるが、因幡は鷺大明神の所在地であり、因幡の白兎といえば誰だって大国主命との神話に出てくる白兎のことが思い出されるはずである。となれば鷺大明神が疾病平癒に効験あらたかであるという謂《いわ》れも理解できるはずである。

〔参考文献・注〕

(1) 随筆。大田南畝著。全五六巻。文学・書画・外国事情・風俗・巷談など、学殖深い著者の心のままに書き留められた江戸随筆の代表作。安永四年(一七七五)頃から文政五年(一八二二)頃まで約五〇年間にわたるもの。
(2) 大田南畝『一話一言』(『日本随筆大成』別巻二、吉川弘文館、一九七八年)二一九頁。
(3) 山崎佐『日本疫史及防疫史』(克誠堂書店、一九三一年)二〇七頁。
(4) 同右、二〇八～二〇九頁。
(5) 関根邦之助「疱瘡神について」(『日本歴史』三〇一号、吉川弘文館、一九七三年)一二六～一二七頁。
(6) 『古事記伝』十之巻(『本居宣長全集』第九巻、筑摩書房、一九六八年)四三二～四三三頁。
(7) 蒲《がま》はガマ科の多年草で、淡水の湿地に生える。高さ約二メートル、雌雄同種。炎症を抑制し止血作用があり、また漢方ではかわかして利尿剤として内用もされる。そのほか食用とされる。

(8) 野田泉光院『日本九峰修行日記』(『日本庶民生活史料集成』第二巻、三一書房)一九六一年。

(9) 辞書。貝原好古《よしふる》(一六六四—一七〇〇)著。全八巻。元禄七年(一六九四)刊。『爾雅』にならって作ったもので、天文・地理など二四門に分類して漢語を挙げ、意味・用法を注した。

29 秋山記行

文政一一年(一八二八)、鈴木牧之[1]は平家の落人村という言伝えのある秘境秋山郷を訪ね、『秋山記行』[2]なる探訪録を出版した。その中に三カ所ほど疱瘡に関する次のような記述がある。[3]

○や丶夕陽近くノジ(注:野土、現在の中魚沼郡津南町大字太田新田)となん云村(に至る)。凡三十軒も(の)草の屋、在辺に似ぬ町并に造りならべ、けふの秋日和に、門毎に粟・稗・刈稲など処せき迄干《ほし》、筵の取仕末最中に(てあれど)、咽乾て、いかにも棟高き茅屋に、一椀の湯を乞ふに、渋茶も渇に饉て甘露の如く、二、三盃引かけ(ぬ)。この処も疱瘡を嫌ひ、家毎の門に七五三《しめ》縄張り、秋のせわしきを見て、

きらわる丶ほうそう神も嫌ふらん　粟稗がちにたべるのじ村

○少し小高き処へ登りけるが、七五三縄張りて、其真中にいさ丶かなる高札あり。読て見れば、ほうそうあるむらかたのもの、これよりうちいかならずいるべからずと、仮字《かなじ》に童蒙の筆らしく書て建たり。暫休らへて樋屋に評して曰、何れ秋山人は正直一遍の所なるべし、譬里人疱瘡ある村にても、商人・薬売などは此方の村には疱瘡はないと唱へて入べきに、扨々可笑事ならずや。

是より間もなく、秋山第一番の入口、清水川原と云ふ村に至りぬ。

秋山ノ口ニ張二七五三《しめなわ》ヲ一、岸ハ如ク二屏風ノ一飯中津ノ南、此処仮字《かなの》読ハ二高札一、疱瘡村ノ総ハ忌ム二女男一(4)

九州・佐渡原の安宮寺住職であった野田泉光院は廻国の六年間に各地においてさまざまな痘瘡対策の様相を見聞する機会を得て、たとえば文化一三年一一月二七日の日記には次のように記している(5)。

此村折節疱瘡流行して甚だ賑々し、屋敷の廻りに赤紙の幣注連を曳き廻し、庭にも柴木を立て、幣帛を飾り、家の内には赤紙の幣を長々と掛け廻し、三味大鼓にて踊れり。吾々共へ疱瘡安全とて賽銭多く上げられたり。

このように、赤紙の注連縄《しめなわ》を曳き廻し、赤い幣束を飾るのは、外来の疫神による仕業と考えられた痘瘡に対する呪的対抗の手段である。衆知の如く、古来赤は魔除け・災難除けの代表的な色彩とされてきた。このため、痘瘡の原因が疫鬼・荒神の怒り、悪霊・死霊の祟《たた》りとされた時代は勿論のこと、やがて江戸中期にいたり痘瘡を掌《つかさど》るとする疱瘡神なる新たな疫神が出現するや、赤色をもって痘瘡を避けんとする習俗はますます盛んに行われた。

○此老人が云ふ。我々壮年の頃迄悉疱瘡を嫌ふ事は秋山と同じけれども、近頃は偶《たまたま》いたすもの稀にありても、是を禁事甚し。隣村ノジ村にて此秋は疱瘡するものあり。必村法にて山へ小屋掛して病人を出し。是則秋山の趣なり。其看病人には、遠近の村里より毎々疱瘡いたせしもの頼んで、食事・煎薬抔を取噯《あつか》ふとの事、況五、六十年の昔想像せり。実に此見玉・ノジ村等は秋山の谷口の入口にて、さも有べき事也(6)。

文化一一年刊、橋本伯寿の『国字断毒論』(7)に、

痘瘡は気運、時候にて病むやまひにあらず。元来日本の土地の気にて起る病にもあらざる証拠は、信濃国木曾の御嶽、同国秋山郷、飛驒の白川郷、美濃の岩村領、伊豆の八丈島、越後の妻有《つまり》の庄、紀伊の熊野、周防の岩国、伊予の露之峯、土佐の別枝《べつあ》、肥前の大村、同国の五島、肥後の天草島は、いにしへより今に至るま

で痘瘡を病むことなし。是れ全く神仏の加護にもあらず、薬を用ふるにもあらず、唯痘瘡を病むものを其土地へ入れず、痘瘡ある所へは通行せざる故なり。

とある。

これらの地方に痘瘡がなかったのは、まさに本文にみるごとく、罹病した者は村里を離れた所に小屋を作り、既往患者に介抱させ、結痂のおちたのち家に帰るという習わしであったためで、この風習は明治初年種痘の行われるまで続いた。

〔参考文献・注〕

(1) 鈴木牧之(一七七〇—一八四二)、越後国魚沼郡(現新潟県南魚沼郡)塩沢町に生る。幼時より文芸の教養をつみ、俳諧・書画をよくした。名著『北越雪譜』のほか、『秋山記行』『東遊記行』『西遊記行』などの十数部にのぼる紀行・随筆・俳句集・小説集の著作草稿をのこす。天保一三年、中風にて没。年七三歳。

(2) 『秋山記行』は平家の落人の村という言伝えのある秘境、信越の境秋山郷の見聞記で、民俗学上注目すべき文献とされている。自序に文政一一年(一八二八)とある。

(3) 『信越境・秋山記行』(『日本庶民生活史料集成』第三巻、三一書房、一九六九年)三九二頁。

(4) 同右、三九五頁。

(5) 『日本九峰修行日記』(『日本庶民生活史料集成』第二巻、三一書房、一九六一年)一七七頁。

(6) 前掲注(3)、三九四頁。

(7) 『国字断毒論』(『日本庶民生活史料集成』第七巻、三一書房、一九七〇年)九六頁。

30 信濃奇談

長野県伊那郡を中心とする奇談奇話を集めた堀内元鎧の『信濃奇談』(1)には、〝疱瘡〟と題する次のような記事が

ある。(2)

○疱瘡

御嶽の里(3)は、福島宿(4)の西にあたり、山深き所なり。むかしよりその里の人疱瘡をやます。たま〱壱人弐人病む者あれは、これを飛疱瘡と名付て遠き所に出しをき、疱瘡を病し人をつけ介抱させ、日を経て後に家に帰しぬ。かくすれはその処に伝染するといふ事なしとそ。甲斐国に橋本宗寿といへる医士あり。其説にいふ。いつれの所にても御嶽のことくにせは疱瘡の種は尽ぬへし。此病中華にては晋建武中、本邦にては聖武帝の時よりはしまりぬ。その以前の人はやますして済ぬ。天行疫気にもあらす、又胎毒の内より発する病にもあらず、人より人に伝染する病なれは避て免べきものなりとて、断毒論三巻作りて出しぬ。御嶽の里はかりにもあらす。信州にても秋山の里、また飛驒の白川、美濃の苗木、伊豆の八丈島、越後の妻有、紀伊の熊野、周防の岩国、伊与の露峯、土佐の別枝、肥前の大村ならひに五島、肥後の天草等にても疱瘡はやますとなん。韃靼の疱瘡をやまさる事は五雑俎にもいへり。さらは橋本氏の説にしたかはんにはその種の尽ましきにもあらす。されと止むへからさるの勢あり。橋本氏その一つを知りてその二をしらず。天地の間正邪ならひ行はるゝ事疱瘡のみにあらす。異端の道を害する周に楊墨あり。漢に老あり。南北朝の間に仏あり。其世の賢人孟子をはしめつとめてこれを防きしかその時にはやまさりし。今、本邦にては楊墨と老とは絶てなし。ひとり仏の盛んなる事前代に越たり。これもと邪蘇宗を禁せんとて邪を仮て邪を防き、盗を仮て盗を防き給ひし一時の権略に出たれとも永き国家の政典とはなれり。今聖賢の人上にも在してふかく是を憂へ歎かせ給へとも、又時勢にて除き得へからす。疱瘡の毒の国に充たるまた仏の国にあるかことし。今人の力もていかてかは断するへきや。橋本氏の志また愍むべし。五雑俎に韃靼の疱瘡なきは塩酢を食はさる故なりと見えたるを、東涯翁の説に、八丈島は海濤の中にありて日毎に塩を食すれとも疱瘡はなし、またある説に、これは其地にあしたといへる草あり。これを食するゆゑなりといへり。東涯翁いふ。筑の彦山にあしたはなし。されと疱瘡はなしといへり。これ等疱瘡の人より人に伝染する病といふ事は知らさるなり（吉益氏の医断に、疱瘡は東漢にはしまるといへるは晋の建武と年号の同しき故にあやまるなり、晋にはしまる）。

〔元恒補註――埃嚢抄疱瘡の初を記して云。源順匏瘡と書疫病也。筑紫の者魚を売りける舟難風に逢て新羅国に着。其人うつり病て帰りけるが、次第に五畿内帝都に流布しけるなり。外壱秘要永徽四年此瘡従二西域一東流于海内云云〕

〔元恒補註――続紀に、天平七年自夏至冬天下患二豌豆瘡一俗曰ニフ二裳瘡一夭死者多。本居翁曰、これ皇国にて裳瘡のはしめか。されとこゝの記しざまはしめてとも聞へざるがごとし云云〕

また延暦九年にも、

秋冬京畿男女三十已下悉発二豌豆瘡一臥レ疾者多シ、其甚者死天下諸国往々而在と見ゆ。本居曰、此瘡の名これより後の書には匏瘡といへり。匏疱同しことなり。今の世にもいもといふ。昔もかさといへるはいもがさの省きか云云。

本草鹹草扶桑東有女国産鹹草而気香味鹹彼人食之。

事は肘後方に見へたれはしたかふへし。再按するに本綱には唐の高祖永徽四年に西域より中国にうつり来ると見えたり〔元恒補註――按にこれ外台に搗るなり〕。かゝる無用のもの世にありて人々その害を免れさるに、今は人の役目と心得て其病の遅きを憂ふはいかにそや。仏の国政にあつかりてなくてすまさる物とおもへるにおなし。うたてし。橋本氏の憂もまた宜なる哉。

あしたは鹹なり。大和本草に見ゆ。一日の内に長すればあしたとはいふなり（一説にあしたは都管草なりといへるは誤なり。蘭山翁の説に見ゆ）。いま此種吾藩にも伝へ来りて賞翫す。こゝにその図をあらはす。七島日記にも図あり。たゝしその日記には花の色白しと見へたれと吾藩にある処は黄なり。

以上の文章に対して、元恒（元鎧の父）は次のような補註を付記している。

痘瘡はひとたび流行しはじめると、たちまち周辺の地域に広がり多くの犠牲者を出した。しかし地域によっては痘瘡の流行に巻き込まれないところがあった。そうした地域は痘瘡の入り込めない避痘の地として世に知られており、たとえば本文の御嶽の山深き里もそうであるという。このような避痘地については痘瘡関係の文献に多く見るところであるが、興味あるのは橋本伯寿の『国字断毒論』における考察であろう。[5]

先痘瘡の気運、時候にて病やまひにあらず。元来日本の土地の気にて起病《おこるやまひ》にもあらざる証拠は、信濃の国、木曾の御嶽、同国の秋山郷、飛驒の白川郷、美濃の岩村領、伊豆の八丈島、越後の妻有《つまり》の庄、紀伊の熊野、周防の岩国、伊予の露の峯、土佐の別枝《べつゑ》、肥前の大村、同国の五島、肥後の天草島はいにしへより、今に至るまで痘瘡を病事なし。是全《まつたく》神仏《かみほとけ》の加護にもあらず。薬を用るにもあらず。唯痘瘡を病ものを其土地へいれず、痘瘡のある所へは通行せざる故なり。まれに其毒に香触《かぶれ》て病《やむ》ものは飛《とび》疱瘡と名附けて村里をはなれし処に小屋を作、痘瘡を病たる人に介抱を頼、痂《かさぶた》おちて後家にかへる。又他国にある時流行すれば急に其所を逃去なり。右の如く避きらひさへすれば生涯のがるる病なれば、気運、時候にてはやる時疫にあらず、土地の気にて起《おこる》病にもあらず、黴瘡かさ、疥瘡《かいそう》ひぜんとおなじ伝染病なるはうたがひなき事なり。

要約すると、痘瘡の発生は気運・時候によって起こるものではなく、また避痘の地とは、格別神仏の加護つよきところではなく、あるいは特別な薬剤や妙薬の存在するところでもない。ただここに引用されている木曾の御嶽、飛騨の白川、伊豆の八丈、あるいは肥後の天草などは、いずれも流動社会から隔離された僻地であることが特徴である。こうした地域社会においては、疱瘡が流行している期間は交通を断ち、疱瘡を病む者はその土地に入れず、万一患者が出た場合は飛疱瘡《とびほうそう》と名附て村里はなれた処に隔離し、痂《かさぶた》がおちてはじめて家に帰ることができた。

そしてもし他国にいる時疱瘡が流行すれば、直ちにその所を逃去したから疱瘡に罹らずにすんだという。このようなことが、僻地では比較的簡単にできたのではないかと思われるが、同じく避痘の地であったとされる肥前の大村あるいは周防の岩国などは、城下町であっただけに当然より厳重で厳格な政策がとられたものと思われる。

ところで、橋本伯寿は疱瘡の原因について、旧来唱えられてきた胎毒説あるいは天行時疫説を排除し、疱瘡は人より人に感染する伝染病（有形伝染病《ゆうぎょうでんせんびょう》）(6)であり、予防によって避けることができると論じた『国字断毒論』（文化一一年＝一八一四刊）を著わして、従来の疱瘡に対する概念を一変させた(7)。

しかし、流動社会から隔離された僻地において疱瘡が流行している期間は交通を断ち、万一病者が出てもこれを厳重に隔離して、その流行を免れたという庶民の知恵は、当時の漢方の医学よりはるかに近代的・科学的であったということがいえよう。

最後にあしたばについて記載した文献を二つ紹介しておく。寛政八年（一七九六）の代官三河口太忠の『伊豆諸島巡見記録』によれば次のような記載がある(8)。

作るものには、琉球芋・粟・稗・大豆・蕎麦にて、田地も谷々にありて、米も少しつゝ出来れとも、島人十分一の食事も無き事なり。それ故にや、あした草といふ異艸ありて、山々に生る事おひたゝしく、刈取は跡より生ひしけりて、四季に絶せす。其形左のことし。

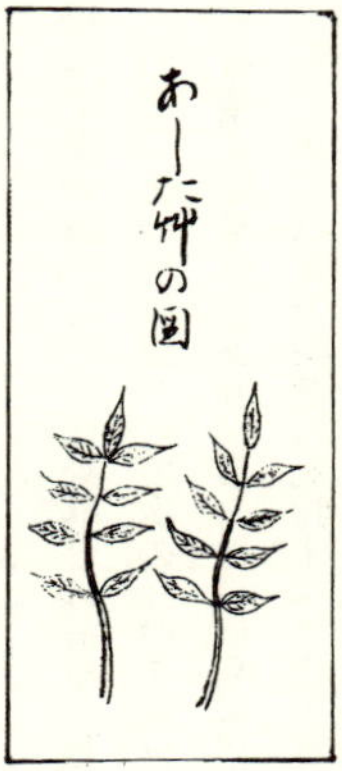

茎は数百本土きはより生し、深青色なり。島人は是をとつて平生の食とす。中以上の人は米壱合、中以下の人は麦にても粟にても一合を以て一日の扶持とし、不足は此草をましへ、地方にて大根葉のめしをすることくにして食す。味ひ凡大根葉の味ひに似て甘也。島人は小児よりなれたれは、あくともなく、また功有る艸にや、やみ煩ふものもなくまれに、齢もみな七十・八十に及ぶ。霊草と云えし、度々伊豆へうつし植しかとも、地にあぬにや。一二年の内には少くなりてつゐにかれうせるといふ。五穀の人を養ふほと生せさる地には、またかゝる霊草を生す。造物者のなす所、人智を以てはかるへからす。三河口何かし君の歌に、

島人の命のたねのあした草　あしたゆふへに煙りたつなる

地方にても、八丈草と称し、疱瘡草ともいひ、また疱瘡よけのましなひ艸とて、植置家もあり。備中当し一種の草、帯江村平松秀治郎のもとより、八丈の者に見せてくれよとおくり来る。此度、三河口君の島より召つれ帰り給ひし友吉といふものに見せしに、粗、似たれ共、真物にあらすと云。至て煖〔暖〕なる地にあらされは、生せさるよしなり。

また『塩尻』（巻之十二）には、〝疱瘡神が恐れて逃げたという草〟と題する次のような文章が載っている。(9)

八丈島に此の草あり。此の島伊豆国より百里ほど未申《ひつじさる》の方、熊野よりは南なり。昔疱瘡疫神此の島にわたりて、あきたは草を見て恐れて逃去る。故に此の島に疱瘡なし。此の煩ひ、唐土にも昔はなかりし、後漢の代

より起りて煩ふ。日本にては聖徳太子の時より此の生ず。

ところで、あしたばは今日摘んでも明日にはもう新しい葉が伸びているほど、生命力が強いことから明日葉と呼ばれている。あしたばは八丈島が原産のセリ科の植物で、伊豆諸島から三浦半島・房総半島にわたる範囲で自生している。あしたばを研究して二〇余年、第一人者である大阪薬科大学第二生薬教室の馬場きみ江助教授によれば、「江戸時代、島の食生活は粗食で、麦一合にあしたばをたくさん刻んで入れて炊いて食べていました。しかし、江戸の人たちに比べて、はるかに健康で元気、若々しかったようです」。その理由は、あしたばの常食にあると述べている。また、八丈島では昔から「あしたばを食べていると疱瘡にかからない。乳の出が良くなる、イラガやチャドクガの幼虫に刺された時に汁を塗ると痛みや痒みが治る、水虫が治る」等といわれている。

〔参考文献・注〕

（1）堀内元鎧が、医師であり儒学者である父中村元恒の説くところを筆録したもの。上・下二巻で内容は伊那郡を主とする奇談・奇話を集めたもので、文政一二年（一八二九）の序があるが、この年、著者の元鎧は二二歳の若さで病死している。本書はその死を悼んで、父元恒が出版したもの。

（2）『信濃奇談』（『日本庶民生活史料集成』第一六巻、三一書房、一九七三年）二二八～二二九頁。

（3）現・長野県木曽郡王滝村・三岳村・開田村。御嶽は木曾御岳山をさす。

（4）中山道の宿駅。木曽統治の中心地。現・長野県木曾郡福島町の西あたり、山深きところをさす。

（5）『国字断毒論』（『日本庶民生活史料集成』第七巻、三一書房、一九七〇年）一〇五～一〇六頁。

（6）橋本伯寿の論述した有伝染病とは疱瘡（他に麻疹・梅毒・疥癬）は人より人に感染してこの病いを発するものと唱えたもので、その伝染法として次の三つを挙げている。

疱瘡の伝染に三あり。第一は疱瘡病者に近よりて熱気鼻に入る時は、仮令其臭は知らずとも必ず毒気にかぶるるなり。第二は疱瘡病者の玩物すべて病中寝所に在りし物を手に触れても伝染す。第三は疱瘡家の食物にて伝染す。

と。つまり痘瘡を一種の接触伝染病にして、また鼻よりも感染（空気伝染）する疾病であると述べている。これらの主張は、旧来の医説に対する一大革命であり、且つ痘瘡もまた予防によって避けることができるという可能性を示したことは、伯寿の偉大な功績であったということができる。

（7）前掲注(5)、一一〇頁。

（8）金山正好編『伊豆諸島巡見記録集』（緑地社、一九七六年）一七六〜一七七頁。

（9）『随筆辞典』（鈴木棠三編『風土民俗編3』東京堂、一九六〇年）五頁。

31 粉本稿

昔から、信濃の国御嶽のほとりは避疱の地として知られており、『信濃奇談』をはじめ『国字断毒論』などにその記載をみるが、菅江真澄の『粉本稿』(1)にも同様の記事がある。ただ、『粉本稿』では他では触れられていない次のような驚くべき避疱の実態が記述されている。(2)

しなの丶国の山おく、おほんたけのほとりにては、もかさやむことまれ也。たまくやみたるちごあれば、此ちかき山に持出てすておく。か丶るをかたゐらなどあつまりて、やしないて、もかさいへたる日、そのやにおくりかへしぬ。そのときかへりみに、かたゐにものなどとらせけるとか。

つまり、たまたま痘瘡を病むおさな児があれば近くの山に連れ出して捨て置く。そうすると「かたゐ」（乞食）たちが集まってこの子に飲食などあたえて、いろいろと世話をしてくれ、痘瘡が癒るとその家に連れ帰ってくれる。そしてその時、世話代として乞食に物などを渡すというのである。

そもそも痘瘡患者を隔離というより遺棄する風習は古くから行われており、たとえば明の謝肇淛《しやちようせい》の『五雑俎』(3)（一六一一九年成る）にも、

韃靼種生無痘疹（中略）近聞、其与中国互市、亦学中国飲食、逐時一有之、彼人即舁置深谷中、任其生死、絶跡不敢省視、

とあり、病者を深い谷に置き去りにして、その生死さえ省みざる有り様であったことを述べている。

わが国におてもこれと同様であって、享和三年（一八〇三）、村井琴山の『痘瘡問答』[4]にも、

肥前大村及び肥後天草の如き痘瘡を懼るるの甚しき、若し痘疫内地に入れば、父母兄弟妻子の差別なく、皆之を山野に捨てて、決してこれを顧みす、唯その死生のままにして、治療を加ふることなし、縦令平癒するものありと雖も、百日を過ぎ、一時を踰へざれば、其家に帰ることなし。

とある。

ところでこのような痘瘡患者を深山渓谷の地に隔離したのは、痘瘡が伝染病であるため、これが伝播を防避せんがために行われたものではなかった。つまり、橋本伯寿が痘瘡は接触伝染病であり、これを予防するには、「その患者に近寄るべからず、その患者の使用したる物品に触るるべからず、痘瘡家の食物を喰ふべからず[5]」と説く前は、痘瘡は人の穢《けがれ》によるものとして嫌忌し、あるいは鬼神・悪霊の仕業として恐怖したため、病者を人里離れた地に隔離というよりは遺棄したのである。

だがこれが、たまたま結果的には隔離の効果を生じ、その伝染を防避することにもなったのである。

〔参考文献・注〕

（1）菅江真澄による随筆、発行年不詳。著者の真澄は、現・愛知県豊橋市の人（一七五四〜一八二九）。

（2）『粉本稿』（内田武志編『菅江真澄未刊文献集』二、『常民文化研究』第六七、岡書院、一九五四年）一六三頁。

（3）謝肇淛『五雑俎・三』（平凡社、一九九七年）一四二頁。

（4）山崎佐『日本疫史及防疫史』（克誠堂書店、一九三一年）二四七頁。

（5）『国字断毒論』（『日本庶民生活史料集成』第七巻、三一書房・一九七〇年）一一〇〜一一二頁。

32　馬琴日記

滝沢馬琴の『馬琴日記』[1]には天保二年（一八三一）二月六日から三月二六日にかけて、二人の孫（三歳の男子と一歳の女子）が痘瘡に罹患した時の状況が詳しく記載されている。その文中から、当時の医療行為・治療儀礼のある箇所を抜粋して検討して見ることにする。

なお、『病気と治療の文化人類学』[2]の著者波平恵美子はこの『馬琴日記』について、

　馬琴は流行作家であり、息子は医者であったから、江戸の平均的庶民というより、上流の町人の医療体系を示すものと考えてよかろう。

と述べたうえ、

　この日記には痘瘡において、医療行為と治療儀礼が相なかばして行われたことが詳しく示されている。

としている。まさに当時は、医師の家族[3]にしてさえ痘瘡儀礼は欠かせないものであったということがわかるのである。

○二月六日、己丑

一、お次（馬琴嫡男宗伯の長女、一歳）、虫熱有之。夕方ゟ尤不快、夜中三度さしこみ、引つけ、不寝也。依之、蒼竜丸并に奇応丸、用之。

○二月七日、庚寅

一、お次不快、同断。今朝一度引つけ、其後はさせる事なし。奇応丸・蒼竜丸・熊胆并ニ煎薬、用之。宗伯（馬琴の一人息子）療治也。

○八日、辛卯

一、お次熱気、今朝は大かた退く。然ル処、疱瘡之様子にて、面部并頭中に少々見え候間、ひやし不申様、おミちへ（お路、宗伯の妻）へ申付おく。

一、お次疱瘡守、小石川馬場近所、根岸伊三郎殿へ罷越、右守札受候様、清右衛門（馬琴長女お幸の入婿）へ申付、且、あかねもめん一丈かひ取、お次つき上きぬづきん等、おさき（お幸、馬琴の長女、お次の伯母）にぬはせ、持参いたし候様申付、右もめん切代、金壱朱、遣之。右用談畢て、帰去。

○九日、壬辰

一、昼前、清右衛門来ル。昨日申付候小石川馬場根岸氏江罷越候。もはや疱瘡に取かゝり候ては、守札不出よし也。お次方江張子だる磨壱并に昨日申付候あかねもめん、ひとつ身ひとへ物、同づきん出来。此品、清右衛門方ゟ差遣し申置よしにて、昨日わたし置候金壱朱返納。則、任其意、請取おく。役用にて、番所に罷出候よしにて、早々帰去。

一、昼前、痘神棚、飾之。丁の方空、利方ニ付献供等、備之。

一、昼飯後ゟ、お百（馬琴の妻）新島越さるや町、白山権現へ参詣。お次疱瘡の守札并に御符等、申請、暮六時前帰宅。帰路、為朝の紅絵かひ取持参。白山権現へ参詣。お次疱瘡の守札并に御符等申請、暮六時帰宅。帰路、為朝の紅絵かひ取持参。白山神主さしづに任せ、右守札、痘神棚に貼じ、供物等神主さしづの如く、奉祭之。八丈島為朝神影、旧来所持の分も二幅同断。

○二月十日、癸巳

一、四時過、おさき来ル。お次疱瘡見廻として、手みやげ持参。薄暮帰去。

一、今日、初午稲荷祭。宵宮に候へ共、お次痘瘡にて、人手無之、且、天気もくもり候間、いなり祭りは、二ノ午、来ル廿三日にいたし可然旨、宗伯并ニ家内のものへ申聞おく。

○二月十一日、甲午

一、地主杉浦氏（幕府の御勘定御普段役、杉浦清太郎）ゟ、初午赤飯少々、被贈之。其後、お次疱瘡見舞として、煉羊肝、被贈之。

○二月十二日、乙未

一、四谷久右衛門（たぶん馬琴の妻の親類）来ル。お次疱瘡見廻として、赤落雁一袋、被贈之。

○二月十三日、丙申

一、今夕五時過、太郎（宗伯嫡男、したがって馬琴の嫡孫）せはり、殊之外啼候に付、杉浦ゟ、下女、被差越之。辞して、帰去らしむ。其後、太郎熟睡。

一、是ゟ先、昼時、杉浦老母ゟ、下女を以、お次疱瘡安否、被問之。

○二月十六日、己亥

一、昼後、お秀（馬琴のすぐ下の妹）来ル。お次疱瘡見舞として、手遊び、だるま・馬、かるやき等、被贈之。昼飯ふるまひ、雑談後、帰去。

○二月十七日、庚子

一、昼後、田口久吾（馬琴の末の妹お菊の婿）お次疱瘡見舞として来ル。

○二月十八日、辛丑

一、お次順痘、追々ニ痂作り、順快。今日にて十三日め也。

一、今夜、太郎（宗伯の嫡男、馬琴の嫡孫）熱気少々有之。しかれども、気分平生にかはることなし。食事常の如し。

○二月十九日、壬寅

一、太郎熱気、今朝は大抵さむ。気分・食膳、常の如し、大かた疱瘡なるべし。尤軽痘也。

○二月廿日、癸卯

一、太郎、昨日も夜中も熱気有之、出もの面部ニ三ツ四ツ。左の臂に三ツ。肩に一ツ見え候。痘瘡に相違有之まじきよし、宗伯申之。尤軽痘也。今日、序熱三日め也。

一、昼後、清右衛門来る。太郎痘中、あかねもめん上衣・づきん・手甲等、おさきニぬはせ候様申付、右もめん代金、弐朱わたし遣ス。奇応丸、宗伯包、遣之。下町へ罷越候よしにて、早々帰去。

○二月廿一日、甲辰

一、昼時、清右衛門来ル。過日申付候、太郎痘中上着、あかねもめんひとへ物、おさきニぬはせ持参。もめん代銀つりせんも持参。外ニ、大だるま并ニ車付鯛、各一ツ、太郎へ送之。お百風邪、未痊了候ニ付、清右衛門を以、白山権現へ参詣せしめ、お次痘神備物（ママ）・白山守札等一式、令納之。米一袋・はつほ百銅、遣之。尚又、太郎疱瘡守札・幣等申受候様、申付遣ス。夕七時前、清右衛門帰来ル。太郎守札・幣等持参。

一、太郎疱瘡棚、白山権現守札并ニ根岸氏守札、両様飾之。根岸氏の札は、柳の枝十二本ヲ以、柵を掛ク。白山のは、さんだはら也。そなへ物くさぐ〵、お次のときのごとし。外に為朝神像二幅、奉掛之。両様共、小机一ッ用之て、並べおく也。

○二月廿二日、乙巳

一、太郎痘瘡、今日は出揃ひ予検点の中にて、面部ニ四五十出、同五ツ程なほ皮肉中ニ有之、手足等は稀也。昼夜せはり、一統こまる。煎薬はたへず候間、蒼竜丸一日両度づゝ、用之。お次は、いよ〳〵肥立たり。

○二月廿三日、丙午

一、昼前、杉浦清太郎継母、太郎疱瘡見廻として入来。手遊び物三種、被贈之。雑談後、帰去。

○二月廿四日、丁未

一、太郎、今日は起張の初日にて、食気無之。終日乳のミ也。せわりも薄く、終日睡眠、折々目覚候。蒼竜丸三粒づゝ、日々用之。宗伯療治の煎薬、今夕は一服分たべ《（ダク）》候。とかく煎薬を嫌ひ候ニ付、一統心配。別段かはることなし。

○二月廿五日、戊申

一、太郎、今日起張の二日め也。よく起張いたし。昨今せわりもうすらぎ、食膳半椀づゝ両度、ゆづけたべ候。昨日は、乳のミ也。先順痘にて、一統安心。但、出ものはよほど有之。お次同様也。

○二月廿六日、己酉

一、太郎、今日は起張の終り也。過半腫をもち、順痘也。面部とかくかきこわし候間、そば粉を補《（ママ）》之。

○二月廿七日、庚戌

一、家主久右衛門来ル。太郎疱瘡見廻として、落雁・手遊び馬等持参、雑談後、帰去。八犬伝六へんめ、被返。

一、太郎、かはることなし。昨今、大便通ズ。いよ〳〵順痘也。お百も少々快方。

○二月廿八日、辛亥

一、昼夜《(ママ)》後、清右衛門来ル。おさき、腫物ことの外いたミ難義のよし也。雑談後、帰去。

一、太郎、弥順痘、面部は痂ニ赴く。お百も快方、頭痛は未全快。

○二月廿九日、壬子

一、お久和方ゟ（馬琴の三女、宗伯の妹）おミちへ使札、太郎疱瘡見舞として、張子達磨・魚等到来。

○二月晦日、癸丑

一、昼後、おきく、為太郎痘瘡《(ママ)》、来ル。手みやげ三種持参。ちや・くわし并ニ夕飯ふるまひ、七半時比帰去。

一、太郎、今日結痂の初日、いよく〳〵順痘也。○お百不快。同様の内、今日は少し快方、食二椀ヅヽ、三度也。

○三月朔日、甲寅

一、夕方、お秀、為太郎疱瘡見舞、来ル。だる磨・落雁等持参。夕方ニ付、早々帰去。

一、お百、今日は少々快方也。

○三月二日、乙卯

一、太郎、今日結痂終り也。十五ケ日満尾也。追々かせニ赴く。気力平生のごとし。お百少々づヽ快方ニは候へども、いまだ平臥。

○三月四日、丁巳

一、四時過、清右衛門来ル。申付候通り、今日、太郎さヽ湯いたし候ニ付、疱瘡棚、撤之。白山権現守札并ニ幣、其外供物一式、だる磨を浅草山谷白山神主方迄持参、為納畢。白米一袋・鳥目百銅、外ニ奉納幟代銀壱匁、年々借用の小石等も進納之。畢て、清右衛門、昼九半時比帰来ル。則、昼飯給させ畢て、帰去。小児共両人、疱瘡の式祭畢ル。

○三月六日、己未

一、今朝四時前、土岐村元祐来ル。太郎・お次疱瘡のよし、昨日、及聞候よしにて、来ル。もはや両人とも肥立候ニ付、雑談後、帰去。

一、昼後、鶴や喜右衛門（宗伯の妻の兄）使札。小児共順痘のよし及聞、右祝義として、さより七尾、被贈之、返翰遣ス。

○三月七日、庚申

一、お百不快、少々づゝ順快。

○三月八日、辛酉

一、旧婢むら（かつての女中）親、次郎八来ル。当春疱瘡流行ニ付、小児安否伺度よし、むら申ニ付、罷越候よし也。刻午蒡一盆持参。此方小児両人共順痘、既肥立候趣、おミち申聞、早々帰去。

○三月十日、癸亥

一、夕七時半過、清右衛門来ル。明十一日、小児疱瘡さゝゆ祝義、配りものいたし候ニ付、中村や赤飯申付候様、示談。則、書付もたせ遣ス。もち米一斗壱升・赤小豆三升むし、明朝五半時迄ニ差越候様、申付之。右要談畢て、帰去。

○三月十一日、甲子

一、太郎并ニお次、疱瘡酒湯祝義として、むし物申付。五半時比、飯田町中村やゟ、剛飯二をけ持参。日雇太兵衛を以、処々壱重づゝ遣之。

○三月十二日

一、八時過、宗伯、小石川伝通院寺内沢蔵主稲荷へ参詣。子供両人疱瘡願賽そば五ツ・はつほ十二銅献備。夫ゟ、深光寺へ墓参いたし、夕七時過帰宅。

○三月廿六日、己卯

一、昨日夜申付置候駕の者両人、五半時比来ル。時刻はやく候へ共、支度いたし、お百と太郎、合駕にて、予は歩行、深光寺へ参詣。帰路、お百は太郎同道にて、伝通院寺内沢蔵主稲荷へ疱瘡願賽として参詣せしめ、余は鳶坂茶店にて休息。尚又、帰路太郎望ニ付、お百同道にて、神田明神へ参詣、四半時比、一同帰宅。

一、昼前、予、出直し、太郎同道にて、妻恋稲荷へ参詣。当春、予は参詣はじめて也。[4] 昼時帰宅。

（括弧内の注および傍線は筆者による）

以上、『馬琴日記』から、当時行われていた痘瘡に関する医療行為・治療儀礼の記述ある箇所を抜粋したが、以下それらについて少し考察して見ることとする。

なお、この件に関しては、すでに東京医科大学解剖学教室の前川久太郎氏が昭和五一年（一九七六）一〇月発刊の『日本医史学雑誌』に「馬琴日記に見る江戸の痘瘡習俗[5]」と題して報告している。まさに当時の痘瘡風習を知る上での貴重な文献であるので、本書でも十分に参考にさせていただいた。

(1)赤の習俗

香月牛山の『小児必用養育草』（元禄一六年＝一七〇三）に「屏風衣桁に赤き衣類をかけ、そのちごにも赤き衣類を着せしめ、看病人もみな赤き衣類を着るべし」とあるところから、この赤色づくめの習俗は、少なくとも同書の刊行された元禄一六年頃にはすでに行われていたことがわかる。そしてその後、時代とともにこの赤の習俗は調度品や玩具・見舞品や刷物の護符・守札などにまで発展していった。

したがって元禄から一三〇～四〇年も経った天保二年（一八三一）頃にはすでにこの赤色習俗は完全に儀礼化し広く普及していたものと思われる。ただしこの赤色を用うる理由については諸説があって、不明な点も少なくない。

以下、文中にあらわれた赤色儀礼の個々について検討してみることにする。

○あかねもめん（茜木綿）

『荳瘡養育』（渡充／寛政七年＝一七九五）によれば、「痘はものにあやかりやすきゆへ、紅絹を屛風などにかけて出ものをして紅活ならしめんがためなり」とある。

つまり、経験上痘の色が赤いときは、その予後が良いとされたから、痘がものに感化されやすい性質を利用して、あかねもめんで病衣（一重ものの着物・頭巾・手甲）を仕立て、これを患児に着せて、痘の発色を促そうとしたのである。なお茜色とは、茜（山野に自生するアカネ科の蔓性の多年草）の根で染めた色、赤色のやや沈んだ色、暗赤色を指す。

○張子だるま

痘瘡には赤い物をという習俗から、赤い張子だるまが見舞に用いられた。そのほかに達磨人形は秀れた呪力をもつ縁起物として親しまれ、疱瘡の順調な回復を達磨に祈願したのである。この達磨のもつ呪力のほかに、寺門《てらうち》静軒は『静軒痴談』（明治八年）において、「疱瘡ヲヤメル小児へ糊《はりこ》達磨ヲ贈ルハ、思フニ其旋転スルモ卒ニ倒レザルモノ故ニ、痘児ノ斃レヌヤウニト、祈リ祝スル意ニ出ルナランカ」と私見を述べているが、もちろん十分に考えられるところである。

因みに達磨が起き上がり玩具を代表するようになったのは、江戸時代末期（一九世紀中期）からである。なお、疱瘡見舞の達磨は張子製で、役目のすんだ達磨は川に流された。

○車付鯛（鯛車）

疱瘡玩具の一種で各地でつくられた。たとえば鹿児島県始良郡の鯛車は、海幸彦と山幸彦の神話から取材したものと伝えられ、鹿島神宮（国分八幡）の祭神彦火火出見尊《ひこほほでみのみこと》（山幸彦）の釣針を呑みこんだ赤女魚をかたどったものであるという。板を切り抜いて鯛を作り、赤く塗った魚体に四輪をつけた素朴な玩具で、魚体が赤いところから昔から疱瘡除けの護符とされた。

また滋賀県草津の鯛車も板または張子の鯛に車をつけたもので、別名「ピンピン鯛」とも呼ばれて疱瘡見舞に用いられた。

○赤落雁

打菓子の一種。赤い落雁の鯛は疱瘡の見舞いに使用された。この落雁の鯛には大小あり、家の構えに応じて贈られたが、普通の家では痘瘡見舞いとして二〇センチくらいの小さな鯛が使われたという。この風習は文化・文政の頃より盛んとなり、明治の頃まで行われた。

○紅（赤）絵

紅（赤）絵とは赤摺りの錦絵で、はじめは痘児の慰めに用いられた絵草紙であったが、のちには疱瘡除けの護符として盛んに流行した。

この疱瘡絵は、疱瘡対策の呪的方法の中ではきわめて重要な位置を占めるものだが、その明確な起源は不明とされている。ただ、一八世紀末には、江戸において刊行された軽口噺の版本に記載されている図が、疱瘡除けの呪力をもつものとして用いられたらしいことがわかっている。そして、その理由としては、「軽口噺」の「軽い」という言葉に呪的な働きを期待してのことであったとする説もある。

そもそも疱瘡絵が通常、赤（紅・朱）色で刷られているのは、赤は魔除け・災難除けの代表的な色彩とされ、疱瘡も軽くすむ呪力をもった色と考えられたからである。

このほか、赤色の原料である紅花が諸病に効果があるという薬学的な根拠も赤色で刷られた理由であったかも知れない。

この赤絵の図柄としては鎮西八郎為朝の姿を描いたものが多く用いられた。当時、八丈島には疱瘡のないことが医家によって説かれていたが、一般には、八丈島に疱瘡の流行しないのは、保元の乱に敗れてこの島に流された為朝の武威に怖れて疱瘡神（痘神）が近寄らないためと信じられていたからである。

また赤一色刷としたのも、昔から疱瘡の神は赤色を嫌うと信じられていたためである。

(2)護　符

痘瘡がわが国に流行した奈良時代には、その原因は神祟・仏罰と信じられ、あるいは魑魅魍魎《ちみもうりょう》の仕業、人霊・悪霊の祟りとされた。

ついで平安・鎌倉時代にいたり時疫説が台頭し、多くの医家の信奉するところとなったが、その後、胎毒説あるいは胎毒と時行とに起因する疾病であるとする説が主力を占めた。したがって医家においてすら痘瘡を予防するということは不可能なことと考えられていた。

一方、江戸時代中期、民衆はあらたに疱瘡神なる特定の神を創造し、これを祀って疱瘡から逃れることを願ったから、痘瘡をめぐる信仰・迷信・土俗はますます盛んとなった。そのうちのひとつが護符である。

ところでこの『馬琴日記』には二つの護符が出てくる。すなわち、お次・太郎ともに小石川馬場近くの根岸伊三郎の守札と新島越さるや町の白山権現の疱瘡守札を受けているが、前者の根岸の札はお次の場合「もはや疱瘡に取りかゝり候ては、守札不出」とあるから、疱瘡が発病してからでは効果がなかったものらしい。

一方、白山権現の護符については、すでに明和三年（一七六六）五月、橋本静観翁の集輯した「疱瘡除神符の出る所」（『疱瘡厭勝《まじない》秘伝集』）の江戸府中における一二の寺社の中にあげられている。記載は「白山権現、浅草新町」だが、時代を経るにしたがって各所の白山権現に広がったものと思われる。

なお、山崎佐[6]によれば、元禄の頃（一六八八～一七〇三）までは、世俗においても疱瘡神の種類はあまり多いものでなかったから、疱瘡除けの護符を出す神社仏閣は数少なかったと記述している。

(3) 祭祀具

○疱瘡（痘神）棚

疱瘡棚とは疱瘡神を祀る神棚。通常、薪で作り、赤紙の上に赤餅を供える。また目なし起き上がり小法師を上げ、平癒の後、これに目を入れて川へ流すとされている。太郎の場合は柳の枝が使われているが、たとえば神奈川県丹沢地方の場合は、一尺二寸（約三六センチ）の女竹を二つに割って麻か菅で四角に編んだ棚をつくり、その棚にさんだわらを置き、芯に赤い幣をさして鴨居に吊すという。[7] 群馬県では、ウツギで作った四角な疱瘡棚の上に赤い御幣を載せ、赤飯を供えて堂宇や路傍に出すとのことである。[8]

なお、『馬琴日記』では柳の枝一二本で棚を掛けたとあるが、柳は本来仏教諸尊の持物（法力や徳を示すもの）

で、その意味するものは「病難除去」であるから、疱瘡柵の材料として用いられるのは至極穏当なことと思われる。

○さんだわら

さんだわらは俵の両端にあてる円い藁製の蓋で、民間信仰の祭祀具に利用されている。すなわち、流行病《はやりやまい》除けにさんだわらの上に御幣を立てたり、赤飯をさんだわらの上に乗せて疫神や疱瘡神に供える習俗が特に関東北部に残っている[9]。

(4)禁忌食

江戸時代、痘瘡は避けることは至難なことだが、発病後は禁忌物・禁忌食および看病の三法によりかなり経過を軽減することができると信じられていた。とくに食養法は厳格で、痘後においてもしばらくは詳細な注意が守られた。たとえば、渡充の『荳瘡養育』にも、

食事に魚類は干肴にても乳呑子なれば親子ともに無用なり。酢酒、類餅類油気くさみからみ果実生冷の物みな忌へし云々

痘後は別而大切に養生すべし第一食物にあり美味を食せば余毒をたすけて目を損じ甘みを多く食れば疳の虫を動す後年癰を発し疳を煩ふの類あり皆医に問て喰はしむべし痘後は何様の軽きも七十五日は飲食に心を付る事専要なり云々[10]

とある如く、江戸時代、少なくとも痘瘡に関する医書で禁忌食について記載しないものはなかったという。しかも、その内容はいずれも略々同様であるが、特に池田瑞仙の『痘瘡食物考』(天保一一年=一八四〇)には、食

物について詳細な注意を記載している。

○ゆづけ飯

当時のいずれの医書も、ゆづけ飯は痘中・痘後「始終宜食物」と記している。

○さより

前出の池田瑞仙の『痘瘡食物考』によれば、さよりは「始終宜食物。能煮熱すべし。但生にては二十一忌」とある。

○牛蒡

同じく『痘瘡食物考』によれば、牛蒡は「出斉水奨の間よし。二十一日忌」とある。

(5)ささ湯

江戸時代痘瘡に関する風習としてひろく行われていたものに「酒湯《ささゆ》」がある。史籍によれば酒湯の起源は不明とされるが、その始まりについて痘科の池田錦橋は、

その昔、痘瘡を異病を称して恐れ、患者を山野に隔離した。幸に治ゆしたときには、沐浴させて、家に連れて帰った遺風であろう。

と述べている。[11] しかし、別説によれば、病者が快方に向った時、一家の者や親類が打ち揃って迎えに行き、沐浴させてから我が家につれ帰った。これを「喪瘡《もそう》の忌明《きあけ》」といい、この時、酒宴を催し祝うのが酒湯の由来であるという。[12]

酒湯はまた痘瘡の落痂を促進させるわが独自の治療法として、医師たちによって広く行われた。この酒湯の製

法あるいはその手技についてはいくつか方法があったが、いずれにせよ膿胞が乾いてきて、痘痂が落ちる寸前に沐浴させ、あるいは蒸すことによって落痂を早め、良好な経過を得んとするにあったわけで、江戸時代、痘瘡に関する医書でこれを載せていないものはなかったという。しかし、その後時代を経るにつれて、酒湯は痘瘡の災厄が無事経過したことを祝う儀式として意味をもつようになった。たとえば、橘南谿の『痘瘡水鏡録』（天明元年＝一七八一）には次のような記述がある。

十三日目に初湯《はつゆ》と云事有り又さゝ湯とも云世俗の習ひにて是を痘瘡仕あけたる祝い事のやうに心得来るなり。米の白水に酒少し加へ、和らかなる手拭に、右の湯を浸し、緩く絞りて、面部手足に少しばかり当《あつる》也。是早く落痂せしむる法なり。随分宜きことなり。

このように、酒湯は痘瘡仕上げの祝事となり、痘瘡不可欠の風習として広まった。とりわけ、将軍家や大名の子女あるいは上流階級では、この酒湯の祝儀は特別に扱われて儀式化し制度化されて、極めて盛大に行われた。しかし、この酒湯は必ずしも身分の高い家や、上流社会に限られたものではなく、次第に庶民階級にまで普及し漸次行事化して儀礼の内容も豪華盛大なものになり、しかも浪費的となっていった。その上、酒湯は発病一三日目に行い、そのあと二一日を経て初めて他に移すことができるという厳格な期日の基準があったから、この間の日時と経費の負担は庶民にとってはかなりの重圧となった。そのため、ついには藩令によってこの儀礼の簡略化がたびたび命じられるほどになったのである。

その上、この酒湯の祝賀は種痘の後においても、期日の基準が厳格に守られたから、それによって起こる弊害は甚大であり、且つ、結果的には牛痘接種の普及の妨げともなることになった[13]。しかも、本来落痂を早めるための医療として行われた酒湯が、やがて痘瘡仕上げの祝事となり、種痘の後においても守られるべき不可欠な風習として残ったことは、全くナンセンスとしか言いようがない。

では一体、酒湯が痘瘡の治療上どれほどの効果があったのだろうか。麻疹については、すでに文政の末頃、酒湯は廃止されたが、それ以前からすでに痘瘡においても形骸化されていたことが、前掲『荳瘡養育』の記述によってもわかる。

ささ湯と云はかろき湯といふこゝろなり。四、五日前より米泔水《しろみず》をとりてよくねさし置きうわ水を湯に焚べしむさと外の品をくわへ又酒なと入べからず

すなわち、「さゝ湯」を「さゝいの湯」として「かろき湯」の意味に解釈し、酒《ささ》の名匠のついてる本来の理由を忘れてかえって酒を入れてはならぬと説き、酒湯は酒抜きの実態のないものに変わった。

また、「ささ湯」を「笹湯」と同意義に解して、温湯に竹葉をひたして患者にふりかけ、あるいは患部を撫でる儀式も見られた。すなわち、

落痂の頃酒湯の式とて温湯を竹葉に涵し撒り掛け其後清水屋に移し衣を更め入浴を許す酒湯の祝とて其家許にて親属朋友を会して祝宴を張る。云々

とあるように、全く当初の治療的意義を失なってしまったのである。

なお、江戸時代中期には特定の疱瘡神なるなるものが創造され、「ささ湯」を浴《あび》せて、この疱瘡神を送り出すことによって疱瘡の治癒がもたらされると考えられた。このほか、治癒する寸前の患者が浴びたささ湯は、子供に数滴かけるとその子は疱瘡に罹っても軽くすむという信仰もあった。

このように、酒湯は時代を経るとともにいろいろな形で行われたが、いずれにせよ、庶民にとっては社会的・経済的負担はかなり大きかったから、酒湯は次第に廃止されるようになった。

〔参考文献・注〕

(1) 馬琴は生涯日記を克明に書きつづけ、そして世にいう『馬琴日記』を残したが、惜しむらくは、その日記の大部分は、関東大震災で東京大学書庫において焼失した。したがって現在あるものは、焼失前にごく一部を抄出紹介されたもの(饗庭篁村編『馬琴日記鈔』、一九一一年)と焼失を免れたものにその後に発見された分を併せた数年分(暉峻康隆他編『馬琴日記』一〜四巻、一九七三年)があるのみである。なお、本書に引用した部分は、馬琴と同居中であった息子宗伯の二人の幼児が相次いで痘瘡に罹患した二月六日から三月二六日までの日記の中から、特に痘瘡習俗・治療儀礼に関するものの抄出である(暉峻康隆他編『馬琴日記』二巻、中央公論社、一九七三年、二九六〜三二九頁)。

(2) 波平恵美子『病気と治療の文化人類学』(海鳴社、一九八四年)一五四頁。

(3) 注(5)の著者東京医科大学解剖学教室の前川久太郎氏によれば、滝沢家は製薬・売薬を生業としていたこと、また馬琴自身滝沢宗仙の名で町医者の内弟子の時代があったこと。一人息子の宗伯も医師であり、文政三年(一八二〇)末、松前藩江戸屋敷のお抱え医師であったことなど、まさに医師の家系であった。

(4) 波平恵美子は、お次と太郎が同じように痘瘡に罹患しても見舞人の数や手土産は太郎のほうに多く、また治ったあと太郎のみが沢蔵主稲荷と、妻恋稲荷へと二度参詣しているのに対し、お次は参詣していないことなどについて、当時、嫡男の疱瘡がどれほど重大な関心をもって周囲の人々から見守られていたか、当時の封建社会の時代背景がわかろうというものであると述べている(前掲注2、一五九頁)。

(5) 前川久太郎「馬琴日記に見る江戸の痘瘡の習俗」(『日本医史学雑誌』第二二巻第四号、一九七六年)五七〜六〇頁。

(6) 山崎佐『日本疫史及防疫史』(克誠堂書店、一九三一年)二〇七〜二〇八頁。

(7) 川口謙二『宿なし百神』(東京美術選書12)東京美術、一九七五年。

(8) 大塚民俗学会編『日本民俗事典』、弘文堂、一九七二年。

(9) 井上光貞ほか監修『図説　歴史散歩事典』、山川出版社、一九七九年。

(10) 前掲注(6)、二一六頁。

(11) 同右、二三五頁。

(12) 宗田一『健康と病の民俗誌』（健友館、一九八四年）一一一〜一一二頁。
(13) 前掲注(6)、二三七〜二四〇頁。

33 筆満可勢

江戸生れの旅芸人富本繁太夫の『筆満可勢』[1]と題する天保七年（一八三六）の京都の旅日記に次のような記述がある。[2]

○天保七年二月十二日

当所は疱瘡神を祭に猩々祭りと言て張子の猩々人形酒甕《さかがめ》に干杓（ママ）抔持し形有り、是をさんだわらの上へ為乗、其脇へ張子の達摩（磨）を置く。都て余は江戸の通り。又呪咀《まじない》に言、節分の夜に恵方を向二階にて赤飯を焚、都て前に記す通に飾御宿りする。其子疫を仕舞迄右様致、必ずかろし。又言台所のはしりの下へ右は江戸にて言なかし元也。右の通飾置て御宿を致す。是は四つ辻へ其子を連御迎ひに行と言。是も節分の夜と言。又言。五月節句に鱧《はも》の魚を丸にて其儘茹《ゆで》、其湯にて疱瘡前の子に浴湯、是は極て軽るし。然に或人鱧を壱本買、余りむだ故半分茹て跡半は煮て食ん迚、真中より切て頭の方を食、尾の方を右呪咀《まじない》にせし所、其子の疱瘡致せし所腹より上は疱瘡おもく腹より下は殊の外軽し。奇絶の事也。寔に戯言の様なれとも実説也。

以上の文章に対し、『馬琴日記に見る江戸の痘瘡習俗』の著者前川久太郎は、馬琴の日記が書かれたと同時代の京都における痘瘡習俗を窺い知ることのできる資料であるとして自著に引用している。[3] まさにその通りだが、特に関東にはなじみのうすい鱧《はも》を使用した浴湯が登場するのが面白い。

このような呪的な工夫を施した沸かし湯あるいは産湯に子供を湯浴みさせることにより、生涯痘瘡にかからずにすませることができるという呪術はいろいろあるが、そのうち鱧を用いた類似のものも幾つかある。

たとえば、橋本静観の『疱瘡厭勝《まじない》秘伝集』（寛延三年＝一七五〇）には次のような秘法が伝えられている。

大晦日の夜はもと云魚ノ大なるハ壱つ、小なるハ二ツ三ツ但兼て干たるを求め置べし煎して小児を洗浴すべし、洗て後しばらくして清き湯にて洗ふべし、初め洗ふ時なまくさきをいとふ事なく身の中残る所なく洗ふべし、若うたかハしく思ふ人者手足の内一所のこして洗ふべし、あらハざる所必疱瘡出る也但シはもと云魚関東ニて稀なりあらかじめ乾たるを求め置く可也。(4)

ところで、このような呪術を施行すべき日時は特定されており、たとえば前述と同じように、五月五日の節句に行うべきであるとする文献もあるが、H・O・ローテルムンドによれば、その他新年を迎え、時間の更新が行われる特別な時間である大晦日の夜に行うべきだとしているものが多いと述べている。(4)

また、同氏の『疱瘡神』には、草双紙（疱瘡絵本）「疱瘡安躰さゝ湯の寿」の中の次の文が紹介されているので、ここに引用しておく。

海鰻《はも》を湯に煮て、その湯をもつて疱瘡前の小児《こども》に天頭《あたま》からあびせ手足の先まで残りなく湯のしミわたるやうにあらひつかハすべし。生れだちより月に一度づゝ如斯《かくのごとく》すれば一生《いつせう》の間疱瘡をする事なし。(5)

以上、鱧も用いた湯浴による避痘の呪法は、いずれも驚くべき効果を治めているが、むろんその理由については不明である。

なお鱧を食することと痘瘡の関係について触れている資料はほとんど見られず、筆者の調べた範囲では、天保一一年（一八四〇）刊の池田瑞仙、『痘瘡食物考』にわずか次の数文字を見るのみである。(6)

海鰻鱺《はも》 二十一日忌

〔参考文献・注〕
（1）富本繁太夫の日記『筆満可勢』は東北を歩いていた著者が京都にあらわれて、そこで町人たちの間でたいこもちのような生活をしたことを記したもの。当時の京都の市民生活を知る資料として重要なものであるとされている。日記は天保六年正月から翌七年十二月に及ぶものである。
（2）『日本庶民生活史料集成』第二巻、三一書房、一九六九年、五八九頁。
（3）『日本医史学雑誌』第二二巻第四号、日本医史学会、一九七六年。
（4）H・O・ローテルムンド『疱瘡神』（岩波書店、一九九五年）七四頁。
（5）同右、一四二頁。
（6）山崎佐『日本疫史及防疫史』（克誠堂書店、一九三一年）二一八頁。

34　近世説美少年録

滝沢馬琴作、読本『近世説美少年録《きんせせつびしようねんろく》』(1)第三輯巻之五の第二九回に次のような記載がある。そのあらすじは、左界（堺）の浮宝屋《うきたからや》に預けられた福富大夫次《ふくとみたゆうじ》の孫娘黄金《こがね》は、主人船積荷三太《ふなづみにそうだ》の長男桟太郎《さんたろう》の妻とはなったが、しかし黄金を巡る男女のさまざまな葛藤を生ずるというものだが、その原因となった桟太郎の痘瘡については次のような記述がある。(2)

現《げに》天道は盈《みつ》るを虧《か》く。桟太郎は富《とみ》たる家の、総領には生れしかども、心ざまいと愚《おろか》にて、菽麦《しゆくばく》《マメムギ》だにも弁識《わきまへし》らず、目には才《わづか》に五色《ごしき》をわかち、身には寒暑を覚《おぼえ》しのみ、是《これ》すら黄金が不得意なりしに、他《かれ》を娶《めと》りし次の年、桟太郎は年二十一にて、痘瘡《もがさ》を患《やみ》て危《あやう》かりしを、良医の匙《さぢ》に救《すくは》れて、命ばかりはとり留《とめ》たれども、相貌《かほかたち》醜《みにく》うなりて、眼包引吊鼻歪《まぶたひきつりはなゆが》み、肌膚《はだへ》は炙卵《あぶりとりのこ》を、炙過《あぶりすぐ》して焦《こが》せし似《ごと》く、声頻嗄《こゑしはが》れて鼻へ漏る。三十二相一箇《さうひとつ》として、欠《かけ》ぬ処《ところ》もなくなりたれば、黄金はいよいよ浅ましと思ふものから親里は、昔にも似ずなりにしを、知りつゝ這里《ここ》を出《いで》てゆきて、一個《ひとり》の親にものを思はせ、再《ふたたび》富饒《ゆたけ》き人の妻に、なるよしなくは悔しくて、世の胡盧《ものわらひ》になりぬべし。

大意は、おおよそ次のようになろう。

桟太郎はゆたかな家の跡取りには生まれたけれども、性格ははなはだ愚かで、豆と麦との区別さえつかず、目はやっと五色を見分ける、体は暑さ寒さを感じるだけであった。これだけでも黄金には不満であったのに、彼女を妻とした翌年、桟太郎は二十一歳で疱瘡を患《わずら》って危篤になったが、よい医者の治療に救われて、命だけは助かったものの、容貌が醜くなり、瞼《まぶた》は引きつり鼻は曲がり、皮膚は玉子焼を焼きすぎて焦したようで、声はしわがれて鼻へ漏れ、体中一つとして満足なところがなくなった。黄金はますます嫌だと思いはしたが、実家が昔とは変ってしまったことを知りながら、ここを出ていって、ただ一人の親に心配をかけ、再度富裕な人の妻となるあてもないならば悔まれて、世間の物笑いにもなるであろう。

以上の文章から、まさに種痘が行われなかった時代の痘瘡がいかにひどいものであったかをあらためて知るとともに、黄金が見るも無惨なあばた面となった夫と今後どう関って生きていかねばならないのかと悩む気持もよくわかるのである。このような悲惨な痘瘡であったにもかかわらず、一方、江戸時代には痘瘡は避けることのできない〝役〟、すなわち人生の一種の通過儀礼とされ、痘瘡を経て初めて社会的に一人前の人間として認知される風習さえ生れた。

その結果、ややもすれば痘瘡と馴れ親しむ風潮を生じ、むしろ軽くすむならすすんで罹るようなことさえ行われたのである。

とはいうものの、当然のことながら醜い痘痕が、とくに顔に残ることは極度に恐れられた。まさに、俚諺にいう「痘瘡の見目定《みめさだめ》」の通り、それはその後の人生に多くの悲劇を生むことになったからである。

たとえば、式亭三馬の『浮世風呂』(3)の一節に、

母親がおまへ御ぞんじの通りネ、疱瘡が重うございましたから、(孫は)どうかと存ましたが、案じるより産が易いで顔にはわざっと五粒ばかり。手足に漸《やう》〳〵算《かぞへ》るばかりでございました。あれを思ひますりやァ神仏のお力もございますのさ。馬橋《まばせ》の万満寺の仁王さまのお草鞋《わらぢ》をお借り申て、丁《てう》ど三年になりましたが其御利《ごり》生《しやう》でございますのさ。

とある。これを読むと痘痕がわずか五粒ばかりですんだのは、神仏のご利益のおかげと心より喜んでいることがわかる。

では、神仏のご利益のほかに、あの厄介な痘痕の予防法・治療法には一体どんなものがあったのだろうか。最も古い記録は天年九年(七三七)、奈良朝廷が典薬寮に命じて諸国に発した「痘瘡治方官符」に見られる次のようなものである。

黄土末を塗り、或は鷹失粉上を猪脂にまぜたもの、或は胡粉、白蠣末、蜜等を塗布せよ。

(『朝野群載』巻二一)

このほか、『拾玉続智恵海』(享保九年=一七二四)の「疱瘡痕つかざる秘方」(4)によれば、

起脹(注:山あげ、発病第六・七病日、発疹期・丘疹が水疱に変化)て後に家鴨の卵を白ばかり取て顔の内にぬるべし、乾ばほろ〳〵と落るなり、跡なくして癒《いゆ》ること奇妙也

また、

アバタ直しよう。蜜陀僧の粉、水にてぬるべし。（『宝因蒔』）

あるいは、

一、土白粉《おしろい》拾匁　一、蛇骨三匁　一、はらや弐匁　一、葛粉壱匁
右細末して大根の絞汁にてとき夏毛《なつげ》の筆にて窪《くぼ》き所に付《つけ》へし癒《いゆ》る事妙也（『百舌の草茎』）

疱瘡あとのつかざる手当、白鷹の糞、水にときつくべし（『経験千万』）

等の記述もある。[5] このほかさまざまな材料による秘方が行われたが、むろんいずれの方法も現在の医学的見地からすれば、荒唐無稽としかいいようがないものばかりである。

なお、明治時代に入るや西洋医学の影響を受け、クロロフォルムを基剤としたものを用いて行う顔の洗浄や、グリセリンを使用する法などもあったが、これもまたその効果については不明である。[6]

ところで筆者には一つの疑問がある。それはわが国独特の落痂を促進するために行われた酒湯《ささゆ》が瘢痕に及ぼす影響である。たとえば、鈴木桃野の『反古のうらがき』には疱瘡がかなり重篤であり、とくに顔面を被いつくした痂《かさぶた》の状態から見て、相当醜悪な瘢痕を残したであろう男のことが記述されている。[7] しかし、実際には、

されどもこゝぞといふあともなく、たゝ一面に鮫膚《さめはだ》なる人の如し。若かりし頃はさしも美《うつく》しかりつらんと思ふは、今といへどもしりつべきほどなれば、絶て見苦しき様はなし。

とあるように、あれほど重篤な症状であったのになぜ目立つ瘢痕が残らなかったのだろうか。

さゝ湯をさへあびたれば、常の人の心地となり、不日に全快とはなりにけり、

つまり落痂を促進するために、酒湯を実施しているが、あるいはその効力があったというのだろうか。酒湯に瘢痕を淡くする効果があったのかどうかについては大変興味があるところなのだが、両者の関係については残念

ながら手元に資料がないので不明である。

〔参考文献・注〕

（1）『近世説美少年録』は、滝沢（曲亭）馬琴作の読本《よみほん》全一五冊、文政一二（一八二九）～天保三年（一八三二）刊。大内義隆を滅ぼした陶晴賢《すえはるかた》（末朱之介晴賢）に毛利元就（大江杜四郎成勝）を配する。続いて『新局玉石童子訓《しんきょくぎょくせきどうじくん》』と改題して弘化二（一八四五）～同五年（一八四八）刊。三十冊を出したが未完。
（2）『新編・日本古典文学全集』84「近世説美少年録②」（小学館、二〇〇〇年）二二七頁。
（3）『日本古典文学大系』63「浮世風呂」（岩波書店、一九六七年）一八七～一八八頁。
（4）山崎佐『日本疫史及防疫史』（克誠堂書店、一九三一年）二二八～二三四頁。
（5）『富士川游著作集』第5巻（思文閣出版、一九八一年）三三一～三三二頁。
（6）「天然痘に罹りし時痘斑を防ぐ法」、『智慧の庫』第三二号、由己社、一八七九年。
（7）鈴木桃野『反古のうらがき』（『日本庶民生活史料集成』第一六巻、三一書房、一九七三年）六六四～六六五頁。

35　古今雑談思出草紙

『古今雑談思出草紙』(1)は全一〇巻六四条より成り、古今諸国にわたっての巷説・奇談を記したものであるが、その巻之四に「疱瘡除守りの事」と題する次のような記述がある。(2)

世に疱瘡を煩《や》めるに、神あつて霊験あるといふ事、如何にもいぶかしき事なりといへる人も多し。然れども、爰に不思議なる事あり。江戸巣鴨（ママ）砂利場といふ所に、国府安平といへる御家人あり。此者家内肉縁の者に、疱瘡を煩ふ事壱人もなし。また守りを借し遣はす所、其守りを借受るもの、いか成悪き疱瘡たりとも死する事なし。是に依て聞伝へて、其守りを借受んと願ふ人々多し。然るに死に至らんとする方へは、其守り差合あつて間にあはず、守りだに借受る時は、決して順痘ならずといふ事なし。是いかなる事にて、家内にほうそうを病ず、此守り斯の如く奇妙有やと、其由来を聞に、此国府安平が先祖は、摂州住吉の辺に住居なせし郷士にて有しが、元和元年の頃ほひ、ある時十二月晦日の宵に壱人の美童来て、今宵一夜の宿借しくれよとぞ申ける。其形ち美麗《うつく》しく、身には錦繡の織物を着し、更に平人の体にあらざれば、斯る乱れたる世の中なれば、公貴の公達の落人と成てさまよふにやと思ひて、誠にいたはしく、其求めに応じ一夜止めしが、食事を進れども望みなしと辞し、只水計り呑で座したるのみにして眠らず。言葉少なし。是に依て、主じ不思議に思ひ、公達には何れよりいづ方へ越し給ふやと尋ねけれども、童子、更に答へもなく、もくぜんとしてありしが、夜明近き頃、童子は主じに対して曰く、我は疱瘡の神なり。計らずとも今宵一宿、懇意の饗応過分なり。其方が子孫あらんかぎりは、疱瘡煩ふものあらば、此品を借し遣はし与へよ。然る時は命を助くべしとて、直に織物の小袖上着にせしを脱あたへて、後に又曰く、毎年十二月晦日の夜に、汝じ水を手向て祭るべしとて、忽ちかき消如く立去り、主じも不思議の事に思ひけるが、其後に疱瘡病るものに、其衣類を少しづゝ切て与ふるに、病ひいえて死するものなし。依て諸所より望み願ふに任せ、段々切さきて与へたるが、今ははや纔計り残りあるを封じて守りとし、所々へ借し遣すとなり。奇々妙々たる事にして、其時誓ひし事露違はずして、今に国府家一類は疱瘡病る者壱人もなし。守りのしるし勝れたり。予も度々、其守りを借りて所々へ遣はして、其奇瑞をば見たる事也。

『痘瘡問答』(3)によると、疱瘡神が老人や子供の形相で示現する場合、それは吉兆を示しているというが、本例の場合は美童の姿で示見している。そして一夜の宿を借りた礼として、童子は小袖をちぎり、礼として主人に与え、「この家の子孫あるかぎり、疱瘡から守護する」と約束して立去ったとある。ところでこのような話は少なくないが、ただここで疑問が残るのは、十二月晦日の宵に疱瘡神が美童として現れていること。また。「この家の子孫あるかぎり、疱瘡から守護する」と約束して、「毎年十二月晦日の夜に、汝じ水を手向て祭るべし」といってかき消す如く立去っているという点。つまり大晦日と疱瘡神との間には何か密接な関係があるのではないかという疑問である。

以下そのあたりのことについて、少しく考察してみることにする。

その昔、痘瘡は疱瘡神という疫病神によってもたらされ、この疫病神は他郷からやってくるものと信じられた。したがって痘瘡が流行《はや》ると疱瘡神が村に侵入しないよう、あるいは家に入り込まないように、さまざまな疱瘡除けの共同呪法や個人呪法が行われた。

しかし万一、村や家に入った場合は、鄭重に饗応して機嫌をとり、ひたすら祟りの軽くすむことを祈念して祀られた。

つまり共同体であれ個人であれ、疱瘡神を迎えて祀ることは、あくまで疱瘡神の祟りをそれ以上強めないように慰撫することに主要な目的があったと思われる。そして手厚く持て成されて一定期間祀り上げた段階で送り出すことになるが、実際には送り出すことに主点をおいたわけで、そのため現象的には祀り上げ・祀り棄てという構造を示すことになるのである。つまり、日本の祭りの全体構造のなかで、基本的軸となっている神迎え・神送りの形式に習い、祀り上げ・祀り棄てという一連の儀礼によって疱瘡神なる悪神を処理してきたのである(4)。

一方、痘瘡の流行にかかわらず、年中行事として年末・年始に疱瘡神を祀る習俗、たとえば大晦日に年神様と疱瘡神を一緒に祀る風習は各地に存在した。

たとえば、南多摩郡恩方村では大晦日に神様を祀る棚を栗の木で作り、その他にもう一つ疱瘡神の棚をカツンボの木で作った。[5]

香川県の小豆島では、大晦日に近くの四辻から疱瘡神を迎えてきて、正月三が日は土間の片隅で疱瘡神と風の神を祀り、「常の日にはけっしておいで下さいますな」などといって、三日には背負って四辻へ連れていって帰すという。[6] つまり、疱瘡神を迎えて臨時に祀ることは、守り神に対する習俗であり、いうなれば、家や村の守り神として祠を作り常時疱瘡神を祀ることと同じ効果を狙ったものである。

もっとも、祟り神としての疱瘡神を鎮め封じ込める目的も含まれていたことは当然のことであろう。そしてこの守り神となった疱瘡神に関しても、当然のことながら数多くの習俗が生まれた(疱瘡祭・疱瘡棚・講など)。

以上のことからもわかるように、江戸時代における痘瘡除けの習俗は、実際には痘瘡に罹らぬ法というよりは、疱瘡神の祟りから逃れるためのものであったということができる。

つまり大晦日に疱瘡神を迎えて正月三が日に臨時に祀ることは、守り神に対する習俗であり、いうなれば、家の守り神として祠を作り、常時疱瘡神を祀ることと同じ効果を狙ったもの考えられる。いずれにせよ、疱瘡神と大晦日とは無関係ではないということがわかるのである。

〔参考文献・注〕

(1) 栗原東随舎《とうずいしゃ》著。この書は全一〇巻六四条より成り、古今諸国にわたっての巷説・奇談を記したものだが、勧善懲悪・因果広報を説いた説がほとんどすべてである。著者東随舎は江戸牛込に住した人で、小身の武家の隠居であったように思われるが、その伝は未詳。なおその自序に天保十一年(一八四〇)とあることから。その頃に成ったものとされる。

(2) 東随舎『古今雑談思出草紙』(『日本随筆大成』第三期第四巻、吉川弘文館、昭和五二年)四三~四四頁。

(3) 村井琴山『痘瘡問答』、享和三年=一八〇三刊、京都大学富士川文庫蔵。

(4) 宮田登『都市民俗論の課題』(未來社、一九八三年)一七七~一九〇頁。

（5）　桜井徳太郎編『民間信仰辞典』（東京堂出版、一九八〇年）二六三頁。
（6）　小野武雄『江戸時代信仰の風俗誌』（展望社、一九七六年）三三五頁。

36　桑名日記・柏崎日記

『桑名日記・柏崎日記』(1)と呼ばれる桑名藩士一家の日記に、六歳の孫息子の疱瘡罹病に際し、老夫婦の見事な看護ぶりと同時に、疱瘡を一つの通過儀礼としてうけ入れた当時の民衆の姿が明瞭に見てとれる次のような記述がある。(2)

天保十三年、寅年、九月
十一日、おばゞ大寺へほうそう見舞にゆく。まじないを聞てきて塩一升買来て、つとつこにこしろふて入口へつるす。ほうそうせぬ内は何年でもつるしておく。すれば川へ流して仕舞うよし。右の呪咀いたし置候へば、ほうそう軽きよし也。夕飯かぼちや汁をかけ、ぐちやぐちやにしてくんなへと云。よくかきまぜてやると、したたかたべ、洗湯へ行きなんかと云故、つれていつてくる。おじゐさ寝なんかと云故、抱て寝る。ちと熱ある様子也。球命丸を一粒のます。
十二日、鐐（注：孫の名）目が廻つて歩かれんと云故、背中を押えて手水場へつれていくと、黄水を吐く。それより茶のような小用出す。急ぎこたつをこしろうて寝かせ、一角丸五粒用ひ、さつまいもをたべぬかと、おなか持てきてやる。一口食べていやと云。そんならおまんま食べるかと云へば、食べやうと云故、持てきて食べさせれども、一ぜん食ていやじやと云。足まで熱あつても寝ていたことなし。こんどはよくよくのことにて大よわり。もしやほうそうになろふかと甚はだ心配なり。早速医者のところへ留五郎行てくれる。直ちに来てみて八九分はほうそうのお熱とみへますと云帰る。直にくすりもろふてきて、急ぎせんじ用ひ、鼻の頭へ汗出る(中略)。うんこが出たへと云故、つれてゆくと、こりやいやらしい、よくなつてしつこばかり出そふだと云て、小用は大そう出し、寝床に上るとべつたりと顔をふとんにつけて居る故、どうしたときけば、目がまつてならぬと云。熱強き故也。

十三日、鐐少々昨日より元気出た様也。矢張熱つよし。

十四日、大熱それより少しづつさめかかり明方には大きに熱さめる。ローソクの火にて顔手足を見る。少しづつほうそうらしく赤く見へる。

十六日。おばゞ洗場へ行けば、家中の人も町の者も鐐さ御ほうそうなさるげなが、お軽いそふで仕合せなこと、云。

十八日、今朝も手のゆびの腹へも手の平にも出来て居るのを見て、どふして豆が出来たろうねへおじゐさと云故、豆ではなへ、ほうそうだがへと云ば、フウンとあきれた顔してみる。それより鏡を見せたれば、是はおかしいコリヤいやらしい顔だと笑ふて見てゐるなり。こんなに沢山出た処は中剃の辺より前の方額に廿四五、その外は手足ともまばらにて夜前片山の衆のお咄しに、四つ五つ出るは紛敷候へ共、鐐のほうそう誠に気味よく、十のものならバ一歩にもたらぬほうそう大仕合せとおつしやる。

廿一日、昨日が峠と見へ、今日は大に元気よし。

廿二日、官蔵阿倉川へ行くという故、まじないのつとつこ入口に懸けおいたを外して、町屋川へ流しに頼んでやる。七ッ過小豆飯も出来に付、ほうそう棚へ上、神酒燈明もあげ、それより鐐に笹湯をかけてやり、直に八幡へ持参納めて仕舞ふ。

廿六日、鐐湯に入かさぶた落る。ほうそう出かた、けしの中に四つ五つ、項に五十斗、額に四十五六、鼻の真中に二つ、小鼻に一つ、口の周りに十斗、眼の上に三つ四つづつ、頰に五つ六つづゝ、ゑりに四つ五つづつ、右の目の玉白眼に一つ、あごに一つ、左の乳の上に一つ、右の乳の上に一つ、肩より背中尻つぺたまで卅斗、両腕より指まで四五十づゝ、掌に二つ、指の腹に三つ斗、小腹に二つ三つ、股より足先まで左右共四五十粒づゝ、足の裏に二つ三つ、先凡そ右の通也。

廿七日、二晩湯に入り候は、かさぶた大分取れ、顔は皆取れてしまふ。背中も不残とれ、頭と足にまた有。

以上の日記の中で特に注意すべきところは、酒湯の祭儀を滞りなくおえた老夫婦が、孫の全身にのこる痘痕を一つ一つ丹念に数え上げるところであろう。立川昭二は、この場面を感動ともいえると自著に述べている[3]。つまり彼らは痘瘡を人として誰もが免《まぬか》れることのできない「お役」として受け入れたが、しかしその災厄のなるべく軽くすむことを願った。当然であろう。だが一旦罹患すれば、家族・縁者は手抜かりなく疱瘡神を饗応し、接待して祀り、決して痘瘡を忌避することなく、むしろ慣れ親しむともいうべき行動でこれを迎えた。そして最後に酒湯の祭儀を滞りなくすませ、疱瘡神を家から送り出したのである。

このようにして、痘瘡という「お役」を無事通過した子どもは、はじめて社会的に一人の「人」として認知されるとともに、痘瘡という大患を経て運命共同体ともいうべき家族の絆《きずな》が一層強まることにもなったのである。

なお最後に十一日の日記に記されている痘瘡除けのまじないについて触れておきたい。

つまり塩をつとっこ（苞《つと》＝わらなどを束ねて物を包んだもの。わらづと）にこしらえて入口に吊しておくと、痘瘡にかかっても軽くすむという呪いだが、本来塩を用いた呪いは少なくない。

衆知の如く、洋の東西を問わず、古くより人々は塩に神秘的・呪術的なあるいは宗教的な意義をあたえてきた。

わが国でも塩は昔から貴重かつ神聖なものとされ、神祭の供物《くもつ》の中には必ず塩が数えられ、潔斎《けっさい》や祓《はらい》には塩がなくてはすまされなかった。葬式や野辺送りから帰ったものや、弔問にいったものが家に入る前に塩で清める習慣は現在でも全国的に広く行われている。

このほか塩の呪力に期待する習俗は各地に存在している。たとえば、祝い事に用いる赤飯に塩を添えたり、農家の炉やかまど、井戸などのそばに塩をつまんで立てて清めたり、祭や大祓《はらい》の際、神前に塩を供えたりする土地もある。また相撲の土俵に力士が塩をまいたりするのも清めである。これは日本だけではなく、たとえばスコットランドでは魔法使いが入り込んで酒をくさらせるのを防ぐため、酒を仕込んだ樽の上からひとにぎりの塩を投げる習慣があるという。

〔参考文献・注〕

（1）『桑名日記』は、桑名城下で米蔵の出納役にあった渡辺平太夫が五五歳の天保一〇年（一八三九）から、嘉永元年（一八四八）の死の直前まで執筆した日記。『柏崎日記』は、平太夫の養子で松平藩の越後支領、柏崎陣屋詰の勘定人渡部勝之助の内外見聞体験の諸事を日記風に仕立たもの。

（2）『桑名日記・柏崎日記（抄）』（『日本庶民生活史料集成』第十五巻、三一書房、一九七一年）五〇一～七六五頁。

（3）立川昭二『病いと人間の文化史』（新潮社、一九九〇年）一二九～一三〇頁。

37　徳川実紀

徳川家康から一〇代家治にいたる間の和文の編年体実録『徳川実紀』(1)には次のような記述がある。

○厳有院御実紀巻一一（明暦二年正月に始り六月に終る。御齢一六、厳有院は四代家綱の諡《おくりな》(2)）

御疱瘡の御けしきうかゞひて、三家より兎の前足・郭公・羽活雀を献ぜられ、家門諸大名諸有司まうのぼり

うかゞひ奉る（日記・公儀日記）

「兎の手疱瘡の山かけまはり」の川柳にあるように、兎の前足は痘瘡を軽く掻くために好んで使用された。そのため家綱の痘瘡の折りに、松平越後守光長が兎の足を献上したのである。

また、このことに関して南方熊楠は、『十二支考』(3)に次のように記している。

予の幼時、和歌山で兎の足を貯え置き、痘瘡を爬《か》くに用いた。これその底に毛布を著けたように密毛叢生せるゆえで、予の姉などは、白粉を塗るに用いた。

なお、『日本俗信辞典』(4)によれば、広島地方には兎の足で疱瘡をなでれば治るとのいい伝えがあるとあり、同じ事柄が大後美保《だいごよしやす》の『健康ことわざ事典』(5)にも取りあげられていることから、あるいは全国的に普及していた俗信だったかも知れない。

さて、幸い痘瘡の回復した家綱は幼少で将軍となったが、長じても病弱であったという。そのため将来に対する不安も感じられたが、その治世三〇年間は、幕府の基礎もようやく堅固となり、秩序も整い制度もできあがって、安定した時代であったといえる。

ところで『泰平年表』(6)の家綱の条によれば、明暦二年（一六五六）四月七日、「御疱瘡・御酒湯・御祝義」とある。しかし、それ以前の寛永六年（一六二九）一月二十二日、家光の条には単に「御疱瘡」とあるのみだから、まだ酒湯は行われていず、家綱以降この法が実施されるようになったことは、その後の『泰平年表』の記述によって明らかである。

特に、家慶の条には「十一月三日、御酒湯」「翌四日、惣出仕有之」とあることから見ても、将軍家においてはこの式は極めて盛大に挙行され、すでに制度化されていたことがわかる。

◎『泰平年表』

○寛永六年一月二十二日
　家光の条、御疱瘡、

○明暦二年四月七日
　家綱の条、御疱瘡・御酒湯・御祝義、

○万治三年四月十一日
　綱吉の条、御疱瘡・御酒湯・御祝義、

○享保十三年三月十一日
　家重の条、御疱瘡御酒湯、

○享保十五年十二月五日
　家重の条、御麻疹御酒湯、

○宝暦二年十一月廿三日
　家治の条、御疱瘡御酒湯、

○安永五年六月三日
　家斉の条、御麻疹御酒湯、

○安永七年二月十九日
　家斉の条、御疱瘡御酒湯、
御疱瘡或云廿五日・御酒湯

表6　痘瘡に罹患した徳川将軍

歴代	将軍名	罹患年	罹患年齢	記
3	家光	寛永6年(1629)	26歳	痘瘡を患うも平癒。慶安4年死去。 享年48歳(1604〜52)
4	家綱	明暦2年(1656)	16歳	痘瘡を患うも平癒。延宝8年死去。 享年40歳(1641〜80)
5	綱吉	万治3年(1660)	15歳	痘瘡を患うも平癒。寛永6年死去。 享年64歳(1646〜1709)
10	家治	宝暦2年(1752)	16歳	痘瘡を患うも平癒。天明6年死去。 享年50歳(1737〜86)
11	家斉	安永7年(1778)	6歳	痘瘡に罹り、眼証を発するも平癒。天保12年死去。享年69歳(1773〜1841)
12	家慶《いえよし》	文政5年(1822)	30歳	痘瘡を患い眼証を発するも土生玄碩《はぶげんせき》これを治療す。寛永6年死去。 享年61歳(1793〜1853)

出典：注(9)

○天保七年十月二十二日

家慶の条、御麻疹、十一月三日御酒湯、翌四日惣出仕有之、

本来、酒湯とは痘瘡予防のためのものではなく、治療のために早く痂皮《かひ》を落痂させる目的で行われたが、後には痘瘡を経過した祝賀の式となり、当初の治療の意義は失なわれた。のみならず最初は、将軍家や大名の子女あるいは上流階級に限られていた酒湯の祝儀は、次第に庶民階級にまで普及したが、漸次行事化し儀礼の内容も豪華盛大なものとなった。このため祝宴に要する日時と経費の負担は庶民にとってはかなりの重圧となったから、ついには藩令によってたびたび儀礼の簡略化が命じられるほどであった。

その上、この酒湯の祝賀は種痘の後においても、期日の基準が厳格に守られて行われたから、それによって起こる弊害は甚大であり、そのため種痘の普及の妨げともなったのである。

○大猷院殿御実紀巻七九（慶安三年一〇月に始り一二月に終る、大猷院は三代家光の諡《おくりな》(7)）

定痘瘡麻疹水痘病者遠慮日数

この日疱瘡、麻疹、水痘やみしもの、、遠慮日数をさだめて令せられしは、をのが家にある子孫親族等。疱瘡・水痘を病むときは。三度湯終りて後番直に出すべし。但宅地のうちをかし置。親族この病を被ぶるとき。居住へだてたるはくるしからざれば。番直に出すべし。をのれ疱瘡をやむときは。見点の日より七十五日を歴て番に出べし。拝謁は百日を過すべし。麻疹水痘は見点の日より三十五日歴て番にいで。褐見は七十五日を過べし。疱瘡を看侍せしものは。見点の日より五十日拝謁を禁ぜらるれば。供奉もこれに准ずべし。いふまでもなく当直するとも拝謁憚る事は同前たるべし。麻疹水痘を看侍せるは。見点の日より三十五日謁を禁ぜらる。供奉是に准ずべし。当直の日も謁すべからずとなり(水戸記・紀伊記・憲教類典)。

文中「見点」とあるのは、赤く盛り上がった発疹(丘疹)の出現する発病四~八日目のことで、今日の痘期の区分に当てはめてみると発疹期にあたるものである。

ところで、「痘瘡麻疹水痘病者遠慮日数」を定めた三代将軍家光も、寛永六年(一六二九)二月に二六歳で痘瘡を患っているが、幸い無事平癒している。

しかし、家光の定めとは正反対の内容の藩命も存在するのである。たとえば、寛政七年(一七九五)初夏の候、当時名君の称ある鷹山公(上杉鷹山)の治世であった米沢において、痘瘡が流行し、藩士の家族であってこれに侵される者多きにいたった時、米沢藩は同年七月六日、

家族に流行病有之者出仕勤不苦旨被仰出　家内に疱瘡、麻疹、水痘人有之者出仕当延引の儀先般被仰出候処御内証表向共に不及遠慮旨此度改て被仰出候間被得其意支配有之面々は可有伝達候

(『鷹山公世紀』[7])

つまり、家族に痘瘡患者があっても「出仕を遠慮するに及ばざること」を命じている。

このことについて、山崎佐は『日本疫史及防疫史』(8)に、

之未だ痘瘡を伝染病と考へて居らぬからである。

と記している。たしかに橋本伯寿が痘瘡の原因に革命的な伝染説を論述した『断毒論』を発刊する一五年前のことはいえ、当時すでに経験上、痘瘡は人に感染する疫病であったことは広く知られていたわけで、むしろ筆者はあの英邁で知られた鷹山公が、痘瘡を伝染病と考えておらぬとは信じられないのだが、あるいは別の理由があったのかも知れない。

以上、『徳川実紀』に記載された三代家光・四代家綱将軍の痘瘡について述べたが、ではその他の将軍はどうであったのだろうか。

別表は、痘瘡に罹患した徳川将軍六名をまとめたものだが、実に一五名中六名が罹病していることがわかる。死亡者のいなかったことは不幸中の幸いというべきであろうが、しかし、時の最高権力者であった徳川将軍でさえ、その四〇%が痘瘡に罹患したということは、まさに上下貴賤の別なく襲ったとされる痘瘡の面目躍如たるものがある。

〔参考文献・注〕

（1）家康から一〇代家治にいたる間の歴代の将軍について、その政治上の事跡を集録した和文の編年体実録。江戸幕府が大学頭林述斎を総裁として成島司直《もとなお》らに編纂させたもの。文化六年（一八〇九）起稿、嘉永二年（一八四九）完成。全五一六冊これが正編である。なお維新後に家斉から慶喜までの実紀の実録を編纂した『続徳川実紀』がある。

（2）『徳川実紀』第三巻（経済雑誌社、明治三七年）一七五頁。
（3）南方熊楠『十二支考・1』（東洋文庫215、平凡社、一九七二年）一〇四頁。
（4）鈴木棠三『日本俗信辞典　動・植物編』（角川書店、一九七六年）七一頁。

(5) 大後美保『健康ことわざ事典』(東京堂出版、一九八五年)一〇二頁。
(6) 『泰平年表』(続群書類従完成会発行、一九七九年)。原著は『泰平年表』(正編)五巻、大野広城、天保十二年、袖珍本一冊として板行。『続泰平年表』(二編)嘉永五年刊。
(7) 前掲注(2)、一〇五二頁
(8) 山崎佐『日本疫史及防疫史』(克誠堂書店、一九三一年)二四一頁。
(9) 服部敏良『日本医学史研究余話』(科学書院、一九八一年)三〇四頁。

38 反古のうらがき

鈴木桃野の『反古《ほうぐ》のうらがき』(1)には、江戸後期に生きたひとりの痘瘡患者、伊勢平八という男の場合の症状・経過が次の如く詳しく記述されている。(2)

伊勢平八といへる人は伊勢貞丈が別家なり、騎射をよくし、長歌をさへよく謡ふ、闊達なる人なりけり。若年の頃より酒を好み、肉食をすること佗にこへて、しやもといへる鶏を食ふに、一羽を兄弟二人にて尽すといへり、其弟松軒子は予が友なり、一日訪ひまいらせしに、折しもしやも一羽得たりとて、予にももてなし玉ひけり、其人面て白く片目なり、おもきもがさの目に入たるといふ、されどもこゝぞといふあともなく、たゞ一面に鮫膚《さめはだ》なる人の如し。若かりし頃はさしも美《うつく》しかりつらんと思ふは、今といへどもしりつべきほどなれば、絶て見苦しき様はなし。其人十八歳のとし、春の初めよりおもき疱瘡《もかさ》をやみて、面より手足迄、唯一面にはれ上り、一時につぶれてはかはき、又其あいだより膿汁《うみしろ》出で、其上々々とかたまりて、ここぞ膚といふ処は少しもなく、かちくと音する程にかたくなりて日数経にけり。初め程は飲食も通らず、心もおぼろげにありて、さ迄くるしとも覚へずありしが、廿日斗りありて心はさだかになりたり。扨いかにさんと思ふに、手も足も動かさずにありける儘にかたまりて面ては仮面《めん》をかぶりし如く、いづくよりか息の通ふなり。二便はいかにしけるかと思ふに、人の布《ぬの》もて取る様なり。飲食はいかにと思ふに、耳のあたりよりなまあたゝかなるもの、頰のあたりをめぐりて口にいたる。これ粥成るべし、扨舌もて口のあたりを嘗めてこゝろみるに、なめらかなふして又堅き物あり、其あたりに粥の付たると覚しきを、すゝりてありたる也。よく〳〵思ふに、痂《かさぶた》の間より息のかよへる処ありて、それより粥をつぎ込也。自から是をしりたる後は、一口も食ふにたへざれども、又おひ〳〵飢を覚ゆるにぞ、是非なくこれを食ふ也。手を出してかきおとさんとするに、左右に人ありてかたくおさへてこれを許さず、怒《いか》りにたへずといへども又如何ともすべきよふなく、幾日となくかくてありけり。五十日斗り経ぬれども、かわることなく、唯足のあたり少々づゝ痂ぶたの落るよふに覚ゆれども、いまだ自らさぐり見ることを許さず、手もやや指のはたらくことあれども、いまだ試《こころみる》ことなし。折節春も末になりて、暖なる日は惣身かゆく覚へて堪えがたし、且あつくるしきこといわん方なし。一日つよく南風の吹たれば、おどり上る斗りにかゆく覚へ身をもがくを、人々は苦痛やあるとて、苦《にが》き薬などつぎ込に怒りて、吹出すといへども、呼吸につれて入る時は飲ざること能はずかくてありてより渇を覚へ、飢を苦しむこと廿日斗り、手足も力付て覚ゆれども、いよ〳〵人多く守りてふせぐものから、かくてはせん方なし、面て痂《かさぶた》かき落したらんには、さぞ快《ここち》よからめ、いかに疵付たればとて、男子漢《おとこのみにて》の何をか妨げんと独り自から思ふといへども、母君のいたく愛《いつく》しみて守り玉ふを、いかんともすること能はず、其頃より耳の塞がり少々づつ明きたるにや、少し人の語る声聞へて、よく寝玉ふ也、ちとやすみ候へなどいう声の聞ゆるにぞ、忽ち一つの謀りごとをぞ思ひ出ける。吾かく心地もよく、手足も力付て何の苦しむ処もなきに、かくして飢に苦しみ、痒きを忍ぶは益なきことぞ、是をしらせんとするによりて、人々のかきむしるぞと心得て守るなるべし。いでいで寝たるふりして、人を懈《おこ》たらしめんと思ひ付、一日朝より少しも身を動かさず、二時斗りありければ、案の如く人々おこたりて、側《かたはら》を去りたる様子なり、此時こそと思ひて、かの耳のあたりなる飲食を入れる穴に指さし入て、めり〳〵とかき落しければ、面の大さなる痂落けり。折しも桜はみな散りて果て八重山吹のさかりなるに、少し木梢々は青葉も生ひ出て、南風のそよ〳〵と吹けるが、おもてに涼しく当りたる、其心地よきこといわんかたなし。吾を忘れてあなこゝろよやと叫びけるに、人々おどろきてかけ来り見るに、おもては赤はだなるに多く血さへ出で、いづくを目鼻とも見分け難きが、大口明てから〳〵と笑ふ様、おそろしくぞ見へける。母君は殊に驚き玉ひ、涙と共に心地は如何にぞと問玉ふに、いや心地はさせることもなし。先よき酒二三合冷やかなる儘にたび玉へ、いたく渇して候へばといへば酒は医師の禁物なり。素湯などもてといひて召しければ、やがて来にけり、つゞけ様に六七盃飲けるは、快よくぞありける。それよりは飲食も思ふ様にたふべ、日々に心地も健やかにぞ成ける。唯一眼はいつか星入て、絶へて見ることなくぞありける。面の痂をさへかき落したれば、手足もおひ〳〵かき落し、さゝ湯をさへあびたれば、常の人の心地となり、不日に全快とはなりにけり。かかる疱瘡も又とあるべきならず。又かゝる苦しきことにあひける人も、又とはあるまじとかたり玉ひける也。高千石、番町おひ坂上、此人兄弟とも今はなし。

以上は伊勢平八なる者の病状の詳しい経過だが、幸い一命はとりとめたものの、その症状はかなり重篤であったことがわかる。そこで以下、参考までに痘瘡の各痘期における特有の所見について記述してみることにする。痘瘡の症状はすでに痘科の医師たちにより詳しく観察され、当時の専門書に詳細に論述されていた。これについて富士川游は、凡百の疾病の中に就きて、痘瘡は最も詳かに、臨床上の観察を遂げられたるものの一つとすべし。

と記述している。(3) つまりどの医学書も痘期を痘疹の形色・浅深・結痂等の変化によりいくつかの段階に分けて論じている。そのもっとも古いものは、宋の陳文中の『小児痘疹方論』で、以後、明・清の唐科の書はいずれも大体左記のように分類している。

痘瘡の発出（放標・見点・報痘）より、収結（収靨・結靨）に至る十二日を四節に別かち、各節を三日ずつとなること。及びこれに序熱の三日を足する一五日となる。

わが国においても同様の説が多く、元禄年間、香月牛山は『小児必用養育草』に、

熱蒸とて三日あり、和俗ホトホリといひ又は序病といふなり
放標とて三日あり、和俗出ソロヒといふなり
起脹《きちょう》とて三日あり、和俗水ウミといふなり
貫膿《かんのう》とて三日あり、和俗山アゲといふなり
收 靨《しゅうよう》とて三日あり、和俗カセといふなり

と痘瘡始終の十五日を五期に区別している。

同様に享保年間、寺島良安の『済生宝』にも、

熱蒸	三日	ホトホリ	大抵似㆓傷寒㆒
出育	三日	デソロヒ	放標也
廻漿	三日	ミズモル	起脹也
貫膿	三日	ヤマアゲル	灌膿也

收靨　三日　カセル　結痂也

と記録されているが、内容は『小児必用養育草』と同様で、この後の諸家も多くはみな同一の説を唱えた。また興味あることは、痘疹の形色により順・逆・陰の三種類を分けて、予後・生命の吉凶を定め、あるいは痘疹の出痘の部位によって吉凶を論ずることが多く、「痘疹は陽毒にして、諸陽は皆面に聚まるが故に痘疹の吉凶善悪は顔面にありて最も見易し」（池田錦橋『痘科弁要』、文政四年＝一八二一刊）とされた。またとくに痘科においては、唇舌の症候が盛んに観察され、それによって痘瘡の凶悪が区別された。

このほか、痘瘡の形状を見て、その吉凶を区別する方法はいろいろあったが、結局のところは、

膿化の如何を見るにあり。すなわち、膿化するものを吉とし、膿化せざるものを凶とし、予めこれを卜知して、痘瘡の凶・険・悪を別かつなり。

ところで、橘南谿は『痘瘡水鏡録』（天明元年＝一七八一刊）に他の諸家と異なる痘期に分けて記述している。つまり痘期を一二日とし、序熱三日を加えて一五日とすることは他の諸家と同じだが、他の諸家が一二日の痘を四期に分けるところを八期に区別し、痘期を精細に記載している点である。

第一階	初日・二日・三日	序熱	ホトホリ
第二階	四日・五日	見点	モノバナ見ユル
第三階	五日・六日	出斉	出ソロヒ
第四階	六日・七日	起脹	山アゲ
第五階	七日・八日	行漿	水モリ
第六階	九日・一〇日	灌膿	膿モリ

第七階　一一日・一二日　収靨又結痂　カセル
第八階　一三日・一四日　落痂　フタ作ル
第九階　一五日　痘のこと終る

以上の痘期を今日の医学書に見る区分に当てはめてみると、左記の通りになる（〔　〕内は橘南谿の痘期）。

(1)潜伏期（一〇～一三日）　特定の症状はない。

(2)前駆期（発病初日～三日）　発病二日目頃より、前駆疹と呼ばれる紅色の発疹が出現する〔序熱〕。

(3)発疹期（発病四日目～八日）　発病四日目頃から赤い盛り上がった発疹（丘疹）が出現する〔見点・出斉〕。六日目頃からこの丘疹は水疱に変化し、その中央がくぼむ（痘臍）〔起脹・行漿〕。

(4)化膿期（発病九日目～一〇日）　九日目頃には、水疱の内容が黄色に混濁して膿疱となる〔灌膿〕。

(5)結痂期（発病一一日目～一五日）　一一日目頃から膿疱は乾燥して痂皮《かさぶた》を形成する〔収靨〕。一三日目頃より痂皮は脱落しはじめ、全身症状は消えて漸次恢復期に移行する〔落痂〕。

(6)恢復期　痂疲は脱落して後に醜悪な痘痕《あばた》を貽す。なお、全身の痂皮が脱落し終わるには二～三週間を要する〔痘のこと終る〕。

以上は富士川游の『日本疾病史』(3)に記載された諸説における経過だが、そのいずれも記述した通り、各痘期が規則的に出現すること。一定の日数すなわち一五日を経て「痘のこと終る」とされたこと。しかも痘瘡に一度罹患した後は、再び感染しないことが認められている。このことから、当時の人々が、痘瘡は「神のなせるわざ」と信じて恐れたことは、無理からぬことであったと思われる。

最後に筆者の疑問に思うことについて触れておきたい。それは伊八の病状はかなり重篤で、片目はつぶれ顔面から手足まで痂《かさぶた》でおおわれ、まともな皮膚が見られぬほど重篤だったにもかかわらず、「若かりし頃はさしも美しかりつらんと思ふは、今といへどもしりつべきほどなれば、絶て見苦しき様はなし」というほどまでになぜ醜い痘痕《あばた》も残さずに治癒したかということである。

なお「疱瘡あとつかざる法」については、『近世説美少年録』のところで記述してあるので、そちらの方を参照していただきたい(二一二頁~)。

〔参考文献・注〕

(1) 謙譲もあろうが、事実、稿本は反古の裏をかえして書き綴ったもの。内容は町の噂、見聞せる怪談など近辺に起った異聞を興味のまま、全四巻八五話に集録。著者は江戸時代後期の随筆家、鈴木桃野、嘉永三年(一八五〇)に成る。

(2) 『日本庶民生活史料集成』第十六巻、三一書房、一九七三年、六六四~六六六頁。

(3) 富士川游『日本疾病史』、平凡社、一九九四年、一二八~一三七頁。

39 おらが春

北信濃の柏原(北国街道の宿場町、長野県信濃町)に生れた一茶は、一五歳で江戸に出たが、五〇歳で帰郷、五二歳で結婚(初婚)、妻との間に三男一女をもうけた。しかし長男は生れて二八日目に死亡、長女は痘瘡で一年二カ月で死亡、次男は九六日目に母親の背中で窒息死、三男は栄養失調で一年九カ月で死亡、三八歳の妻きくまで失なった。その後、後妻ゆきとも三カ月で離婚、一茶自身は三度目の中風で六五歳で死んだが、かれの死後三番目の妻やをの生んだ次女のみが四六歳まで生きた。

一茶は二九歳で葛飾派(江戸俳界の一派で田舎風が特色)の執筆《しゅひつ》となり、その頃より一茶自身の日録風の句文

集を多く世に出すが、その中の代表作『おらが春』(1)に疱瘡で死なせた長女さとに関する次のような記述がある。(2)

楽しミ極《きはま》りて愁《うれ》ひ起るハ、うき世のならひなれど、いまだたのしびも半ばならざる千代《ちよ》の小松の二葉《ふたば》ばかりの笑ひ盛りなる縁(ママ)(緑)子を、寝耳《ねみみ》に水のおし来るごとき、あら〱しき痘《いも》の神に見込《こま》れッ、今水濃(膿)のさなかなれば、やをら咲《さき》ける初花《はつはな》の泥《でい》雨にしをれたるに等しく側《そば》に見る目さへくるしげにぞありける。是《これ》も二三日経《へ》たれハ、痘バ、かせぐちにて雪解《ゆきげ》の峡土《かいつち》のぼろ〱落るやうに瘡蓋《かさぶた》といふもの取《とる》れば、祝ひはやしてさん俵《だら》法師といふを作りて笹湯浴《あび》せる真似《まね》かたして神ハ送り出したれど、益〱《ます》よはりてきのふよりけふハ頼ミすくなく、終に六月廿一日の蕣《あさがお》の花と共に比《この》世をしぼミぬ。母ハ死皃《しにがほ》にすがりて「よゝ〱」と泣《なく》もむべなるかな。この期に及んでハ、行《ゆく》水のふたゝび帰らず、散《ちる》花の梢《こずゑ》にもどうぬくひごとなど、あきらめ皃《がほ》しても、思ひ切がたきハ、恩愛《おんあい》のきづな也《なり》けり。

　露《つゆ》の世ハ、露《つゆ》の世ながらさりながら

去る四月一六日、みちのくにまからんと善光寺迄歩ミけるを、さはる事ありて止ミぬるも、かかる不幸あらん迚《とて》道祖《どうそ》神のとゞめ給《たま》ふならん

先に述べた如く三年前に長男を死なせている一茶は、長女さとの誕生をことのほかよろこび成長をたのしみにしていたようで、翌年の文政二年（一八一九）の正月には、

　這《は》へ笑へ二ツになるぞけさからハ

の句を詠んでいる。ところがその年の六月、突如疱瘡で死去したのだから、その悲嘆の情は如何にもあわれとしかいいようがない。まさに「露の世ハ、露の世ながらさりながら」である。

ところで以上の文から、当時、笹湯を行うことで疱瘡神を送り出し、その結果、疱瘡の治癒がもたらされるこ

とが可能になるのではないかと考えられていたことがわかるのである。

笹湯とは酒湯《ささゆ》のことで、いつ頃から行われたかは不明だが、山崎佐によれば多分明暦（一六五五～五七）の頃からとされている。[3] その目的は早く痘蓋を落痂させるために行われたものだが、これについては本書の『馬琴日記』の「ささ湯」の項に詳しいのでそちらを参照していただきたい（二〇四頁）。

ところで当初、酒の入った米の泔水《しろみず》にて沐浴し落痂を早めるという純然たる医療行為であったはずの酒湯が、寛政（一七八九～一八〇〇）の頃より、「さゝ湯」を「さゝいの湯」の意味に解釈し、酒《ささ》の名称の由ってくる所以を忘れて、酒を入れるべからずと説かれるようになった。

やがて「さゝ湯」を「笹湯」と同意義に解して、「ささゆ」の式、即ち落痂の頃温湯を竹葉にひたして撒りかけ、その後衣服を更《あらた》め入浴を許して痘瘡の軽快を祝う儀礼に変わった。

また、本例の如く、さん俵《だら》法師（米俵の端にあてる円いわら製のふた。さんだらぼうし・さんだろぼっち＝疱瘡神の依代《よりしろ》）を藁で作り、湯を笹の葉でふりかけたのち、川に流すか川辺の木に結びつけ疱瘡神を送り出す神送りの儀礼に変わり、本来の酒の湯をふりかけて落痂を早めようとした治療上の意義は全く失なわれ、やがて儀礼化されたささ湯は、疱瘡神送りの際の締めくくりとしての意味をもつにいたった。

また一方、治癒する寸前の患者が浴びたささ湯は、子供に数滴かけるとその子供は軽い疱瘡に罹るだけですむか、あるいは疱瘡への免疫を得ることができるとの信仰も生じた。

なお、酒湯を題材とした川柳には次のような名句がある。

○町屋迄笑いの通る三番湯

疱瘡のなおった子には、ささ湯を立てて入れた。それを一番湯と呼び、まだかからぬ子にも予防のために浴びせた。これは種痘に似た免疫をつける知恵と思われる。三番湯とは、おそらく、まだかからぬ子供に浴びせる湯であろう。

○一番湯かけろとて子を呼歩行

一方、治癒する寸前の患者が浴びたささ湯は、子供に数滴かけるとその子供は軽い疱瘡に罹るだけですむか、あるいは疱瘡への免疫を得ることができるのだという信仰もあった。

○医者も来て切火を浴る酒湯の日

本来落痂を早めるための医療行為として行われた酒湯は、やがて疱瘡仕上げの祝賀の行事となり、種痘の後においても守るべき不可欠な風習として残ったことは、当初の治療的意義を失なった全くナンセンスなこととしかいいようがない。

このように酒湯は時代を経るとともに本来の治療の意義を失なったが、その反面、祝事にかかわる経済的負担は庶民にとってはかなり大きかったから次第に廃止されるようになった。

〔参考文献・注〕

（1）『おらが春』は一茶の代表的な句文集。文政二年（一八一九）、一茶五七歳の一年間の随想・見聞・句作を集めて弟子の白井一之《いっし》が一茶の死後二五年たった嘉永五年（一八五二）の刊行。この年、長女さとを疱瘡で死なせて、その悲嘆の情をありていにつづった文章には円熟が感じられるという。書名の『おらが春』は、句文集最初の句、「目出さもちう位《くらい》也《なり》おらが春」を一之が選んだもの。所収の句数は二六四。

（2）小林一茶著・黄色瑞華《おうしきずいか》校注『校本・おらが春』（成文堂、一九七五年）五二頁。

（3）山崎佐によれば、『泰平年表』の寛永六年（一六二九）二月将軍家光の疱瘡の記録には、ただ「御疱瘡」とあるのみだが、明暦二年（一六五六）四月七日、家綱の疱瘡については初めて「御疱瘡御酒湯祝儀」とあることから、寛永年間には未だこの法は行われていなかったのではないかと述べている（『日本疫史及防疫史』、克誠堂書店、一九三一年、二三五頁）。

40　近世蝦夷人物誌

蝦夷地をたびたび訪れて内陸部をくまなく歩き、当地の事情を詳しく紹介した松浦武四郎の『近世蝦夷人物誌』[1]に、次のような記述がある。[2]

○酋長ムニトク

西場所スツヽなる脇乙名役ムネトク通称ムニトクといへるは当年四十七歳にして、妻はウエントソと云て是また四十四歳なるが、二人の間に娘姉妹ありて家内睦まじく暮せしに、此春なるか天然痘《ほうそう》流行して、妻も之に関係りて死し、姉娘なるものも死し、其余当場所の土人等人家十九軒あり、人別六十ありしが其内四十一人死して、今は家漸々四軒ならでなくなり、其の災害たる中に此者また此病に罹るや、皆の者は山へ逃行、またはシマコマキの方には此病流行せざるや等云て皆逃去る時から、実に是天命なるべしと唯一人残り運上屋の養を受け居りしとかや。然るに此頃鎮台村垣大君（註：箱館奉行村垣淡路守範正）此地にて越年あらせられし時なりしとかや。此病に罹る土人のかくの如く助命なりがたきことをしろしめして深く是を憂ひ給ひしと聞。此酋長もかく土人の日々に死失し且此病には土人といへる者は堪がたき事と詰合なる長谷川、岡田等いへる有志の士に時々歎訴したりしとかや。然るに此者の一心天地の神も納めましく〳〵けん、大君にも此病を煩ふものは助命なきをますますいたわり給ひ、遙けくも大江戸より医者ども多く取よせられ、近来西洋より行はれ来る種痘の術を施させ給ふこそ実に此者の赤心鎮台の御仁念に相通じたるや、我等世に蝦夷狂人とも呼はる癖の有けるにや、此度の御所置中此一事に過たる功はあるまじとぞ覚ゆるなり。実に纔一年をも過ずして島々の果までも如何計か此病の害を除き侍りけることとぞなりたるは嬉しかるべし。皆此病にて今日もくと死失し、一村皆山へ迯、皆他郷へ去る中に、唯一人留りたるこそ丈夫の所置なりと云ふべし。

安政二年（一八五五）、箱館奉行村垣淡路守範正が蝦夷地を管轄するや、折りから痘瘡が流行し翌年に及んだ。アイヌは悉くこれをおそれて山に逃げこんだので、海岸地方では甚しく労働力が不足した。このため安政四年、箱館奉行は江戸の医師桑田立斎・深瀬洋春ほか数名の医師を派遣し、翌年にわたってアイヌに牛痘種痘を施した結果、さしもの流行を見た痘瘡も終熄した。これがわが国における最初の強制種痘である。

ところで蝦夷地における種痘といえば、その先駆者である中川五郎治の業蹟について触れざるを得ないだろう。(3)択捉島《えとろふ》の番人小頭で、ロシア語の通詞をしていた中川五郎治（本名佐七）がシベリアで修得した牛痘種痘法を松前で行ったのは、文政七年（一八二四）だといわれている。

このことから、文政七年が日本における最初の牛痘接種の年となるが、ただし地域的には松前藩から仙台までの住民を救っただけに終った（なお文政七年は五郎治が六カ年間シベリアに抑留され、文化九年、蝦夷地に還送された一二年後にあたるが、この間に種痘が行われたか否かについては資料がないので不明である。またこの年の種痘は失敗であったとする説もある）。

いずれにせよ、五郎治のこの活躍はオランダ船がわが国に牛痘痂をもたらし、オランダの軍医オットー・モーニッケ（Otto Mohnicke）と佐賀藩医楢林宗建が通詞の三児に接種し、初めて善感に成功した嘉永二年（一八四九）をさかのぼること実に四半世紀も前の快挙である。

その後、天保六年（一八三五）および同一三年（一八四二）、蝦夷の痘瘡流行に際し五郎治の施術を受け、罹患を免れたものは少なくなかったという。ただし、地域的には松前藩と東北の一部という限られた地区だけであったため、広く普及されるまでにはいたらなかった。

ただし、松前藩では五郎治の種痘活動を容認していたから、藩内の住民はその後も大いに救われたという。

一方、モーニッケが接種に成功するや、牛痘種痘法はまたたく間に全国に普及した。このことから、嘉永二年のモーニッケが接種に成功した日をもって、牛痘接種成功の日とするのが至当であろうとする意見が多い。

ただ筆者自身は、中川五郎治の接種をもってわが国最初の牛痘接種と認めることに異存はないが、もし彼が一介の蝦夷地の番人ではなく、たとえば医師であり、また中央で活躍した実績があったとしたら、恐らく彼の生涯は一地方の物語にとどまることなく、わが国最初の牛痘施術成功者として、その名声は広く世の中に定着したに違いないと思うのである。

最後に、参考までに蝦夷における痘瘡流行年について付記しておく(4)。

寛永　元(一六二四)　夏、蝦夷地、痘瘡流行、人多死す。
万治　元(一六五八)　春、蝦夷地痘瘡流行、人多死す。
安永　八(一七七九)　夏、蝦夷地に痘瘡流行す。
　　　九(一七八〇)　夏、蝦夷地に痘瘡流行す。夷人死者六四七人。
天明　三(一七八三)　松前地方に痘瘡流行す。
文政　七(一八二四)　蝦夷地に痘瘡流行す。中川五郎治牛痘接種を試みるも一説によると失敗に終ったという。
　　　　　　　　　　これが日本における最初の牛痘種痘である。
天保　六(一八三五)　蝦夷地に痘瘡流行。中川五郎治牛痘種痘を行い防遏に貢献す。

一三（一八四二）　蝦夷地に痘瘡流行。中川五郎治牛痘種痘を行い防遏に貢献す。

安政　二（一八五五）　蝦夷地に痘瘡流行し、翌年に及ぶ。

安政　四（一八五七）　五月、松前藩下に痘瘡流行したため、幕府は江戸の町医桑田立斎・深瀬洋春等に命じアイヌに強制的に牛痘を接種させる。この強制種痘は翌年に及ぶ。

〔参考文献・注〕

（1）松浦武四郎は蝦夷の各地を歩いて原住民アイヌに接し、話を聞いて二八のアイヌの徳行・奇行を拾い、挿画をはさみ出版せんとした。内容の三分の一は蝦夷地の風土記、三分の一は人物志、そして三分の一は和人のアイヌに対する態度の批判からなっており、安政四年（一八五七）原稿完成出版願を出したが、箱館奉行所の反対で却下された。しかしその後も箱館奉行の依嘱によって編集をつづけ後篇を完成して献上したが、なぜか奉行所の反対で出版禁止となった。つまり箱館奉行所では行政の参考資料にはしたが、公判されるのは好まなかったのだろう。これが最初に活字となったのは、嫡孫孫太氏によって京華日報社発行の雑誌『世界』第九八号（明治四五年七月）より第一一六号（大正三年一月）まで連載された時である。

（2）『日本庶民生活史料集成』第四巻、三一書房、一九六九年、七四五～七四六頁。

（3）松本明知『横切った流星』、メディサイエンス社、一九九〇年。

（4）小鹿島果『日本災異志』疾癘之部（思文閣、一九六三年）一～四一頁。

明治時代

41　拾島状況録

『拾島状況録《じゅうとうじょうきょうろく》』は、明治二七年（一八九四）大島の島司に任ぜられた笹森儀助が、翌年一〇〇余日間管内の川辺郡拾島（注：南西諸島のうちの大隈諸島に属する）を巡回した日記であり、その日程と各島における調査事項を整理したものである。その点では『拾島状況録』は行政上の目的に基づく調査記録であるため、『文学に見る痘瘡』と題する本書の文献とするには、あるいは不適当かも知れないが、しかし、孤島の痘瘡を考える例としては捨て切れないものがあるため、あえてここに記載することとした。

『拾島状況録』(1)の竹島記(2)の疾病の章には次のような記述がある。

今ヨリ百年前天然痘大ニ流行シ、当時三十四戸ノ内壱戸居ヲ他ニ移シ其伝染ヲ免レタルノ外、一戸トシテ其伝染ヲ受ケサルノ家ナク、又毎戸之ヲ免レタル人ナシ。死亡参拾八九人、全ク死尽シテ空家トナリシモ八戸アリシト云フ。其原因ハ種子島ヨリ女服購求シタリシニ、痘瘡ニ罹リ死シタル婦人ノ衣服ナリシカハ、之ニ依テ病毒ヲ輸入シタルモノナリト。又其三年前同病ノ流行アリ、多少ノ死者アリシモ、其数ヲ詳ニセス。後天然痘流行セシコトナシ。又種痘ヲ施シタルモノ村中一人モナシト云フ。（中略）凡ソ伝染病等ノ輸入セラル、ヤ、之ヲ治スルニ医師ナク、全ク之ヲ自然ニ放棄シ、又之ヲ予防スルノ術ヲ知ラス。故ニ病毒ハ其威ヲ逞フシ、村中ニ蔓延シ、将ニ繁殖セントスル人口ヲ遽ニ減殺《げんさい》ス。既ニ治スルニ医ナシ、蓋シ又不幸ノ民ト云フヘシ。

因みに、竹島の人口増加のペースは次の如くである。

天保 九 年（一八三八）	六一人
弘化 三 年（一八四六）	六二人
慶応 二 年（一八六六）	六五人
明治 三 年（一八七〇）	七六人

明治一八年（一八八五）　一〇八人
明治二八年（一八九五）　一三八人

一方、拾島中最大の島嶼である中之島記(3)の疾病の章には、次のような記述がある。

元治元年四月、鹿児島ニ登り、痘瘡ニ感染シテ帰リ、弐人ニ伝染シ、壱人死亡セリ。患者ハ村西弐町許ヲ隔テタル山中ニ木屋ヲ造リ、之ニ移シ、其時宮ノ城ヨリ遠島ノ医師アリシヲ以テ、其療治ヲ受ケシメタリ。他ニ蔓延セスシテ已ム。

以上、竹島記・中之島記の記載から、次の二点について考察して見ることにする。その一つは、竹島の痘瘡の原因は種子島より購入した婦人服にあるという記述に関してであり、そして今一つは種痘法の実施がはじまって以後もなお拾島諸島においては、一種の隔離処置による痘瘡対策が続けられていたという点についてである。

たとえば中之島についての記事によれば、痘瘡患者は山中に作られた小屋に強制的に隔離されていることがわかる。離島には医者もなく薬も満足に入手できず、また住民も島を離れることができなかったから、病者を山中に隔離するしか痘瘡の蔓延を阻止する方法がなかったのだろう。幸い中之島の場合、遠島の医師を招いて療治を受けさせ、その結果、他に蔓延することなく終了したという。しかし隔離の目的は達したものの、それが如何に病者の人権を無視した反社会的行為であったかは、やむを得なかったこととはいえかなり悲惨なものであったと思われる。

ところで、竹島の痘瘡流行の原因が種子島より購入した婦人服にあるとされるが、この古着による感染に関して、『国字断毒論』（文化一一年＝一八一四）の著者橋本伯寿は、次のような努力によって疱瘡の伝染は回避可能であると述べている。それは疱瘡患者の発する毒気を呼吸せず、患者の使用した衣類や玩具に一切接触しなければば疱瘡の感染は避けられるというものであり、また、やむを得ず毒気に触れてしまった場合には、次善の策として、すぐに鼻孔を清潔な水、あるいは水のないときには唾で洗うとよい、とも記されている。そして前記竹島の例と同様、疱瘡の毒気に触れて罹病した次のような話を紹介している(4)。

此病の毒気の物に附て遠方へも伝染するは最おそるべきものにて、天明七未年の正月、八丈島樫立村《かしだてむら》の百姓幸助といふ者海辺に出て遊居たりしに、枕箱やうの物浪に漂しを拾あげてひらき見れば、錦絵、土人形などありしゆゑ大に悦、持かへりて其子供の玩物に遣しけるに忽痘瘡を病はじめて、家内不残伝染し村中一統に病て死るものもおほく、又中之郷といふ処にも蔓延《はびこり》しゆゑに中之郷の病人をば早速樫立村へ除し故に中之郷は纔《わずか》十七人にて其毒気断たり。其枕箱やうの物はかならず国方の痘瘡やみの玩物なるゆゑにかゝる殃《わざはひ》を引出したりとて、其後は右やうの流もの有てもいひ伝て拾とらずといへり。又正徳元卯年、寛政七卯年、三ツ根村、大賀郷両村に痘瘡流行せしも漂着の船に痘瘡病ありて其より蔓延しといへり。かく遠方へも伝やすき毒気なればまして近あたりへ痘瘡病の物は遣まじき事にて人も是を受て悦べき事にあらず。

つまり、痘瘡は漂着物あるいは病者をのせた漂着の船によって遠方の地にも伝えられやすい毒気であるから、まして近くで痘瘡が発生した場合、病者の物を人にくれてやったり、あるいは貰った人も決してよろこんだりしてはいけないというのである。

また、当時、古着屋には疱瘡児の古着がたくさん扱われており、貧者らがそれらの古着を購入し、無防備に着用しては疱瘡に感染した。

そこでそうした古着を購入したときには、入手した古着を必ず一夜水に浸し、洗濯してから用いるよう注意すれば、貧しい人でも感染を回避することができると述べている。

次に中之島における隔離について触れて見ることにする。なお、隔離に関しては本書の『日本九峰修行日記』あるいは『信濃奇談』の章を参照していただくとして（一四〇―一四九／一八二―一八九頁）、ここでは痘瘡回避の今一つの方法について述べてみることにする。

そもそも、痘瘡は悪疫であって非常に伝染しやすいものだが、これを回避すれば病いに罹らずにすむことが知られていた。したがって種痘の実施されなかった時代、病人を隔離するか、あるいは病家周辺の人々を転居・転出させる方法しかなかった。しかし一口に転居・転出といっても実際にはなかなか困難であったと思われる。

たとえば、前出の『国字断毒論』(5)には次のような記載がある。

たゞ痘瘡は悪毒猛烈にして伝染しやすき病なれば、其避れば病ざるをしりて独身ものは処をかへ宿をかへて遯《のがる》るとも、主に仕親につかへ、妻子券（眷）族を育ものは避てのがるゝを辨《わきまへ》しりていかばかり心ぐるしくおもふとも為方なし。まして貧者の世渡は衣食住のわづらひ病より事念なれば、是をうち捨て痘瘡、痲疹は避がたし。是皆世の中の俗習にひかれて是非なく病まじき病をやみ、死まじき命を死るなり。

すなわち、独身者は痘瘡の感染を避けるため、住むところを変えることもできようが、主に仕え、親に仕え、また所帯を持っている者は、たとえ痘瘡を回避する術は知っていたとしても、実際に転出・転居を実行に移すことは大変困難なことであったと思われる。いわんや貧者の場合は病気よりも衣・食・住についての心配の方が先であり、現在の生活を捨ててまで疫病からの回避をはかろうとは考えないのではないか。とすれば結局、痘瘡を避けることはできないのではないかと思われる。というのである。

このほか伯寿は感染を回避するための、さまざまな注意を記述し、俗習にしたがってかえって痘瘡に伝染するなど(6)というのは全く愚かなことであると指摘している。その上で最後に次のような見解を述べている。(7)

主に仕る人は痘瘡を避べきや避べからざるやを先その主人にうかがひ、避べしとあらば避てよし。若避べからずとあらば主人の意に違て避はあしかるべし。主のためには身命を投擲《なげうつ》べきものなれば病とても主に違て命を愛はあしかるべし。

疫病感染の回避すら主の指示にしたがうべしとした伯寿の見解は、まさしく当時の封建思想の影響によるものであろう。

以上、竹島・中之島の二島について述べたが、このほかの八島の状況についても、参考までに記載すると次の如くである。

なお平島(8)・諏訪之瀬(9)・悪石島(10)・宝島(11)四島の調査記録によれば、いずれも「天然痘ハ曽テ流行セス」とある。

○硫黄島記(12)

今明治廿八年ヨリ百四五拾年前、天然痘始テ大ニ流行シ、当時人口三百八拾人位ナリシカ其半数以上死亡ス。原因ハ今之ヲ詳ニス能ハス。又明治十七年旧四月頃ヨリ五月ノ中旬迄同病流行シ、感染スル者弐拾弐参人、死者拾七八人ニシテ、全戸死尽シタル戸数モアリタリ。

○黒島記(13)

天明五年ヨリ同六年迄ノ間痘瘡大ニ流行シ、男女死亡百弐拾弐人ノ多数ニ及ヒ、当時全島人口弐百七拾参名ニ減シタリ。口碑及記録ノ拠ルヘキモノアリ。其以前ニ在テハ天然痘ニ罹ル。旅行ヲ安全ニスルナリト称シ、之ヲシテ入ラシムルノ習慣アリシカ、之レヨリ大ニ之ヲ嫌悪スルニ至レリト。爾後痘瘡ノ流行セシコトナク復《また》種痘ヲ為スモノ絶ヘテナシト云フ。

○国之島記(14)

明治十八年、鹿児島ニ至リ、天然痘等ニ感染シ帰リテ後発スル者二人アリ。八町許ヲ隔テタル山中ニ移シ、曾テ該病ニ罹リタル内地人ニシテ嫁シ来ルモノヲ遣シ、監護セシハ、病者ノ妹一人強《しい》テ行キ之レニ感染ス。然ルニ一人ノ死者ナカリシト。

○臥蛇島記⒂

明治十九年四月、本島ヨリ鹿児島ニ渡航シテ帰リタル者ノ一人痘瘡ニ罹リ、壱時鹿児島ニ於ル本島ノ問屋永野助左衛門来リ本島ニ在リ其痘瘡ナルヲ発見ス。依テ其妻及兄一人ヲ付シ、又該永野ヲ依頼シ共ニ島南岩屋ニ送リ療養セシム。本人死シ妻及兄ニ伝染セシモ弐人ハ全快シ、他ニ伝染スルニ至ラスシテ止ム。今岩屋ノ洞窟中（洞中縦横各拾間余海岸ニアリ。大風時ハ波浪洞中ニ波及スト云フ）死者ノ遺骸ヘ畳ヲ乗セ、其上ニ石ヲ積ミテ墓トナシタル者今存在ス。埋葬ノ手段ナカリシニ依ルト云フ。其往来健全ノ者ト雖モ殆ント困難スルノミナラス、洞中其居ニ堪ヘス。況ヤ病者ヲ茲ニ伴ヒ且海風ヲ受クル瀑窟ノ地ニ措クニ於テヲヤ。其癒ヘサル素ヨリナリ。其療養ハ専ラ米粥ヲ与ヘ、材料ハ両間ノ中央ニ運置シ来リ齎ヲシム。而シテ両方ノ者途中相合セサラシムルヲ期セリ。其方法ヤ頗ル佳ナリ（島内ニ在テハ以后痘瘡発生若クハ流行セシコトナシ）

以上、大隅諸島に属する拾島の巡回調査日記『拾島状況録』の中から痘瘡に関する個所を記述したが、要約すると次の如くなる。

すなわち、種痘法の実践が始まって以後も、これらの島々においては一種の隔離処置による疱瘡対策が続けられていた。

たとえば、中之島の記録では、痘瘡患者は、山中に作られた小屋に強制的に収容された。離島には医者もなく、薬も満足に入手できなかったから、患者を山中に隔離するということでしか痘瘡の蔓延を阻止する方法がなかったのだろう。もちろんこれと平行して、必ず何らかの呪術が避痘の目的で用られてきたであろうことも当然推測されるところである。

ただ、このような実態は、いわば山野への遺棄という非人道的な隔離が皮肉にも結果的には痘瘡の伝染を防いだということであり、その後、種痘法が行われるようになると、一転して種痘山の制度に変わることにもなったのである。

〔参考文献・注〕

（1） 笹森儀助が大島の島司に任ぜられたのは明治二七年（一八九四）八月五一歳の時であり、この『拾島状況録』は明治二八年四月二七日大島を出発、同八月二七日大島に帰着するまで、一〇〇余日の管内（鹿児島県薩摩国）の川辺郡拾島を巡廻した日記であり、その日程と各島における調査事項を整理したものが島ごとに記録されている。いわば行政上の目的に基づく調査記録であると思われる。

（2） 『日本庶民生活資料集成』第一巻、三一書房、一九六八年、二二九頁。

（3） 同右、一九七頁。

（4） 橋本伯寿が文化一一年（一八一四）に『国字断毒論』を著わして、痘瘡（他に麻疹・梅毒・疥癬）は人より人に感染してこの病いを発するものであると論断し、従来唱えられてきた胎毒または天行時疫に因るものではないとした。

（5） 『日本庶民生活史料集成』第七巻、三一書房、一九七〇年、一〇五頁。

（6） ここでいう俗習とは、たとえば江戸時代には痘瘡は〝お役〟すなわち人生で避けることのできない儀礼と考えられたから、なるべく早くかつ軽く通過することが望まれた。そのため〝軽い疱瘡の感染〟を分けてもらおうとして、軽症痘瘡患者の家に近付いたり、その家と贈物《おくりもの》のやりとりをするなどした当時の世間の慣《なら》わしのことである。

（7） 前掲注(5)、一一二頁。

（8） 前掲注(2)、二二七頁。

(9) 同右、二五七頁。
(10) 同右、二七〇頁。
(11) 同右、二八九頁。
(12) 同右、一四六頁。
(13) 同右、一六三頁。
(14) 同右、一八〇頁。
(15) 同右、二一三頁。

42　吾輩は猫である

英文学者であり小説家である夏目漱石の処女作『吾輩は猫である』(1)には、自分自身のあばた面《づら》についての記述が何箇所かある。

主人は痘痕面《あばたづら》である。御維新前はあばたも大分流行つたものださうだが日英同盟の今日から見ると、斯んな顔は聊か時候後れの感がある。（中略）吾輩は主人の顔を見る度に考へる。まあ何の因果でこんな妙な顔をして臆面なく二十世紀の空気を呼吸して居るのだろう。昔なら少しは幅も利いたか知らんが、あらゆるあばたが二の腕へ立ち退を命ぜられた昨今、依然として鼻の頭や頬の上へ陣取つて頑として動かないのは自慢にならんのみか、却つてあばたの体面に関する訳だ。出来る事なら今のうち取り払つたらよささうなものだ。あばた自身だつて心細いに違ひない。(2)

（中略）

尤も主人は是でも実は種《う》ゑ疱瘡をしたのである。不幸にして腕に種ゑたと思つたのが、いつの間にか顔へ伝染して居たのである。其頃は小供の事で今の様に色気もなにもなかつたものだから、痒い〳〵と云ひながら無暗に顔中引き掻いたのださうだ。丁度噴火山が破裂してラヴ(ママ)が顔の上を流れた様なもので、親が生んでくれた顔を台なしにして仕舞つた。主人は折々細君に向つて疱瘡をせぬうちは玉の様な男子であつたと云つて居る。(3)(中略)

主人は往来をあるく度毎にあばた面を勘定してあるくさうだ。今日何人あばたに出逢つて、其主は男か女か、其場所は小川町の勧工場であるか、上野の公園であるか、悉く彼の日記につけ込んでいる。彼はあばたに関する知識に於ては決して誰にも譲るまいと確信して居る。

先達てある洋行帰りの友人が来た折なぞは「君西洋人にはあばたがあるかな」と聞いた位だ。すると其友人が「さうだな」、と首を曲げながら余程考へたあとで、「まあ滅多にないね」と云つたら、主人は「滅多になくつても、少しはあるかい」と念を入れて聞き返へした。友人は気のない顔で「あつても乞食か立《たち》ん坊《ぼう》だよ。教育のある人にはない様だ」と答へたら、主人は「さうかなあ、日本とは少し違ふね」と云つた。(4)(中略)

(主人が)なぜあんなに髪を長くするかと思つたら実はかう云ふ訳である。彼のあばたは単に彼の顔を侵蝕せるのみならず、とくの昔に脳天迄食ひ込んで居るのださうだ。だから若し普通の人の様に五分刈や三分刈にすると、短かい毛の根本から何十となくあばたがあらはれてくる。いくら撫でゝも、さすつてもぽつ〳〵がとれない。(中略)髪さへ長くして置けば露見しないで済む所を、好んで自己の非を曝くにも当らぬ訳だ。ならう事なら顔迄毛を生やかして、こつちのあばたも内済にしたい位な所だから、只で生える毛を銭を出して込ませて、私は頭は頭蓋骨の上迄天然痘にやられましたよと吹聴する必要はあるまい。是が主人

の髪を長くする理由で、髪を長くするのが、彼の髪をわける原因である。（中略）[5]

（鏡を見詰めて居た主人は稍あつて）「成程きたない顔だ」と云つたあとで、何を考へ出したか、ぷうつと頬つぺた膨らました。さうしてふくれた頬つぺたを平手で二三度叩いて見る。何のまじないだか分らない。（中略）かくの如くあらん限りの空気を以て頬つぺたをふくらませたる彼は前申《ぜんまを》す通り手のひらで頬つぺたを叩きながら「此位皮膚が緊張するとあばたも眼につかん」と又独り語をいつた。

こんどは顔を横に向けて半面に光線を受けた所を鏡にうつして見る。「かうして見ると大変目立つ。矢つ張りまともに日の向いてる方が平に見える。奇体な物だなあ」と大分感心した様子であつた。それから右の手をうんと伸して、出来る丈鏡を遠距離に持つて行つて静かに熟視してゐる。「此位離れるとそんなでもない。矢張り近過ぎるといかん。顔許りぢやない何でもそんなものだ」と悟つた様なことを云ふ。（中略）[6]

彼（主人）の精神が朦朧として不得要領底に一貫して居る如く、彼の眼も曖々然昧々然として長へに眼窩の奥に漂うて居る。是は胎毒の為だとも云ふし、或は疱瘡の余波だとも解釈されて、小さい時分はだいぶ柳の虫や赤蛙の厄介になつた事もあるさうだが、折角母親の丹精も、あるに其甲斐あらばこそ、今日迄生れた当時の儘でぼんやりして居る。吾輩ひそかに思ふに此状態は決して胎毒や疱瘡の為ではない。彼の目玉が斯様に晦渋溷濁《こんだく》の悲境に彷徨して居るのは、とりも直さず彼の頭脳が不透明の実質から構成されてゐて、其作用が暗憺溟濛の極に達して居るから、自然とこれが形体の上にあらはれて、知らぬ母親に入らぬ心配を掛けたんだろう。（後略）[7]

以上は、『吾輩は猫である』の中から痘瘡に関する記述を抜粋したものだが、そのほとんどが植え疱瘡（注：種痘）によるとされるあばたの悩みばかりであり、しかもその悩みの尋常でなかったことがわかる。

ところで漱石の痘痕の程度、発痘の時期、あるいは植え疱瘡等との関係については、今なお不明な点が多いが、このあたりの考察に関しては、深瀬泰旦の「漱石の痘痕」(8)に詳しいのでぜひそちらを参照していただきたい。また、深瀬は漱石が痘瘡に罹患したとき、「柳の虫を顔にはわせた」という「柳の虫」の正体についても諸種の文献を渉猟して氏なりの結論を出している。

そこで、「種痘の合併症とくに皮膚合併症と漱石の痘痕について」考察して見ることにする。

いわずもがなのことだが、予防接種で絶対安全無害なものはない。いずれもなんらかの危険を伴うものだが、特に種痘の場合、種々の副反応(健康被害・種痘合併症とも呼ばれる)を起こすことが知られている。すなわち、現在では牛痘種痘の副反応・副作用による合併症は、次頁の別表に見る如く、多くの神経系および皮膚疾患が知られているが、ただし、接種後局所の定形的な痘疱形成、発熱などの全身症状、リンパ節腫大など、特に初種痘の際に強く見るのは、種痘後の通常に見られる反応とされている。

種痘合併症のうち、神経系合併症として最も重要なものは種痘後脳炎であり、予後は不良で後遺症を残したり、死亡したりするが特別な治療法はない。また、皮膚合併症のうち重篤なものは、進行性種痘疹(壊死性ワクチニア)・全身性ワクチニア・種痘性湿疹の三者であり、いずれもワクチニアウイルスの増殖による痘疱を多数生ずるものであって、しばしば基礎に免疫系の異常が認められるという。なお、これら重症皮膚合併症の率は種痘一〇〇万当り一〇を越えるとされている。

では、問題の漱石の痘痕について、その発痘と種痘との関係はどうなのであろうか。文献によれば二、三異説はあるが、現在のところ荒正人の『漱石研究年表』(9)、明治三年(一八七〇)の四歳の条にある、

浅草三間町の家で、種痘が原因で疱瘡にかかり、鼻の頭に痘痕が残る。

表7　種痘合併症

①種痘後脳炎、脳症	種痘後４～18日の間隔をもって、意識障害、けいれん、運動失調、麻痺、発熱、髄液異常などの症状を示す。
②その他の神経系合併症	多発性神経炎、急性片麻痺、メニンギスムなど。
③壊死性ワクチニア、壊疽性痘疱	種痘部位に進行性の壊死性病巣を作り、身体各部に同様の経過をとる転移巣を形成する予後不良の病型。
④全身性ワクチニア、全身性痘疱（汎発性痘疱、汎発性牛痘疹）	湿疹その他の皮膚病変のない健康皮膚上に広範囲に分布して痘疱（膿疱）を形成する。
⑤種痘性湿疹	湿疹のある部位、湿疹の既往のある部位、その他の皮膚病変部に集積して痘疱（膿疱）を形成する。
⑥自己接種	湿疹などのない皮膚部位に偶然ウイルスが接種されたもの。顔面、眼、その他の身体前面に多く、痘疱の数も少なくない。
⑦副痘	種痘局所の周辺に水疱、膿疱を形成したもの。
⑧種痘疹、種痘性中毒疹	通常種痘後７～10日ごろに見られるじん麻疹様、紅斑様など種々の形であらわれるアレルギー性の発疹。
⑨二次的細菌感染	種痘局所への二次的な細菌感染。
⑩接触者への事故感染	同胞などの第３者への事故的な接触感染。種痘性湿疹などを起こすこともあり、この際はかなり重症となる。
⑪その他	他の感染症、とくに水痘、麻疹、突発性発疹などの発疹性疾患との合併など。

（「予防接種の手びき」）

の記述あたりが、ほぼ誤りない事実であろうと認められている。

とすると、では痘痕の原因となった種痘皮膚合併症の種類は一体なんだったのだろうか。

筆者自身は自己接種によるものと考えているが（表7参照）、前出の深瀬泰旦は、これに関して次の如く記している。

漱石の痘痕を種痘の副反応として考えると、荒のいうように種痘がもとで「鼻の頭に痘痕が残った」のであれば、これを自己接種と考えてもよいであろうが、事実はさきにのべたように、相当に目立つほどの痘痕なのであるから、自己接種は否定してよいであろう。又痘痕をのこしているところから全身性痘疱であるとも考えにくい。むしろ進行性種痘疹にともなう全身反応の結果といってよいかもしれないが、漱石の接種局所の所見について記載する文献は見あたらない。もし局所が壊死性の変化を呈したならば、『道草』などでそれにふれてしかるべきであるが、そのような記録が皆無だということは、漱石の痘痕を種痘の副反応としてとらえるよりも、当時の流行状況を勘案して、痘瘡の潜伏期に種痘を接種したと考えるのもあながち無理な推測ではないであろう。『道草』でいう「本疱瘡を誘ひ出した」という表現はまさに的を射ているといえる。

なお、自宅で死亡した漱石の遺骸は東京帝国大学病理学教室に運ばれ、長与又郎教授の手によって解剖に付されたが、剖検所見については、「別記あり」との記録以外なんの記載もない。もちろん、種痘接種局所の皮膚所見についての記載もないという[10]（現在、東京大学病理学教室に保存されている解剖録には剖検所見の記載はないが、脳と消化器系統についての解剖結果は、執刀者の長与教授によって『日本消化器病学会雑誌』第一六巻二号、一九一七年に報告されている）。

〔参考文献・注〕

（1）夏目漱石の長編小説（処女作）。明治三八年（一九〇五）一月から八月まで一一回にわたり『ホトトギス』に分載。吾輩と自称する名なしの猫が、その飼主である中学英語教師苦沙《くしゃみ》先生とその家族およびその周囲の人物と、そこに起こるさまざまな事件とを観察し、批判しつつ記述するという形をとり、猫に仮託して作者の人間観・社会観・文明批判などを述べている。作品には俳諧《はいかい》と英文学とから得た機知とユーモアが全編に満ちており、猫が人間を描き人間を論じるという新しい形式と相まって、大いに迎えられ、一躍作者の文名を高めた。

（2）『吾輩は猫である』（昭和出版社、一九七〇年）二〇五頁。

（3）同右、二〇六頁。

（4）同右、二〇六～二〇七頁。

（5）同右、二〇八頁。

（6）同右、二〇九～二一〇頁。

（7）同右、二一一頁。

（8）深瀬泰旦「漱石の痘痕」、『日本医史学雑誌』、第二三巻第一号、一九七七年、五一～六六頁（なお、深瀬氏は「夏目漱石のアバタ」と題して神奈川県医師会創立五七周年記念式典で特別講演を行っている――『神奈川県医師会報』四月号、二〇〇五年、一〇一～一〇八頁）。

（9）荒正人『漱石研究年表』（集英社、一九六九年）二二一頁。

（10）前掲注（8）、六一頁。

43　遠野物語

民俗学者、柳田国男の(1)『遠野物語』(2)には痘瘡に関して次のような記述が二箇所ある。

遠野町の政吉爺という老人は、元は小友村字山室で育った人である。八、九歳の頃、村の鎮守篠権現の境内で、遊び友達と隠れガッコに夢中になっているうちに、中堂の姥《うば》神様の像の背後《うしろ》に入り込んだまま、いつの間にか眠ってしまった。すると、これやこれや起きろという声がするので目を醒まして見ると、あたりはすっかり暗くなっており、自分は窮屈な姥神様の背中に凭《もた》れていた。呼び起してくれたのは、この姥神様なのであった。外へ出ようと思っても、いつの間にか別当殿が錠を下ろして行ったものとみえ、扉が開《あ》かないので、仕方なしにそこの円柱に凭れて眠りかけると、また姥神様が、これこれ起きろと起してくれるのであったが、疲れているので眼を明《あ》けていられなかった。こうして三度も姥神様に呼び起された。その時、家の者や村の人達が多勢で探しに来たのに見つけられて、家に連れ帰られたという。この姥神様は疱瘡《ほうそう》の神様で、丈《たけ》三尺ばかりの姥の姿をした木像であった。（五六話[3]）

以上の文章では姥神様が疱瘡神であったと述べているが、このほか疱瘡神はいろいろな形相で現れている。たとえば、『日本石仏事典』[4]によれば、疱瘡神は幣束を手にして波間にただよう円座の上に座ったみすぼらしい姿の老人。異形の人。安芸の国から舟に乗ってくる茶の葉で染めた小袖を着た神。三尺ばかりの姥などいろいろな記録があると記している。

このほか文献によれば疱瘡神はさまざまな姿の神として形像化されている。すなわち、男・山伏・老僧・老翁・老婆・好女・小児・美童、あるいは高貴な公達の容姿で示視するなど人間の形相で描かれることが多かったが、時には異形のものとして描かれることもあった。とくに疱瘡絵においては鬼の姿で描かれていることが多い。なお、興味のあることには、『痘瘡問答』[5]によると、疱瘡神が老人や子供の形相で示現する場合はそれは吉兆を示している、という。

ところで本文では姥神様は疱瘡神であるとしているが、この点について以下少しく考察してみることにする。

そもそも姥神は老婆をかたどったものであり、老婆と疱瘡とはつながりを持つとされてきた。たとえば江戸後期になると子安講という女人集団の手によって疱瘡神塔が造塔されるようになるが、その中には老婆を彫り込んだ塔祠を見ることがある。一説にはこの老婆は疱瘡をもたらす疫病神とされ、その疫病をもたらす老婆を祀り鎮めることによって疱瘡の流行を防ごうとしたという見方がある。また姥神の多くは疫病が侵入してこないようにと村境に置かれて祀られた。そのため、いつしか障《さえ》（塞）の神的な役割を果たすようになったが、このように姥神を祀る背景には、わが子が病魔に侵されず、無事生長してくれるようにと願った母親の姿がうかんでくる。

こうした姥神や姥石（注：姥石〜母と子の別れなどが伝えられている特定の石。全国に多い）という姥（乳母）にまつわる伝説は巫女たちによって広められ、民衆特に女性たちの間に浸透していった。

疱瘡は生涯に一度はかからねばならぬ〝お役〟とされたが、あとに残るあばたもさることながら、とくに子供の死亡率が高かったため、子を持つ親たちは疱瘡を恐れた。このため子供と関わりの深い姥神が疱瘡の神とされ、これを丁重に祀ることによりその難を逃れようとしたものと考えられる。

たとえば、『遠野物語』によれば、旧小友村山室の姥神は疱瘡の神であると記されている(6)。

今はあまり行われぬ様になったことであるが、以前は疱瘡《ほうそう》に罹った者があると、まず神棚を飾って七五三縄を張り、膳を供えて祭った。病人には赤い帽子を冠らせ、また赤い足袋を穿《は》かせ、寝道具も赤い布の物にする。こうして三週間で全治すると、酒湯という祝いをした。この日には親類縁者が集まって、神前に赤飯を供え、赤い紙の幣束を立てる。また藁人形に草鞋と赤飯の握飯と孔銭《あなせん》とを添えて持たせ、これを道ちがいに送り出した。この時に使う孔銭は、旅銭ともいった。そうしてまだ疱瘡を病まぬ者には、なるべく病気の軽かった人の送り神が歓迎せられた（二六二話）(7)。

江戸時代あらたに痘瘡を掌《つかさど》ると考えられた特定の疫神、「疱瘡神」なるものが創造され、痘瘡から逃れるためにこれを祀る俗信が盛んとなった。一方、痘瘡の予防及び看護には赤色を用うべしとされ、とくに痘瘡患者とその周囲はすべて赤色ずくめとする習俗があった。

このため痘瘡に罹ると病人の衣服・布団・足袋などはもちろん、玩具・食べ物・見舞品から疱瘡神の供物《くもつ》まで病人の身の回りはすべて赤で埋め尽された。

しかしこの習俗がいつ頃から行われるようになったかははっきりしないが、ただ香月牛山の『小児必用養育草』(元禄一六年=一七〇三)によれば、次のような記述がある。(8)

〇痘瘡の病人居所しつらひやう説

屛風衣桁に赤き衣類をかけ、そのちごにも赤き衣類を着せしめ、看病人もみな赤き衣類を着るべし。痘の色は赤きを好とする故なるべし。

とあるところから、すでに同書の刊行された元禄一六年頃には、一般に広く痘瘡の病人看護に赤色を用いていたことがわかる。

また、同書には、(9)

痘瘡の形色四時にしたがつて、善悪をあらはすといへども、概これをいへば、四時にかゝはらず、痘の色紅にして黄なる色を面部にあらはす者は吉成、云々

とあるように、痘の色は赤色がよく軽くすむという医学上の定説があり、このことは医師だけの知識ではなく、江戸後期には広く一般にまで知られていた。

このほか、渡充の『荳瘡養育』(10)(寛政七年=一七九五)には、

疸はものにあやかりやすきゆへ紅絹《もみ》を屏風などにかけて出ものをして紅活ならしめんがためなり。とあることから、疸のものに似やすい性質を利用し、赤色調度を用いて疸を紅く発色させ予後を佳良にしようとするのが目的であったとも考えられる。

このほか疱瘡見舞品にも赤色が最適とされた。このため疱瘡絵や疱瘡絵本も紅絵が使用され、玩具も張子の赤だるまや鯛車などが使われたが、このことはいずれも、赤色のもつ呪的な威力で痘瘡が軽くすむように願ってのことであったと思われる。

こうして三週間で痘瘡が治癒すると、痘瘡全快の祝事として酒湯が行われ、次いで疱瘡神の依代《よりしろ》を藁で作り、これに草鞋と赤飯の握飯と孔銭を持たせて道ちがいに送り出した。

疱瘡送りは疱瘡神を藁人形その他の形代《かたしろ》につけて、それを村から外へ送り出し、また海や川へ流し捨てるもので、虫送りなどの形式に似ている。この疱瘡送りは種痘が行われるようになっても継承され、種痘後一二日目などに桟俵《さんだわら》に赤飯と赤い御幣をつけ、辻に捨ててくる風習が広く行われた。

稲藁の人形は「送り藁じんぞう」と呼ばれ、この風習は昭和三〇年代頃まで行われていた。

以上、痘瘡に関する赤の習俗について記したが、このことは古くから洋の東西を問わずひろく行われていた。たとえば中国広東地方では昔から痘瘡看護に赤色が用いられ、また、リルレの記録によると当時九歳であった神聖ローマ皇帝五世は、痘瘡を患った時赤い寐衣《びい》を着し、室の敷布も深紅なものを用いたと伝えられている。一方、わが国においても痘瘡に罹患すると赤色ずくめにする風習については、先に述べた通りである。

この民俗は痘瘡をもたらすとされた痘鬼・痘神、あるいは疱瘡神は、赤色を嫌うと信じられていたことに対する呪術的効果および疸の色は赤色が予後が良いとされたため、疸のものに似やすい性質を利用して疸を赤く発色させようとした目的によるものだが、果たしてどの程度の効果があったのだろうか。

そもそも赤（紅）色は避疫を意味するといわれた。大正ごろまでは、眼を病む時は、赤い紅絹《もみ》のきれで眼を拭くと治るとされた。

また、赤（紅）には薬効があるとされたので、紅染の赤い布は、病気の予防のためにも用いられた。

ところでたびたび述べたように、赤には呪術的な要素のあることは否定できないとしても、一方、赤色のもつ医学的効果を認める説もある。

たとえば、東京帝国大学皮膚科教授土肥慶蔵によれば、海の漁師の赤い褌の一つの目的として、陰部の皮膚病、すなわちいんきんやたむしを防ぐことにあったという。

また、武田製薬の渡辺武の説によれば、口紅に本当の紅（紅花から採った赤い色の色素。花弁を干した散花から拆出。日本の本紅）を使っていると、知らず知らずの間に、その口紅が少しずつ呑みこまれて健康を増進し、血色がよくなり、結局顔も生き生きと健康美と若々しさを生ずるという。したがって、唇を赤く塗る呪術的風習も実際には医学的効果があるということになる。

因みに古代オリエントにおいては、今から四〇〇〇年も前に、赤い土を唇に塗ってそれによって敵の魔力を防ぐ呪いにしたが、少なくとも二〇〇〇年以前には口紅の材料は、赤い土から紅花より採った紅（べに）に変わったという。

では、実際に痘瘡に対する赤（紅）の医学的効用はあるのだろうか。

『皮膚及性病学』の著者土肥章司は痘瘡の療法について、

　痘瘡に対する唯一の予防は種痘である。患者に対しては適宜に全身療法を行ひ、体力を維持するに努め、患部には亜鉛華澱粉を撒布或は亜鉛華油を塗布し、炎症々状の激烈な部分に湿布を行ふ。窓口には赤布を張り化学的光線を遮断することは皮膚化膿を軽減し、病勢を幾分軽くする作用がある。

と述べ、赤の医学的効果について認めている。

一方、井口乗海の『疱瘡及種痘病』によれば、赤色ガラスを透過した光線が、どのような作用を痘瘡に与えるかを知るため、赤色のほか六色の硝子板を透過せしめた日光を痘苗にあて、発痘力に及ぼす影響を調べたが、赤色硝子板を透過した光線が、ワクチニアウイルス（Vaecinia Virus）に特に有害作用を及ぼすことはなかったという。しかし赤色の単色光線（Monochromatic Licht）を治療に応用する光線療法（Rotlicht behandlung）は昔から行われており、デンマークの医学者フィンセン、（Niels Ryberg Finsen）が痘瘡患者に赤色光線療法を行ったのは歴史的に最も有名である。

すなわち、一八九三年フィンセンは痘瘡患者の病室に赤色ガラスあるいは赤いカーテンを付けて、外部からの光線を避けると痘瘡に奇効を奏すると発表し、翌年首都コペンハーゲンに痘瘡が大流行した折り、赤部屋療法が治癒を促進し、患者の瘢痕を軽減することを実証したという。この痘瘡の光線療法に対して、一九〇三年ノーベル生理学医学賞が贈られたが、しかし彼の光線療法はかなり疑問の持たれるものであったともいわれている。

そのことは別として、赤外線照射による光線療法は、実際に臨床的にはミニン灯（Minin Light）やネオン灯（Neon Light）として応用されており、その効用としては左記のものが挙げられている。

①赤色光線は760μm-650μmまでの比較的波長の長い可視光線であるが、これらは刺戟作用がなく、しかも組織の比較的深部にまで透過する深遠作用がある。

②赤色光線は神経系統に対しては興奮作用を呈するため、メランコリーの患者に応用される。

③赤色光線は内分泌腺ことに性ホルモンを賦活し発情ホルモンの作用を促進させるため、月経過多や月経困難、性器発育不全・不妊症などに応用される。

④赤色光線は炎症に対して阻止作用があるため、掻痒性湿疹や痘瘡に応用される。

⑤ミニン灯は赤色光線のほか、赤外線をも放射し過熱作用もあるため鎮痛作用が著しく、このため表在性の神経痛、たとえば三叉神経痛や後頭神経痛・肋間神経痛などに応用される。

以上のように、赤色光線には炎症に対する阻止作用及びいくつかの医学的効果が認められている。これに対して江戸期、痘の色は紅色が予後がよいとされた医説に基づき、痘のものに似やすい性質を利用して、痘を紅く発色させようとした発想、そしてそのための赤色づくめの看護・療養は全く無意味なものだったのだろうか。筆者としては、先人の知恵として認めざるを得ないものがあるような気がしてならない。

〔参考文献・注〕

（1）民俗学者。兵庫県生れ。東京大学卒。民間にあって民俗学研究を主導、民間伝承の会・民俗学研究所を設立。昭和一六年（一九四一）朝日文化賞、同二六年（一九五一）文化勲章を授与される（一八七五～一九六二）。

（2）岩手県上閉伊郡遠野町（現遠野市）を中心とした民間伝承を集めたもの。すべて同地出身の佐々木鏡石（喜善）の話を著者が一一の項目に整理筆録したものである。民俗上重要な文献とされている。明治四三年（一九一〇）刊行。昭和一〇年（一九三五）二九九項目を追加した増補版が出版された。

（3）柳田国男『遠野物語』（大和書房、一九七三年）一四二頁。

（4）庚申懇話会編、雄山閣出版社、一九八五年、二三六頁。

（5）村井琴山、享和三年（一八〇三）刊、京都大学富士川文庫蔵。

（6）野村純一他編『遠野物語小事典』（ぎょうせい、一九九二年）二〇二頁。

(7) 前掲注(3)、二二六頁。
(8) 山崎佐『日本疫史及防疫史』、克誠堂書店、一九三一年、二二五頁。
(9) 同右、二二四～二二五頁。
(10) 同右、二二五頁。

大正時代

44 安井夫人

明治の文豪、森鷗外の小説『安井夫人』(1)には次のような文章がある。

「仲平《ちゅうへい》さんはえらくなりなさるだろう」と云ふ評判と同時に、「仲平さんは不男《ぶおとこ》だ」と云ふ蔭言《かげごと》が、清武《きよたけ》一郷《ごう》に伝へられてゐる。仲平の父は日向国宮崎郡清武村に二段《たん》八畝《せ》程の宅地があって、そこに三棟《むね》の家を建て、住んでゐる。(中略)

仲平は二男である。兄文治《ぶんぢ》が九つ、自分が六つの時、父は兄弟を残して江戸へ立つたのである。父が江戸から帰つた後、兄弟の背丈《せたけ》が伸《の》びてからは、二人共毎朝書物を懐中《くわいちゅう》して畑打《はたうち》に出た。そして外《よそ》の人が煙草《たばこ》休《やすみ》をする間、二人は読書に耽《ふけ》つた。

父が始て藩の教授にせられた頃の事である。十七八の文治と十四五の仲平とが、例の畑打に通ふと、道で行き逢《あ》ふ人が、皆言ひ合せたやうに二人を見較《みくら》べて、連《つれ》があれば連に何事かをさゝやいた。背《せ》の高い、色の白い、目鼻立《めはなだち》の立派な兄文治と、背の低い、色の黒い、片目の弟仲平とが、いかにも不吊合《ふつりあい》な一対《いっつゐ》に見えたからである。兄弟同時にした疱瘡《ほうそう》が、兄は軽く、弟は重く、弟は大痘痕《おほあばた》になつて、剰《あまつさ》へ右の目が潰《つぶ》れた。父も小さい時疱瘡をして片目になつてゐるのに、又仲平が同じ片羽《かたわ》になつたのを思へば、「偶然《ぐうぜん》」と云ふものも残酷なものだと云ふ外ない。仲平は兄と一しょに歩くのをつらく思つた。そこで朝は少し早目《はやめ》に食事を済ませて、一足先《ひとあし》に出、晩は少し居残つて為事《しごと》をして、一足遅れて帰つて見た。併し行き逢ふ人が自分の方を見て、連とさゝやくことは息《や》まなかつた。そればかりではない。兄と一しょに歩く時よりも、行き逢ふ人の態度《たいど》は余程不遠慮《ぶゑんりよ》になつて、さゝやく声も常より高く、中には声を掛けるものさへある。

「見い。けふは猿がひとりで行くぜ。」

「猿が本を読むから妙だ。」

「なに。猿の方が猿引《さるひき》よりは好く読むそうな。」

「お猿さん。けふは猿引はどうしましたな。」

交通《こうつう》の狭い土地で、行き逢ふ人は大抵識《し》り合つた中《なか》であつた。仲平はひとりで歩いて見て、二つの発見をした。一つは自分がこれまで兄の庇護《ひご》の下《もと》に立つてゐながら、それを悟《さと》らなかつたと云ふことである。今一つは、驚くべし、兄と自分とに渾名《あだな》が附いてゐて、醜《みにく》い自分が猿と云はれると同時、兄までが猿引と云はれてゐると云ふことである。仲平は此発明《はつめい》を胸に蔵《をさ》めて、誰にも話さなかつたが、その後強《し》ひて兄と離れぐに田畑へ往反《わうへん》しようとはしなかつた。(2)

小説『安井夫人』は、大正三年(一九一四)、雑誌『太陽』に掲載された鷗外五二歳の作で、そのあらすじは次のようなものである。

安井夫人とは、当時若者の間では、「岡の小野」と呼んでいたほどの、評判の器量よしの、仲平の従妹《いとこ》二人の妹娘のお佐代のことである。

この小説は、一六歳で当時三〇歳の仲平のところに嫁ぎ五一歳で死去したお佐代と、七八歳で亡くなった仲平の生涯の物語である。

ところで誰が見ても一六歳の評判の器量よしの娘が、自らすすんで背の低い色の黒い、片目のしかも年の離れた男のところに嫁ぐとはいかにも不吊合な夫婦ということになるのだが、果たしてそうであったのだろうか。

著者はこのようなお佐代に対して次のように述べている。

必ずや未来に何物かを望んでゐたゞらう。そして瞑目するまで、美しい目の視《し》線は遠い、遠い所に注がれてゐて、或は自分の死を不幸だと感ずる余裕をも有せなかったのではあるまいか。

以上、『安井夫人』にみる幕末の儒学者、安井息軒（仲平は息軒の字《あざな》、名は衡、一七九九～一八七六）とその妻女お佐代との物語だが、それにしても、父子共疱瘡で片目が潰れたとはいかにも悲惨な出来事であったといわざるを得ない。

ところで衆知の如く、疱瘡はさまざまな後遺症を残したが、その最も重要なものに視力障碍、とくに失明がある。しかもしばしば疱瘡は眼症を起こしたとされ、たとえば、橋本伯寿の『国字断毒論』(3)には、

誠に世の盲人にとへば十人に八九人は疱瘡にて潰し盲目なり。むかし此病起しより今にいたる天下の人を害するは算の数にも名附がたし。非命といはんか非業といはんか。まして今より後無量世の人を害するに至るは悲もなをあまりあり。

とある。

近世の日本において盲人の多かったことは以前より指摘されていたが、たとえば加藤康昭によると（『日本盲

人社会史』、未來社、一九七四年)、江戸時代にはおよそ七万五〇〇〇人以上の盲人がいたといわれ、今日の盲人出現率の二~三倍あるいはそれ以上であったという。つまり盲人出現率が高かったということは、それだけ江戸時代の日本に眼病が多かったということであり、その失明の最大の原因が痘瘡であるというのである。これについて、鎖国直前の永禄五年(一五六二)に来日したポルトガル人宣教師ルイス・フロイス(Luis Frois)は、

われわれの間では痘痕のある男女はめったにない。日本人の間ではそれはきわめて普通のことで多くのものが痘瘡で失明する。

と『日欧文化比較』(4)に記述している。

このルイス・フロイスの記述に対して、服部敏良は次のように述べている。

フロイスの記述は、日本に痘瘡患者の多いことを裏書きしている。平安・鎌倉時代には常に痘瘡の大流行がみられ、多くの人が死亡したことは史書にも明らかである。しかるに、室町・安土、桃山時代には痘瘡の流行として史書に記されているのはきわめて少ない。にもかかわらず、こうした痘瘡を経過したアバタ面のものが多かったのは、痘瘡が汎発性流行から散発的流行に変化し、多くの史家の眼にとまらなかったからであろう。すなわち、痘瘡患者が減少したのではなく、永年の流行によって痘瘡になれた国民は、痘瘡をそれほど悪性の伝染病とは考えていなかったことに由来するものであろう。なお、日本人の盲目者の多くの原因が、こうした痘瘡の結果にもとづくものであったというのはフロイスの慧眼であり、われわれに新知見を提供してくれたものとして敬意を表したい。(5)

その後、安政四年(一八五七)、長崎に着任したポンペ(Pompe Van Meerdervoort)も同じように、日本人に眼病の多いことを指摘し、『日本滞在見聞記』(6)に、

眼病もまた日本にきわめて多い。世界のどこの国をとっても、日本ほど盲目の人の多いところはない。その理由は、眼病の治療法をまったく知らないことにその大半の原因がある。そのために、はじめによく処置すればまもなく全快するような病気が、結局失明に終わってしまうということもきわめて多いのである。

と述べている。

むろん、当時痘瘡に対する的確な治療法があった訳ではなく、また眼合併症を防ぐ有効な方法もなかったから、当然痘瘡に起因する失明者もかなり多かったのではないか、と思われる。

ところで、歴史上痘瘡による失明者で最も有名な人物はなんといっても、徳川初期の武将仙台六二万石の領主、独眼竜こと伊達政宗公であろう。資料(7)によれば、

　正宗君疱瘡患ひし時年月不知余毒御目に聚て、其より右の方盲ひ玉ひしなり、

とある。

また、服部敏良の『日本医学史研究余話』(8)によれば、

　一一代徳川家斉は、安永七年（一七七八）六歳の時、痘瘡に罹り、眼証を発するも平癒す。一二代家慶は文政五年（一八二二）三〇歳の時、痘瘡を患い眼証を発するも土生玄碩《はぶげんせき》これを治療す。

とある。まさに、武将も将軍も例外ではなかった、ということになる。

〔参考文献・注〕

（1）大正三年（一九一四）四月一日発行の雑誌『太陽』第二〇巻第四号に掲載され、のち『堺事件』に収められた。鷗外五二歳の時の作。

（2）「安井夫人」（『鷗外全集』第一五巻、岩波書店、一九七三年）五四七～五四八頁。

（3）橋本伯寿『国字断毒論』（『日本生活史料集成』第七巻、三一書房、一九七〇年）九七頁。
（4）ルイス・フロイス著・岡田章雄訳『日欧文化比較』（大航海時代叢書Ⅵ、岩波書店、一九七九年）六一頁。
（5）服部敏良『室町安土桃山時代医学史の研究』（吉川弘文館、一九七一年）二一〇～二一一頁。
（6）ポンペ著『日本滞在見聞記』（沼田次郎・荒瀬進訳、新異国叢書10、雄松堂書店、一九七八年、三二九～三三〇頁。
（7）『伊達政宗卿伝記資料』（藩祖伊達政宗公顕彰会編、文献出版、一九七八年）四八頁。
（8）服部敏良『日本医学史研究余話』、科学書院、一九八一年、三〇四頁。

昭和時代

45 洗心録

小説家、幸田露伴の随筆『洗心録』所収「病と筆(1)」の章に「痘瘡」と題する次のような小文がある。

○痘　瘡

痘神のことは古くより戯文《げぶん》俗説に見ゆ。降《くだ》りて馬琴の弓張月には、為朝御宿と書きたる札を貼りて痘神の入るを防ぐといふ俗伝より、為朝痘神を叱退《しつたい》するの記事あり。八丈島大島なんどの海中の離れ島には由縁《ゆかり》無くて痘《もがさ》の伝はること無くて有りしより、云ひ出《いだ》したることにやあらん。八丈島は蓋《けだ》し借字《しやくじ》なり。八郎を八チャウというやうに発音するより、八郎島の八丈島となりしにて、八丈島は本邦に痘《もがさ》の渡りて後も、長く犯《をか》さるゝこと無くて有りしなるべし。サゝラ三八郎と鎮西八郎と関係ありや無しやは知らねど、三八郎宿の貼札もまた痘神をして戸《こ》に入らざらしむといふ俗伝あり。山東京伝の「昔話稲妻表紙」に、其の記事見えたり、京伝馬琴相続きて痘神の事を書けるもをかし。痘《もがさ》大に行はれたるよりの事なるべし。

その昔、痘瘡除けの呪符として「為朝御宿」、あるいは「さゝら三八宿」などと書いた札を戸口に貼っておくと痘神がその家に入らないと信じられていた。その俗信のよってきたるところは、源為朝に関しては、『椿説弓張月』[2]を、さゝら三八に関しては『昔話稲妻表紙』[3]を参照していただくとして（一〇三～八頁）、ここでは疱瘡護符としての両者について述べてみることにする。

○鎮西八郎為朝

疱瘡呪符の代表的なものは、鎮西八郎為朝の姿を図柄にしたものである。この為朝絵像は、鎧をまとい弓矢を持った武者姿で、「豆州八丈島鎮守、正一位八郎大明神正像」あるいは、「世の人の為とも（為朝にかけている）なれと、もがさ（痘瘡のこと）を守らせ玉う運のつよ弓（為朝は剛弓の名手）」などと書かれており、この赤絵を戸口に貼りつけ、為朝の武威によって疱瘡神の退散を願った。鎮西八郎為朝の護符に関しては、元禄および明和頃の文献には、なんらの記載も見ないから、この風潮は徳川末期になって行われたものであり、事実、現存する殆んどのものは嘉永・安政の頃の作とされている。となるとすでに、牛痘種痘法がわが国に伝わっていたのにもかかわらず、なお広く為朝の護符が流行していたことになり、あらためて俗信の根強よさを知る思いがするのである。

ところで、為朝が疱瘡除けの呪符となった理由は、八丈島には痘瘡が発生したことがないと、多くの医家によって説かれたことによって始まったとされている。そのため、俗間ではこれは為朝がこの島に流された時、痘鬼がこの島に侵入しようとしたが、為朝の武威を怖れて再び近寄らないことを誓ったため、以来疱瘡神も八丈島には上陸できず、したがって八丈島には痘瘡が発生しないとされた。このようなことから為朝を祀り、あるいは為朝の錦絵を貼れば疱瘡神も恐れて避けるだろうと信じられ、広く行われるようになったものと思われる。

このほか「鎮西八郎箭根」の図を疱瘡守護の呪符としたり、あるいは「鎮西八郎為朝宿」の文字札を門口に貼り付ける民家も少なくなく、実際にこれらの習俗は今次大戦終了時の昭和二〇年（一九四五）頃まで続いた。

○佐々良三八宿

南方熊楠によると和歌山県の田辺のあたりでは、疱瘡流行のときに、「さゝら三八宿」と記して門口に貼ると疱瘡をのがれるという俗信があった。同様のことは九州天草の牛深でもみられ、疱瘡流行のときには、鮑の貝殻に「さゝら三八宿」と書いて吊すという。また盛岡地方でも疱瘡除けのために、門戸に「簓《ささら》三八」あるいは「簓三助宿」と書いて貼る俗信があった。

簓（ささら）とは竹の先を細かく割って束ねたもので、さらさらと音がするのでこの名があるという。台所用具（釜・飯櫃《めしびつ》・蒸籠《せいろう》などを洗うのに用いられたが、たわし類の普及以来ほとんど姿を消した）のほか、民族楽品として、田楽・説経・歌祭文や田植囃子などに調子を取るのに用いられた一種のリズム楽品である。

ところで関東地方には獅子舞という神事芸能が多く見られ、とくに五穀豊穣を祈禱して新年の祝いに行われることが多いが、この舞にささらが用いられるため、別名をささら舞とも呼ばれている。このささら舞は悪霊祓いや除災のために大きな力をもっていたといわれ、疫病が流行したときに臨時に獅子を舞わすことが多いという。

つまり、ささら舞とも呼ばれる獅子舞の機能の一つは悪霊祓いにあるといわれ、この悪霊祓い、疫病除けとささらに何らかの関係があると思われる。すなわち、ささら自体がそのような機能をもつにいたったのは、おそらくその発する音によるものであろう。つまり外部から災いをもたらす新来の神に対し（それが稲作であれ、人の健康であれ）、より強力な大きな力をもつ神をささらの発する音により呼び寄せて追い払うといった意識があったと思われる。(4)

そのささらの偉力をかりて疱瘡の神の活動をおさえ、疱瘡の難をのがれようとしたわけで、これに民衆の智恵が、『昔話稲妻表紙』などの説話を重ねて、「ささら三八」なる疱瘡除けの護符を作ったものと思われる。

このような災厄を避ける威力があるとされた呪符（護符・御符・守り札）とは、紙に神仏の名や形像、呪文、経文、密教の種子、真言、神使とされている動物などを書いた札をいうが、これを肌身につけ、または飲んだり壁に貼り付けたりしておくと、神仏の加護が得られ災厄を避けることができると信じられた。

しかし、やがて神仏の守護を求める信仰から離れて、たとえば英雄・豪傑あるいは特定の人物の名を出して疫病を退散させようとする呪符とも称すべきものが一般に広く使用されるようになった。

一般的には熊野をはじめとする牛王の呪符、蘇民将来の護符、孫嫡子の守り札などがよく知られているが、現在でも災難よけに成田山のお守りを身につけ、車に交通安全の御札を貼るのもその例である。

本例の場合、鎮西八郎為朝、あるいは佐々良（簓）三八の宿と書いて貼っておけば、さすがの疱瘡神も恐れて近づかないであろうと考えたもので、同様の痘瘡除けの発想に「笹野才蔵孫嫡子」なる呪符がある。

○笹野才蔵孫嫡子

笹野才蔵とは加藤清正と併び称せられた大兵強力の者で、本名を可児才蔵といい、尾州可児山の人で笹を指物としていた。いつも敵の首を取った時には、笹の葉を口中に捻じ込み投げ棄てては後の証拠としたので、世の人が「笹の才蔵」と呼んだと伝えられている。[5]

〔参考文献・注〕

（1）『洗心録』（一九二八年、修文社）一九五頁。

（2）滝沢馬琴『椿説弓張月』（日本古典文学大系60、岩波書店、一九六七年）二七八～二八〇頁。

（3）山東京伝『昔話稲妻表紙』（『日本名著全集』、一九二七年）一八九～一九二頁。
（4）西垣晴次『神々と民衆運』（毎日新聞社、一九七七年）三三頁。
（5）『富士川游著作集』第三巻（思文閣出版、一九八〇年）一九〇～一九一頁。

46　日本医薬随筆集成

『日本医薬随筆集成』は、小泉栄次郎が昭和四年（一九二九）に発行したものだが、本書を編成した目的について次のように記している。

我邦未だ泰西医薬学の幼稚なりし、徳川時代より明治維新前まで、三百年間に於ける諸家の随筆を見るに医薬に関する記事も亦尠なからず、依て該随筆中より医事及び薬業に関する事項を選集して、現代医薬学の発達進歩せし今日の状態と、彼此比較対照して往時を追懐するも興味多からんか、又其記事は温故知新の一資料ともなるべきものあらんとも思ひて、本書を編成したるなり。

そのため著者は七〇種・二六三冊の書物から六〇六項目を引用記載している。ただし、痘瘡に関する記述はわずか次の五箇所に過ぎない。

○疱　瘡

疱瘡は続日本紀に天平九年はじめて流行のよしみゆ。和名抄に皰瘡・唐韻云、皰防教反、面瘡也。又云裳瘡《もかさ》と有。もがさは面瘡《おもかさ》の略言にて、此瘡は面を見にく〻する故の名なるべし。いも顔といふは面瘡の出来たるあとあるをいひて、面瘡顔といふ事なるべし、扨天子の御疱瘡は日本紀略、後一条院寛仁四年四月十三日甲午、今日主上令ㇾ悩㆓疱瘡㆒給と有。是より先代の御門、御疱瘡あそばされしもあるべけれど、記録などにつまびらかならず。

（大石千引『野乃舎随筆』）

文中、「是れより先代の御門、御疱瘡あそばされしもあるべけれど、云々」とあるが、この先代の御門とは三条天皇（九七六～一〇一七）のことである。

ところで平安時代（延暦三年＝七八四～文治元年＝一一八五）の四〇二年間に三二人の天皇が即位しているが、そのうち実に一三名（四〇・六％）の天皇が疱瘡に罹患し、うち一名は崩御したが、他は全員回復している。ただ、その平均崩御年齢を調べて見ると三六・九歳と意外に若死にであるというのが正直なところの印象である。そこで念のため同じくこの時代疱瘡に罹患しなかった一八名の平均崩御年齢を調べて見ると四七・四歳となり、明らかに一〇歳の差があり、もし八歳で平家一族とともに壇ノ浦に入水した平安時代最後の安徳天皇を除くと、平均崩御年齢は四九・七歳でその差は一二・八歳となることがわかる。

とすれば、疱瘡に罹患した天皇と罹らなかった天皇の崩御年齢の差の原因は一体どこにあるのだろうか。もしこの理由について、大胆に推測するならば、疱瘡による身体的侵襲がその後の健康保持になんらかのダメージを与え、その結果寿命を縮めることになったのではないかと思われるのである。

では一体、歴代の天皇のうち何人の天皇が疱瘡に罹患したのだろうか。

表8は、天平七年（七三五）の疱瘡第一次流行以来江戸時代末までの一一三三年間に疱瘡に罹患した三一名の天皇の罹患年・崩御年、および寿齢について記載したものである。

また三一名の天皇を時代別に区分すると表9の如くになり、やはり平安時代に最も多数の天皇が犠牲になっていることがわかる。

ところで、当然のことながら疱瘡第一次流行年とされる天平七年（七三九）以前にも、疱瘡（一説には麻疹あ

表8 痘瘡に罹患した天皇

歴代	御名	罹患年	罹患年齢	崩御年及行年
60	醍醐天皇	延喜一五年	三一歳	延長八年崩御・行年四六歳(八八五～九三〇)
61	朱雀天皇	天暦元年	二五歳	天暦六年崩御・行年三〇歳(九二三～九五二)
62	村上天皇	天暦元年	二二歳	康保四年崩御・行年四二歳(九二六～九六七)
65	花山天皇	寛弘五年	四一歳	寛弘五年崩御・行年四一歳(九六八～一〇〇八)
66	一条天皇	正暦四年	一四歳	寛弘八年崩御・行年三二歳(九八〇～一〇一一)
68	後一条天皇	寛仁四年	一五歳	長元九年崩御・行年二九歳(一〇〇八～一〇三六)
73	堀河天皇	寛治八年	一六歳	嘉承二年崩御・行年二九歳(一〇七九～一一〇七)
74	鳥羽天皇	天治三年	二四歳	保元元年崩御・行年五四歳(一一〇三～一一五六)
75	崇徳天皇	康治二年	二五歳	長寛二年崩御・行年四六歳(一一一九～一一六四)
76	近衛天皇	康治二年	五歳	久寿二年崩御・行年一七歳(一一三九～一一五五)
77	後白河天皇	安元二年	五〇歳	建久三年崩御・行年六六歳(一一二七～一一九三)
78	二条天皇	永暦元年	一八歳	永万元年崩御・行年二三歳(一一四三～一一六五)
80	高倉天皇	安元三年	一七歳	養和元年崩御・行年二一歳(一一六一～一一八一)
82	後鳥羽天皇	建久三年	一三歳	延応元年崩御・行年六〇歳(一一八〇～一二三九)
83	土御門天皇	承元元年	一三歳	寛喜三年崩御・行年三七歳(一一九五～一二三一)
87	四条天皇	嘉禎元年	五歳	仁治三年崩御・行年一二歳(一二三一～一二四二)
89	後深草上皇	文永二年	二三歳	嘉元二年崩御・行年六二歳(一二四三～一三〇四)
90	亀山天皇	弘長二年	一四歳	嘉元三年崩御・行年五七歳(一二四九～一三〇五)
91	後宇多天皇	建治三年	一一歳	元亨四年崩御・行年五八歳(一二六七～一三二四)
94	後二条天皇	正安四年	一八歳	徳治三年崩御・行年二四歳(一二八五～一三〇八)
①	光厳法皇	正平一二年(延文二年)	四五歳	貞治三年崩御・行年五二歳(一三一三～一三六四)

④	御光厳上皇	(応安七年)文中三年	三七歳	文中三年崩御・行年三七歳(一三三八～一三七四)
⑤	後円融天皇	文中三年(応安七年)	一七歳	明徳四年崩御・行年三六歳(一三五八～一三九三)
103	後土御門天皇	文明三年	三〇歳	明応九年崩御・行年五九歳(一四四二～一五〇〇)
108	後水尾天皇	慶長一五年	一五歳	延宝八年崩御・行年八五歳(一五九六～一六八〇)
110	後光明天皇	承応三年	二二歳	承応三年崩御・行年二二歳(一六三三～一六五四)
112	霊元天皇	延宝六年	二五歳	享保一七年崩御・行年七九歳(一六五四～一七三二)
113	東山天皇	宝永六年	三五歳	宝永六年崩御・行年三五歳(一六七五～一七〇九)
118	後桃園天皇	安永二年	一六歳	安永八年崩御・行年二二歳(一七五八～一七七九)
120	仁孝天皇	文政二年	二〇歳	弘化三年崩御・行年四七歳(一八〇〇～一八四六)
121	孝明天皇	慶応二年	三六歳	慶応二年崩御・行年三六歳(一八三一～一八六六)

注：○つきの歴代数と（　）つき年号は北朝

表9

時代	人数
平安	一三名
鎌倉	七名
南北朝	三名
室町	一名
安土・桃山	一名
江戸	六名

表10　痘瘡に罹患した天皇(飛鳥時代)

歴代	御名	罹患年	罹患年齢	崩御年及行年
30	敏達天皇	一四年	四七歳	一四年崩御・行年四八歳(五三八～五八五)
31	用明天皇	二年	四九歳	二年崩御・行年四九歳(五三九～五八七)

るいは麻疹との混合感染説あり）と思われる疫病の流行があり、『日本書紀』によれば、表10の天皇が罹患しているという。なお、一説によれば大化三年（六四七）に孝徳天皇（～六五四）が罹病したとあるが、文献上はっきりしないため、ここでは省略してある。

○痘　瘡

梨ハ痘ノ毒ヲ解ス、汁ヲツケテ吉、痘瘡ニ豆腐ハ忌、湯煮シテ少用、甘乾柿悪シ、梅干モアヤカル迚テ嫌フ、天レ鱗魚、菎蒻《シラアヘ》、白加アシ、、干瓢吉、以上応伝者饗

(山口幸充著『嘉良喜随筆』)

痘瘡における食事の禁忌については、天平九年(七三七)、時の朝廷が典薬寮に命じて詳細に調べ、その結果を官符として諸国に配布している(痘瘡治方官符)。

つまり、平常、飲食について十分、摂生・養生すれば痘瘡を避けることができるとされ、かりにもし避けられなかったとしても、その経過を軽くする効果ありとされたから、医師でさえ痘瘡の予防に効果があると信じた。このような考え方はその後長く続いたが、やがて江戸時代となるや、痘瘡における食養法は厳格に説かれ、特に禁忌食は細密に区別され詳しく論じられるようになった。

この結果、江戸中期以降、いやしくも痘瘡に関する医書にして、禁忌物・禁忌食について記載しないものはなかったほどである。

○みいら、うにこふる、へいしむれうる、さふらん

問て曰、此方にて「みいら」と称する薬あり、色々の説多し如何なる物にや。

答て曰、是は本名「もみあ」といふ、志那にては木乃伊《ものい》と訳す、共に誤りなり、又「うんこふる、うにこふる」は「うにこりゆに」の誤りなり。人魚を「へいしむれいると」といふは、「びつし、むゐいる」の誤りなり、其余「ゐぶりこ」「さふらん」の類、和漢古来いろ〳〵の説あり。予既に六物新志といふ書を著して其出所主治効能等を詳にす。是を見て知るべし。

(有馬文仲筆記『磐水夜話』)

江戸時代、幕府はキリスト教禁止を名目として、中国・オランダ以外の外国人の渡来・貿易と日本人の海外渡

航を禁じる鎖国政策をとった。しかし幸いにも、洋薬は数多く日本に渡来し広く使用されたが、ただ、それら薬物の原語は、ポルトガル語・オランダ語、あるいはラテン語等であったから、その発音を真似ての呼び名は当然ながらいくつも存在した。

ところで、前文中「うんこふる・うにこふる」は「うにこりゆに」の誤りなりとある。「うにこりゆに」とは北氷洋に棲息する一角（Monodon monoceros：ラテン語）の牙と粉を材料として作られたオランダ渡りの洋薬で、解熱・解毒剤として珍重され、重症な痘瘡にも効果があるとされたもの。このほかの呼び名として「うにかふる」「うにこうる」「うにこーる」（烏泥哥爾）などが使われた。一角牙《いっかくげ》（ウニコウル）は外面黄白色で螺旋状溝があり、堅く、一角の雄の通常左側上顎門歯の変形したもので二メートルに達するものもある。

なお、このウニコウル（Unicorn）については本書の『折たく柴の記』で詳しく述べているのでそちらの方を参照していただくこととして（五六—六〇頁）、ここでは、『和漢三才図会』（寺島良安著、正徳二年〈一七一二〉自序）の記述を転載しておく。

一角、うんかふる（宇無加布留）、はあた（巴阿多）共に蛮語なり。うんかふる。一角の二字を用ゆ。阿蘭陀の市船、偶ま来て官物と成る。其長六七尺、周三四寸、色象牙に似て微黄、外面に筋あり。竿麩の如し。末二三尺に至り細く尖りて筋も亦無し内に空穴あり。其穴経四分許、価最も貴し。故に白犀の角を以て之に充つ、白犀の角は交趾より来る。云々（原漢文）

ウニコウルは諸病に効くといわれ、特に痘瘡の解熱剤として珍重され、江戸麹町等の薬店では「一角丸」と称して売られていた。

また長崎無名子の話によれば、昔長崎でウニコウルを煙草入れ巾着の根付にして珍重した者もあったという。

また、薬物ではないが、江戸時代の中頃以降、痘瘡の解毒に効ありとされたスランガステインなるまじない石も、ウニコウル同様、広く一般に使用された。

○すらんがすてん

問て曰、「すらんがすてん」と云ふ物は如何なるものにや。

答て曰く、「すらんが、すていん」なり。「すらんが」は蛇の事、「すていん」は石の事、蛇石といふ名にて大蜿の頭より生じたる石といふより名づけたるといふ妄説あり。然れども本卜製作のものなり。蘭畹摘芳の中に詳にす。

（前掲『磐水夜話』）

○スランガステイン

スランガステインといふ石は、蛮物にて、蛮人また〱持度る。よく膿《うみ》たる腫物の口潰《ついえ》たる時に、此石を瘡口に当れば、能く膿汁を吸ふ。膿尽れば石おのづから落るなり、其石は水中に入るれば、吸いたる膿をことぐく水中に吐き出すなり、其後石をおさめ置て、幾度も用るに腫物の膿を吸ふ事、ベンドウザに勝れりとぞ。石の色甚だ黒く光りて聊か針眼あり。近来は偽物甚だ多く、舌に付く事は真物にも劣らぬ程なり。如意道人東遊の時、和産に此石ある事を聞て、一塊を持ち帰り余にも贈れり。遠州掛川の近在サイゴウ村蛇バミといふ処に産す。其他の方言に舌付石と云。石の色青く砥石に似たり。よく舌に付く、形状《かたち》は大に蛮産に異なれり。

（橘春暉『北窓瑣談』）

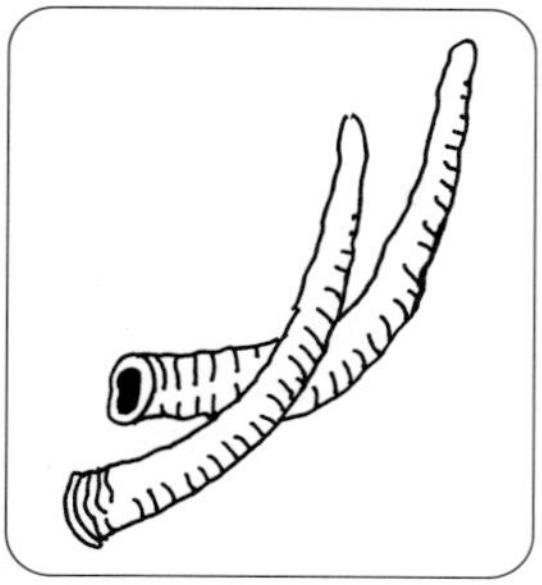

ウニコウル（一角牙）
（『和漢三才図会』より）

このすらんがすてんは、当時、疱瘡を軽くするまじない石として、その効力が喧伝されたから、そのため偽物も多く出回ったという。なお、このスランガステインについては本書の『譚海』で記述してあるので、そちらを参照して頂きたい（八九～九五頁）。

あとがき

本書は日本における痘瘡（天然痘）の歴史を文学の面からとらえてみようと試みたものだが、文学に全く門外漢の私にとっては、まず資料とする文献の蒐集・選択に大変迷うこととなった。

辞書によれば、文学とは広義には言語・文章・文字を表現の媒介とする芸術（『大辞典』）とあり、狭義には詩歌・小説・戯曲・物語・評論・随筆（『広辞苑』）とある。ただ随筆とは、見聞・経験・感想などを気のむくままに記した文章である（同前）とのことから、やっと文学という堅苦しい定義から解放され、かなり広範囲から文献を選ぶことができた。勿論、これで十分とは思ってはいないが、ただ小著に記載した四六点の文学作品を通じて、当時の人々が如何に恐るべき痘瘡と戦い、且つ多くの犠牲を払ったか、その悲惨な歴史がおわかり頂ければ筆者としては望外の幸せである。

最後に本書の執筆にあたって何かとお骨折りいただいた佐藤峰友氏ならびにこのような一冊の本にまとめる企画を心よくお引き受け下さった思文閣出版の専務取締役長田岳士氏、編集・校正に大変ご苦労をおかけしたであろう林秀樹編集長及びスタッフの皆さんに心より感謝申し上げる次第である。

平成一八年九月吉日

著　者

つ

て

と

な

に

は

ひ

ふ

へ

ほ

【事　項】

し

せ

そ

た

ち

て

と

な

に

【書　名】

索　　引

【人　名】

◎著者略歴◎

川村純一（かわむら・じゅんいち）

1926年生れ.
千葉医科大学医学専門部卒. 眼科専門医. 医学博士.
1995年, 30数年間にわたる「郷土医学史」特に「治療信仰」の研究で日本医師会最高優功賞受賞. 2004年,『千葉県伝染病史』の著作に対し, 千葉県医師会医学会学術奨励賞受賞.
『病いの克服　日本痘瘡史』（思文閣出版）ほか著書多数.

文学《ぶんがく》に見《み》る痘瘡《とうそう》

2006（平成18）年11月5日発行

定価：本体5,000円（税別）

著　者　川村純一
発行者　田中周二
発行所　株式会社　思文閣出版
〒606-8203 京都市左京区田中関田町2-7
電話 075-751-1781（代表）

印　刷
製　本　株式会社 図書印刷 同朋舎

ISBN4-7842-1323-6　C3021